SUR LES DEUX RIVES

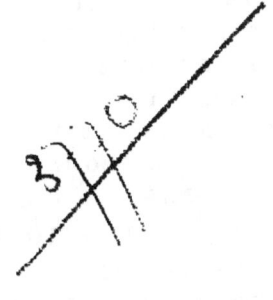

DU MÊME AUTEUR
Format grand in-18.

LÉON DE TINSEAU

SUR

LES DEUX RIVES

C · L

PARIS

CALMANN-LÉVY, ÉDITEURS

3, RUE AUBER, 3

SUR LES DEUX RIVES

I

Le curé de Courmenault, village perdu de
la Vendée, faisait la classe dans sa cuisine,
seule pièce du presbytère où l'on allumât du
feu, sauf les jours de « conférence ». Il faut
dire que la classe de l'abbé Genestoux comprenait un seul élève; mais la qualité, dans l'occasion, tenait lieu de la quantité, Olivier de
Pragnères étant le fils unique du châtelain de
cette paroisse où tout était pauvre, le curé,
l'église, les habitants et le châtelain lui-même.

C'est pourquoi Olivier, alors âgé de treize
ans, poursuivait ses études tant mal que bien
dans la cuisine du vieux prêtre qui l'avait bap-

tisé. Au petit séminaire voisin, la pension eût
coûté cinquante francs par mois, en fournis-
sant le vin et un sac de froment : or, excepté
le froment et le vin récoltés sur son étroit domaine, l'effort eût été au-dessus des moyens
du baron. Mais la suite montrera bientôt l'état
pénible des affaires de ce gentilhomme.

L'abbé soufflait son élève, gêné dans la réci-
tation de Virgile autant que son père l'était
dans le règlement de ses créances.

— *Tenui.., musam... meditaris... avend.*

— Tu ne sais pas un mot de ta leçon, mon
ami. Qu'as-tu fait ce matin? Encore tendu des
lacets? Tu n'aimes que le braconnage !

— Non, répondit Olivier calme dans sa conscience. Je n'ai pas tendu de lacets. J'ai conduit
maman chez mon parrain Bérisal. Notre cocher
est parti. Et, quand je peux apporter un lièvre
à la cuisine, c'est un jour où l'on se repose de
manger du lard.

L'abbé Genestoux, au courant de bien des
choses, ne demanda pas pourquoi le cocher
était parti, pas davantage pourquoi la baronne
de Pragnères était allée rendre visite si matin
au comte de Bérisal, qui passait pour riche dans

ce pays à petites fortunes. Il dit simplement, bien que la conclusion semblât peu naturelle :

— Ta mère est une sainte.

— Oui, soupira Olivier qui savait bien des choses, lui aussi. Maman est une sainte. Mais c'est papa qui a pansé le cheval ce matin.

— Continuons, fit le bon abbé, craignant d'attrister encore plus l'enfant qu'il adorait.

— *Nos patriæ fines et dulcia linquimus arva.*

— Ceci est mieux. Maintenant traduis.

— « Nous quittons notre patrie et les champs que nous aimons. »

Sur ces paroles, singulièrement appropriées à la circonstance comme on va voir, finit la dernière leçon qu'Olivier de Pragnères devait recevoir de son curé et dans son pays.

Une carriole venait de s'arrêter devant la porte. Le notaire Foligné en descendit, noua ses rênes à la grille du presbytère, et, sans sonner, pénétra dans la cuisine. Habitué à se débattre avec les paysans vendéens qui ne sont pas commodes à conduire, il déguisait sous des façons autoritaires sa nature d'excellent homme. Ce jour-là en particulier, ses manières étaient celles du chirurgien qui arrive dans la

salle, décidé à ne pas entendre les gémissements de l'opéré. La vue du jeune Pragnères
sembla lui causer quelque gêne.

— Mon garçon, lui dit-il, j'ai à causer avec
votre professeur.

Le curé fit un signe ; Olivier disparut. La
belle Amaryllis devait rester dans l'ombre virgi-
lienne ce jour-là, et bien d'autres jours encore.

— Bonjour, maître Foligné ! dit le vieux
prêtre avec un peu d'inquiétude.

— Bonjour ! Bonjour ! Excusez-moi d'avoir
chassé votre élève. Mais vous allez voir qu'il
était de trop. Je viens vous parler du château.
Enfin nous avons trouvé un acquéreur !

— Malheureuse famille ! soupira l'abbé Genestoux. Mais voudront-ils s'en aller ?

— Il faudra toujours qu'ils s'en aillent quand
leur toit en ruine sera tombé sur leur tête !
Nous nous réunissons chez eux tantôt, leurs
parents et leurs amis du voisinage, moi... et
vous. L'heure est venue de les décider à partir.

— Ma présence n'est pas utile. Je n'entends
rien aux questions d'affaires.

— Il y en a une autre : celle de la conscience. A vous il appartient de la poser. Les

Pragnères sont croyants, religieux. Vous avez là plus d'influence qu'aucun autre. Ce qui reste de leur propriété est à peine vendable. J'ai une offre de cent mille francs, chiffre inespéré. S'ils attendent la vente forcée, qui est prochaine, ils obtiendront la moitié, ce qui les laisse insolvables. Je ne vous apprends pas qu'ils doivent partout. Leurs domestiques, non payés, s'en vont l'un après l'autre. Les personnes de leur monde et de leur famille ne veulent plus leur prêter. Mon étude est à découvert de mille écus. Vous-même... Depuis quand vos honoraires de professeur du jeune Olivier sont-ils en souffrance?

— N'en parlons pas. Au moyen âge, l'Église donnait gratuitement les secours divins pour l'âme, les remèdes pour le corps, la lumière pour l'intelligence.

— Bon, fit le notaire peu convaincu. Seulement nous ne sommes plus au moyen âge. Et voilà précisément ce qu'il faut faire comprendre à cette famille. Veulent-ils, doivent-ils, oui ou non, payer leurs dettes? L'occasion s'en présente aujourd'hui. S'ils la laissent passer, allez-vous leur dire qu'ils agissent en conscience?

— Bref, ce que vous désirez de moi, c'est
que je leur montre la porte, en leur disant de
la franchir?

— Mais, mon brave curé, faites-vous autre
chose quand vous visitez un malade dont
l'heure est venue? Comprenez donc que les
Pragnères seront chassés, faute de s'en aller
volontairement. Ils ont vendu les trois quarts
du domaine, tout ce qui avait quelque prix
dans leurs meubles. Notez bien que je n'accuse
pas le baron. Ce fut un héros sur le champ de
bataille; maintenant son courage mérite encore
l'admiration. Il s'est fait à moitié paysan parce
que les gages d'un valet de ferme ont doublé,
tandis que le blé et le vin ne peuvent plus se
vendre et que les impôts écrasent tout le monde.
Pour ces familles de vieille noblesse qui n'ont
pas un sou de revenu sauf ce que donne leur
terre, la catastrophe finale est une question
de temps. Ses amis et ses parents le savent
bien. S'ils perdent ce qu'ils lui ont prêté,
les voilà d'autant plus près de leur propre
culbute...

— Et pour cette raison ils se réunissent au
château cet après-midi. C'est une réunion de

créanciers qui veulent en finir. Convenez-en,
Foligné !

— Non, c'est un conseil de famille qui veut
empêcher que la honte se joigne au malheur.

— Grand Dieu! Par quelle agonie ces malheureux vont passer!

— C'est justement pour cela, dit le notaire,
que votre place est à côté d'eux. Au revoir. Il
faut que je rentre à l'étude pour être de retour
ici à deux heures. Je ne vous demande pas si
vous serez exact.

L'abbé Genestoux, après avoir à peine touché
à sa potée et à sa bouteille de petit vin de
Vallet, prit le chemin du château en répétant
la prière de la désolation suprême : « Si ce
calice pouvait se détourner de moi!... » Certes,
comme l'avait dit Foligné, ce n'était pas la première agonie qu'il allait avoir sous les yeux ;
mais, dans l'âme la plus compatissante, il y a
toujours, si étroite qu'elle puisse être, une
place pour l'égoïsme. A la vue du château ou
du moins de ce qu'en avaient laissé les vain-
queurs de Stofflet et de Lescure, il songeait en
lui-même :

« Que ferai-je sans eux? Qui sera le nouveau

maire de la commune? Qui fera mon reposoir
pour la Fête-Dieu? Qui tiendra tête à la terrible sœur Marie quand elle voudra boule-
verser mes chapelles? Qui m'obtiendra des
ornements de l'Œuvre des Paroisses? Qui
arrangera mon couvert quand Monseigneur fait
sa tournée? Et quelle espèce de gens viendra
s'installer à leur place? »

Déjà il franchissait l'arche décrépite et
moussue qui, depuis deux siècles, avait succédé
au pont-levis. Sur l'eau croupissante de la
douve les nénuphars appuyaient les plateaux
de leurs larges feuilles, mystérieusement agitées au passage d'une carpe. Les parterres de
fleurs du jardin avaient disparu, sauf quelques
pieds séculaires d'églantine taillés au hasard,
dont les tiges noires se défendaient avec peine
contre l'invasion des grands choux vendéens.
Ceux-ci, encore debout, étaient dépouillés de
leurs feuilles consommées pendant l'hiver par
la paire de bœufs qui, avec la lourde jument
percheronne, labouraient les quelques arpents
dont le baron surveillait lui-même la culture.

Au salon, dégarni par les brocanteurs de passage, le curé trouva une compagnie relative-

ment nombreuse. Il n'avait pas vu tant de gentilshommes du voisinage réunis au château,
depuis le jour où la noblesse du canton avait
rendu les derniers devoirs au père du baron
Henri, chef actuel de la famille. C'était encore,
véritablement, une sorte de cérémonie funèbre
qui motivait la réunion où l'abbé Genestoux
manquait seul.

Les huit ou dix personnes qui se trouvaient
là étaient survenu à l'improviste, comme des
gens qui ont formé un complot. Il s'agissait
d'enlever par surprise, plus ou moins par
force, une décision qui risquait d'être longuement disputée. En voyant arriver l'un après
l'autre ces équipages, d'où leurs parents et
leurs amis, tous leurs créanciers hélas! des-
cendaient avec des mines sombres et des for-
mules brèves de politesse, Robertine de Pragnères avait été la première à comprendre. Mais
son courage n'avait pas fléchi. Sans faire aucune question elle avait reçu ses hôtes, de même
que, cent ans plus tôt, une autre Pragnères ac-
cueillait silencieusement les chefs de la chouannerie, venus dormir une dernière nuit avant
de précéder leurs gars au feu, le lendemain.

1.

Anne-Marguerite-Robertine Hertel de la Fresnière, baronne de Pragnères, alors âgée de
trente-deux ans, était une femme brune, de
taille moyenne, qui avait été jolie et aurait pu
l'être encore si, de son visage en même
temps que des plates-bandes de son jardin, les
fleurs n'eussent été bannies par l'austère nécessité. Sous son vêtement modeste elle conservait
cette distinction extrême qui, dès l'abord, com-
mande le respect. Toutefois le trait caractéris-
tique de sa physionomie était la résignation,
mais une résignation ferme et courageuse contre
toute épreuve, non cette placide endurance qui
courbe la tête sous les fléaux de la vie sans
lutter contre eux.

Son mari, assez grand, carré d'épaules, déjà
un peu voûté, laissait voir dans son épaisse
barbe d'un blond chaud les premiers fils d'argent de la quarantaine dépassée. Même pour un
observateur habile, sa nature n'était pas de
celles qu'on pénètre facilement. Des expres-
sions changeantes d'intrépidité, de finesse et de
mélancolie venaient tour à tour se refléter dans
ses yeux gris. Aux rares moments où le sourire
flottait sur sa bouche un peu large, ses lèvres

minces, tout à coup, se resserraient dans un pli amer. Il avait, de sa race, l'indépendance presque farouche et la piété simple. Sa femme et son fils lui obéissaient à la façon d'esclaves qui adorent leur maître. A vrai dire, les occasions où il exprimait un ordre étaient peu fréquentes. On sentait alors qu'il eût été dangereux de lui résister. Dans l'habitude de la vie, c'était un homme de bonté généreuse et de justice calme.

Dans le regard parlant et toujours admiré de sa compagne vaillante, il avait lu bientôt l'explication cherchée. Il ne se demandait plus pourquoi tous ces gens qu'il n'attendait pas venaient d'envahir sa demeure. Il parlait de choses indifférentes, impersonnelles, comme s'il eût craint de fournir une entrée en matière à l'un d'eux. Aussi bien, nul ne faisait mine de vouloir entamer l'ordre du jour. L'arrivée du vieux prêtre, respectueusement salué par tous, compléta enfin ce que Foligné, assez justement, appelait le conseil de famille. Le comte de Bérisal ouvrit la séance, après avoir essuyé son large front déjà baigné de sueur.

Bérisal, cousin de Pragnères, avait été le compagnon d'armes de celui-ci aux zouaves de

Charette pendant la guerre franco-allemande.
Fort jeunes tous deux alors, dignes l'un et
l'autre, par leur bravoure, de servir une telle
cause et de combattre sous un tel chef, ils
avaient survécu aux rencontres qui décimèrent
le bataillon fameux, avec cette différence que
Pragnères était rentré chez lui sain et sauf,
tandis que Bérisal, blessé à Patay, avait presque perdu l'usage d'une jambe. Condamné à
l'inaction, il s'était tourné vers l'étude, ou,
pour mieux dire, vers une recherche générale
d'informations sur tous les sujets quelconques,
dont la lecture absorbante d'une demi-douzaine
de Revues lui fournissait les éléments trop variés.

Sur la politique, l'agriculture, l'hygiène, la
science navale et militaire, les problèmes so-
ciaux, la colonisation et les découvertes nouvelles, ses avis, toujours indiscutables en théorie, étaient au service de chacun. Ainsi qu'il
arrive à ceux qui apprennent l'existence au
coin du feu, ses conseils péchaient parfois au
point de vue pratique. Quoi qu'il en soit,
devenu peu à peu l'oracle de sa région, il en
était aussi l'orateur. Qu'il s'agît de compli-

menter l'évêque au seuil d'une église, d'ouvrir
un comice, d'enterrer un citoyen recomman-
dable, de baptiser une cloche, ou de tenir tête
au sous-préfet devant le Conseil d'arrondissement, on trouvait aussi naturel de s'adresser à
lui que de frapper au guichet de la Poste pour
avoir un timbre. Il va sans dire qu'on lui avait
confié la tâche désagréable de sonner la cloche
du départ aux oreilles de son parent. Jugeant
que c'était le devoir, il s'exécuta en bon Vendéen.

— Mon cousin, commença-t-il, nous sommes
amenés près de vous par le sentiment de cette
profonde amitié dont tous, vous devrez le
reconnaître, avons donné les preuves qui étaient
dans nos moyens. Vos malheurs sont nos malheurs; vos angoisses sont les nôtres. Nous
avons lutté avec vous contre la mauvaise fortune...

— Soyez tranquilles, interrompit Pragnères.
Je n'oublie pas que je dois de l'argent à chacune des personnes présentes.

— Si vous n'en deviez qu'à nous, continua
l'orateur, nous ne serions pas ici. Mais vous
avez d'autres débiteurs qui ne sont pas, comme

nous, des amis et des proches. Combien de temps pourrez-vous — pourrons-nous — retarder la catastrophe suspendue sur votre tête ? Or, il se présente un fait nouveau. Maître Foligné va vous dire qu'il a, pour vos biens, un acquéreur avec des offres... supérieures à notre attente. Voulez-vous permettre que nous examinions avec vous s'il serait sage — et honnête — de les refuser ?

D'un geste le baron interrompit de nouveau. Puis il ouvrit la porte et appela d'une voix vibrante :

— Olivier !

—Mon ami ! supplia la mère. Je vous en supplie ! Ce pauvre enfant est encore si jeune !

Pragnères se contenta d'étendre la main pour montrer que toute discussion était inutile. Puis il se rassit et tout le monde garda le silence. Déjà sur les dalles du vestibule, des chaussures ferrées annonçaient une marche rapide. Olivier entra, cherchant à dominer son émotion. De sa chambre il avait compté toutes ces voitures entrant dans la cour presque en même temps. Puis l'abbé Genestoux était arrivé. Quelque chose de grave allait se passer sans doute. Les visages des personnes réunies en conciliabule suffisaient à montrer qu'il ne s'agissait pas d'un événement heureux.

Le jeune garçon, trop grand pour son âge, après avoir serré les mains tendues vers lui, prit place à côté de son père.

— Maintenant, maître Foligné, nous vous écoutons, dit celui-ci.

Le notaire, avec moins d'éloquence que Bérisal, mais avec plus de précision, reprit en substance l'exposé qu'avait entendu l'abbé Genestoux quelques heures plus tôt. Cela ressemblait aux considérants qui précèdent une condamnation à mort, bien qu'il manquât la conclusion. Mais Henri de Pragnères n'avait pas besoin qu'elle fût exprimée autrement que par l'anxiété de tous ces regards concentrés sur lui. Ses yeux, tournés vers la fenêtre, contemplaient ce petit vallon, sans charmes pour d'autres, qu'il n'avait jamais quitté depuis qu'il était au monde, sauf pendant quelques mois, pour aller se battre aux côtés de Charette.

« Cette fois-là, songeait-il, je suis revenu !... »

Il se redressa dans son fauteuil et respira fortement. Puis, d'une voix trop forte pour la petite réunion :

— Messieurs, prononça-t-il, je suis prêt à partir. Mais je le ferai seulement si c'est l'avis de ma chère femme qui lutte près de moi depuis tant d'annés, avec la bravoure d'une vraie fille de Chouans.

Robertine, les sourcils froncés, ne se pressait pas de répondre. Capituler, même en face du malheur, était contraire à sa nature. Les personnes présentes, soulagées d'abord au delà de toute espérance par l'acquiescement du baron, commencèrent à craindre une révolte déplorable. A ce moment, l'abbé Genestoux quitta son siège, prit la baronne par la main, l'entraîna vers un coin du salon et prononça quelques paroles à son oreille. Alors madame de Pragnères fit un grand signe de croix et revint à sa place.

— Que la volonté de Dieu et de mon mari soit faite ! murmura-t-elle en articulant les mots avec effort.

Les assistants se regardèrent, n'ayant plus qu'à partir mais ne sachant comment se retirer. D'un geste le baron les retint.

— Votre besogne, dit-il, n'est pas achevée.
Permettez-moi de vous faire observer qu'elle
commence à peine. J'ai encore des services à
vous demander... Soyez tranquilles : ce ne
sont plus des services d'argent. Le premier
est de m'absoudre aux yeux de mon fils qui
pourrait croire, n'ayant pu juger, que ce qui
arrive provient de ma faute. M'avez-vous connu,
vous qui êtes mes compagnons d'enfance,
paresseux, joueur, débauché, extravagant ?

Bérisal, porte-parole de l'assemblée, se préparait à rendre le témoignage désiré ; il n'en
eut pas le temps. Olivier et Robertine, serrant
le chef de la famille dans leurs bras, formaient
un groupe touchant, témoignage plein de consolation pour le passé et pour l'avenir. Le baron
se dégagea très vite.

— Maintenant, dit-il, je fais appel à... votre
charité de bons chrétiens. Pour partir, j'ai tout
le courage qu'il faut. Aidez-moi seulement à ne
pas faire traîner l'exécution, car alors je ne sais
pas si je serais de force.

Le notaire, qui n'était plus nerveux depuis
que tout allait si bien, donna doucement des
explications.

— Notre acquéreur, capitaine au long cours parvenu à l'âge du repos, voudra sans doute prendre possession le plus vite qu'il sera possible... Je pense que d'ici au mois prochain...

— Un mois! s'écria Pragnères. Il faudra que je reste un mois dans ces murs qui ne sont plus miens, où les coquillages d'un vieux matelot vont remplacer mes portraits de famille! Qu'est-ce qu'il vient faire à Courmenault? Que n'a-t-il choisi une retraite d'où il pourrait voir l'Océan et sentir la brise?

Foligné n'avait aucune raison pour partager cette mauvaise humeur.

— Précisément, dit-il, mon client ne désire pas sentir la brise dont il a eu plus qu'assez. Peut-être en le priant de hâter sa visite...

— Mais je refuse de le voir, gémit le baron. Comprenez donc ce que j'endure, vous tous qui prétendez être mes amis! Ne pouvez-vous pas abréger le martyre, faire en sorte que je m'en aille demain, s'il est trop tard pour partir aujourd'hui?

Tous ces gens avaient bon cœur et souffraient eux-mêmes, témoins de ce chagrin qu'ils avaient retardé autant qu'ils avaient pu. Bérisal, les ayant consultés du regard, prit de nouveau la direction de l'entretien.

— Si vous voulez, mon cousin, je me chargerai du... règlement définitif. Votre présence ne sera pas nécessaire. Mais, tout d'abord, il faudrait savoir où vous irez.

— Hors de France, déclara Pragnères d'un ton qui montrait sa décision irrévocable. Quant au reste, peu importe. L'Algérie, peut-être? Conseillez-moi. Je suis fort; je peux travailler. Pousser la charrue ne sera pas chose tout à fait nouvelle.

Une discussion s'engagea parmi les personnes présentes. Beaucoup penchaient pour l'Algérie. Quelqu'un préféra Tunis. Il y eut même une voix pour Madagascar. Avec l'intransigeance du Vendéen chacun soutenait son idée, oubliant déjà l'auditoire douloureusement intéressé qui suivait le débat dans un silence morne.

L'abbé Genestoux, habitué à souffrir avec ceux qui souffrent, insinua doucement qu'il convenait de réserver la question du futur domicile et d'en traiter une autre plus pressante, celle des voies et moyens. Sur ce chapitre la parole appartenait à Foligné qui, d'ailleurs, avait aligné des chiffres.

— On peut, dit-il, prévoir que la liquidation nous laissera dans les mains, tous comptes réglés, une somme de dix mille francs en tablant au pire. Sur ce reliquat, je propose à ceux qui m'entendent de consentir l'avance nécessaire pour subvenir au déplacement que le baron désire effectuer sans attendre. Mais comment faire le calcul si nous ignorons le but et la longueur du voyage?

Bérisal montra d'un signe que ce problème ne l'embarrassait en rien.

— Moi, dit-il, j'irai au Canada. C'est une terre catholique et française, plus fertile qu'aucune autre. Le Gouvernement canadien attire les colons par des offres séduisantes. Quand j'ai lu que l'administration y concède un lot au prix de vingt sous l'arpent, je ne pouvais pas le croire. Mais, vérification faite, c'est l'exacte vérité.

Une rumeur d'enthousiasme commandé par la situation accueillit ces paroles. Pragnères, son fils et sa femme, toutefois, restèrent impassibles. Bérisal continua :

— Le bœuf coûte six sous la livre, le café quinze, le beurre moitié moins.

Bérisal s'était tourné vers la maîtresse de maison que ces détails intéressaient plus directement. Elle dit en souriant avec mélancolie :

— Quel dommage que ces prix ne soient pas ceux de mon boucher et de mon épicier ! Peut-être qu'ils nous auraient fait crédit plus longtemps. Mais savoir qu'ils vont être payés est une épine de moins sur mon front.

— Le pays est merveilleux pour la chasse, poursuivit l'homme bien renseigné. Lièvres, perdrix ne sont pas plus rares que le moineau chez nous. Le chevreuil est commun. Toutefois le plus beau coup de fusil est l'orignal dont la taille est double de celle de nos cerfs. Et puis il y a l'ours pour ceux qui aiment les émotions. Qu'en dis-tu, Olivier ? Je te promets un fusil à deux canons, dont un rayé, pour la balle.

— Oh ! mon parrain... ! balbutia l'enfant ivre de bonheur.

L'abbé Genestoux, baissant la voix, dit à la baronne :

— Soyez reconnaissante envers Dieu qui vous fait prendre le chemin de l'exil avant que votre fils ait l'âge de la réflexion. Sur vous trois, il y en a du moins un dont le cœur n'est pas envahi par l'amertume.

— Ah! s'écria la mère, connaissez-vous rien d'aussi triste à voir que cette ignorance d'agneau sacrifié?

Le baron, de plus en plus, avait hâte d'en finir.

— N'en disons pas davantage, pria-t-il : j'irai au Canada. Un ancêtre de ma femme est bien allé, sous Louis Quatorze, à la Louisiane, dont ses descendants, il est vrai, ont eu le bon esprit de revenir. Donc, c'est entendu. Mais, s'il vous plaît, mes bon amis, raccourcissons les adieux. Un certain genre de courage me manque.

Tous le comprirent d'autant mieux que, pour eux-mêmes, la situation était poignante. L'éloignement des Pragnères était un vrai chagrin.

Cependant ils s'en voulaient au fond du cœur de sentir qu'une nuance de soulagement éclaircissait leur tristesse. Depuis quelque temps ils avaient appris à redouter l'apparition de certain équipage délabré tournant dans leur avenue. Désormais ils ne connaîtraient plus l'angoisse de ces visites où l'infortunée baronne, les yeux mouillés, la rougeur au front, sollicitait un nouvel emprunt, difficile à refuser, encore qu'il dût servir uniquement à prolonger l'agonie sans remède. Ils se levèrent avec ensemble, comme à un signal attendu, murmurant des phrases qui promettaient un retour prochain pour prendre congé des voyageurs.

— Très bien! très bien! leur disait Henri de Pragnères en serrant les mains qui cherchaient la sienne.

Il retint Bérisal après les autres.

— Reviens ce soir avec tous les renseignements possibles. Tu diras à Foligné qu'il m'apporte les fonds nécessaires pour me mettre en route. Le reste — puisqu'il dit qu'il y aura un reste — viendra dans un mois ainsi qu'il l'annonce... Tu te souviens de la retraite de Patay? Mon pauvre vieux, je vais te faire assister à une retraite d'un autre genre. Mais aujourd'hui, c'est à mon tour d'être l'éclopé.

— Courage! répondit l'ancien soldat. Aujourd'hui de même qu'il y a vingt ans, l'honneur est sauf. Et puis, entre nous, je ne te plains qu'à moitié d'aller voir l'autre France. Puisse Dieu t'éviter le chagrin de ne pas toujours regretter celle-ci !

Vers huit heures du soir, on entendit le bruit des béquilles de Bérisal sur les carreaux du vestibule où s'alignaient quelques coffres à moitié pleins.

— Déjà! fit le comte en les désignant à son ami qui lui avait ouvert la porte.

Pragnères répondit :

— Nous avons travaillé. Cette nuit je vide mon secrétaire. Ce qui n'ira pas au feu restera dans tes mains, avec mon testament dont tu es l'exécuteur. Je compte sur toi pour mettre en lieu sûr les portraits de famille qu'Olivier reverra peut-être un jour. Quant au reste, nous n'emportons pas grand'chose ni, surtout, rien qui vaille quelque argent. Au point où j'en suis, ce serait un vol, n'est-ce pas ?

— J'ai passé chez le notaire, dit Bérisal sans répondre. Je t'apporte cinq mille francs. Est-ce assez?

— On s'arrangera pour que ce soit assez. La moitié suffira pour que les gens du village reçoivent leur dû. Ma femme, demain après la messe, fera la tournée. Le soir, nous pourrons coucher à Nantes.

— Tu ne trouves pas que ce départ si prompt a les apparences d'une fuite?

— Eh! parbleu, c'est une fuite. Les premiers Chouans, qui furent les premiers Francs, n'avaient peur que d'une chose. Précisément cette chose-là m'arrive : le Ciel tombe sur ma tête. Si tu savais ce que représente pour moi chacune des minutes que je passe à Courmenault... dans la maison du capitaine au long cours! Puisqu'on m'assure que je ne suis pas, grâce à lui, un débiteur insolvable, j'ai le droit de vider les lieux à ma convenance, comme dirait Foligné. Maintenant viens me donner mon itinéraire.

Bérisal, toujours documenté, apportait une liasse de brochures et de prospectus d'émigration, avec dessins à l'appui, représentant des moissons plus hautes qu'un homme, des fermes coquettes et avenantes, la famille du colon respirant l'air du soir, des troupeaux de bétail noyés dans l'herbe et — car il faut bien songer au plaisir — des hardes de caribous qui semblaient attendre, dans une clairière délicieuse, le coup de fusil du chasseur utilisant ses loisirs. Il y avait des tableaux bourrés de chiffres, ne

laissant rien à désirer. On se demandait quelle
routine pouvait empêcher nos cultivateurs de se
rendre en masse au bureau de l'agence d'émigration, pour engager leur passage et profiter
de cette aubaine.

Tandis que Bérisal parlait, Henri et sa
femme l'écoutaient avec une patience plutôt
résignée qu'attentive. Lorsqu'il s'arrêta au bout
d'un quart d'heure, son ami lui posa cette question, qui était d'un homme pressé :

— Quand part le prochain bateau ? Mais,
d'abord, d'où part-il ?

Sur ce point comme sur tous les autres,
l'orateur était informé. Il y avait plusieurs
lignes. La plus commode touchait au Havre.
Un bateau y faisait escale dans trois jours.

— Mais, mes pauvres amis, n'est-ce pas trop
tôt ?

— C'est à merveille, dit le baron. Demain
nous coucherons à Nantes ; après-demain au
port d'embarquement. Merci et bonsoir, mon
vieux camarade. Embrassons-nous pour le
grand au revoir.

— Nous nous dirons au revoir demain,
annonça Bérisal. Je serai ici avec mon break

pour vous conduire tous à la station. Morbleu ! Je crois entendre encore le chirurgien qui me disait, tout en cherchant la balle dans ma cuisse : « Hardi, mon gas ! serre les dents pour ne pas crier ! »

Pragnères, pendant les heures qui suivirent, eut besoin plus d'une fois de serrer les dents. Au matin il put s'endormir dans un fauteuil, sa tâche terminée. Pendant ce temps-là Robertine communiait à l'église, après quoi elle fit au cimetière sa visite d'adieu. Enfin elle entra dans les quatre ou cinq boutiques qui, selon la coutume vendéenne, composaient tout le bourg avec l'église, la mairie et l'école. Pour la première fois depuis des années, elle entrait la tête haute chez ces braves gens qui faisaient des crédits, relativement énormes, à la vieille famille tombée dans l'infortune. Tous, en voyant les louis de la baronne, mais surtout en voyant son visage, devinèrent qu'une crise approchait. Nul, cependant, ne se doutait que Robertine de Pragnères ne devait plus leur faire entendre sa voix en ce monde.

Foligné passa une heure au château pour la dernière conférence. Le capitaine au long cours

devant payer comptant, la liquidation promettait de marcher vite. Le notaire, de nouveau,
affirma que plusieurs milliers de francs seraient
disponibles et convint de les envoyer à une
banque de Québec dont il nota l'adresse. Pragnères, en débarquant, allait choisir son terrain
à vingt sous l'arpent. Le capital attendu servi-
rait à construire la maison et à monter la
ferme.

— Vous connaissez la culture, dit Foligné.
Vous êtes certain de réussir. Quand le domaine
aura pris sa valeur, passez-le à un autre et revenez chez nous. Ce ne sera pas long, vous verrez.
Donc nous pouvons nous dire à bientôt.

— Oui, oui. A bientôt, à bientôt.

Mais quand l'abbé Genestoux vint « déjeuner » — on devine ce que fut ce déjeuner-là —
il n'était plus question de se mentir réciproquement, et ce fut un revoir d'un autre genre
qui s'échangea entre le vieux curé et les paroissiens qu'il allait perdre pour toujours.

Enfin Bérisal parut avec son break, et le
départ eut lieu.

Les deux hommes « serraient les dents ».
Robertine pleurait sans bruit. Olivier, les yeux

perdus dans un rêve, songeait que, dans quarante-huit heures, il verrait des choses merveil-
leuses : l'Océan, un vaisseau !...

Le cocher, sur l'ordre donné d'avance par le
comte, prit un détour afin d'éviter le cimetière
et l'église. Nul ne parut surpris de cet itinéraire
bizarre. Entre les haies épaisses et hautes des
chemins tortueux le manoir de Courmenault
disparut très vite. Au trot modéré des vieilles
percheronnes, l'équipage roulait doucement,
parfois au fond d'une étroite vallée où le
hasard des cultures brouillait ses teintes diverses, parfois au flanc d'une colline inculte, où
les genêts, par de brillantes pépites jaunes,
laissaient deviner l'or prêt à ruisseler bientôt.

Les voyageurs étaient silencieux, comme il
convient quand on escorte un mort qui ne
repassera plus sur la même route.

II

Olivier, dès sa première minute à bord, subit
la fascination de l'Océan et de tout ce qui s'y
rattache.

Par ses dimensions, sa force, ses appareils
innombrables d'un usage mystérieux, le bateau
confondait son imagination. Il aurait voulu,
à la fois, visiter les profondeurs secrètes où
haletait la respiration du monstre, et rester
sur le pont à voir défiler au loin les îles, les
caps, les phares. C'était une continuelle excita-
tion qui lui faisait oublier tout le reste, un
désarroi jeté dans son esprit par cette consta-
tation fort troublante : ce qu'il avait vu, entendu, appris, pensé depuis qu'il était au monde

n'était qu'un point perdu dans l'espace prodigieux de l'univers.

Cette secousse mentale, qui fut très forte, arrivait au bon moment; le terrain de cette âme, déjà hors des brumes de l'enfance, était encore dégagé de toute végétation profonde, sauf au point de vue religieux. Les préjugés, les inexpériences de son ancienne race, de son ancien monde, qui auraient fait de lui, au bout de peu d'années, un homme tout pareil à son père, ne l'avaient pas encore pénétré sérieusement. Certes, au fond de lui-même, il restait convaincu d'être supérieur, en dehors de tout mérite personnel, aux enfants de son âge qu'il rencontrait le long des chemins de Courmenault. Toutefois, surtout dans une nature sensée et juste, cette conviction tout spécialement dangereuse au regard des circonstances pouvait disparaître aisément. Et déjà, peu après avoir quitté l'escale de Liverpool, ce jeune aristocrate dut reconnaître qu'il était inférieur sur bien des points à un enfant du peuple qu'il n'aurait pas remarqué quelques jours plus tôt. L'un et l'autre, d'ailleurs, voyageaient en seconde classe, d'où résultait une première impression d'égalité.

Comme on venait de sortir du grand port de
la Mersey, un jeune plébéien de son âge, ou pas
beaucoup plus, vint s'accouder près de lui au
bastingage, évidemment désireux d'entrer en
conversation, ce qu'il fit bientôt. La première
phrase, dite en anglais, amena le geste qui
indique l'impuissance à répondre. Mais le compagnon de voyage était polyglotte.

— Vous êtes Français? demanda-t-il en cherchant un peu les mots.

Lui, né de père écossais, de mère canadienne,
allait rejoindre ses parents à Montréal, après
avoir passé l'hiver à Glasgow chez une tante
paternelle qui l'avait élevé jusqu'à l'âge de sept
ans. Il se nommait John Rankine ; son père
était employé à Montréal, sous les ordres du
capitaine de port dont toutes les Compagnies
de navigation avaient intérêt à obtenir la
faveur.

— Aussi les traversées ne me coûtent pas
cher, déclara John en fermant un œil. C'est la
quatrième fois que je refais le chemin d'ici au
Canada. Sur ce bateau, je suis aussi connu que
le chat du bord. Si vous avez besoin de quelque chose...

Olivier se montra touché autant qu'il devait de ces dispositions obligeantes.

— J'aurais tout le temps à vous faire des questions ; mais j'ai peur de vous ennuyer.

— Au contraire, vous me rendez service. Là-bas, c'est très utile de savoir parler français. Voilà une bonne occasion pour m'exercer dans votre langue.

Moins d'une heure après, Olivier s'inclinait avec admiration devant l'écrasante supériorité de ce jeune prodige qui traversait l'Océan tout seul, les mains dans ses poches, connaissant le bateau, l'équipage, les officiers, pouvant dire pourquoi l'on venait de jeter l'ancre, à quelle heure la marée haute permettrait de repartir. Malheureusement on passerait de nuit en vue de l'île de Man, où les chats naissent sans queue. En attendant l'on allait dîner, et, bien que le menu de seconde classe ne comporte pas d'entremets...

— Suivez-moi quand nous sortirons de table, conseilla John Rankine, l'œil gauche plus fermé que jamais.

Non seulement, grâce à lui, Olivier ne manqua jamais de pudding ; mais madame de Pra-

gnères, fortement indisposée par le roulis, ne
fut pas soignée moins bien qu'elle aurait pu
l'être dans une cabine de luxe, après que John
l'eut recommandée à la *stewardess*. Pour son
mari, le temps se passait à lire des brochures
et des volumes fournis par Bérisal qui avait
insisté sur l'importance « d'arriver là-bas documenté ». Leur fils, un peu livré à lui-même,
tombait sous la protection de John Rankine.
On doit ajouter qu'il aurait pu tomber beaucoup
plus mal.

Le jeune Canadien aimait son pays, était fier
de son étendue.

— Il faudrait, disait-il à Olivier, dix-huit
France pour faire un Canada.

Olivier, s'il eût été plus fort en histoire,
aurait pu répondre que, d'un tout petit morceau
de la France, était sortie en germe plus de la
moitié de la population présente du Dominion.
Mais, à cette heure, les leçons de choses faisaient
tort à l'érudition.

John Rankine, fier de son rôle d'initiateur,
s'en acquitta d'autant mieux qu'il trouvait dans
la personne d'Olivier un disciple avide de copier
son maître, en attendant qu'il pût l'égaler un

jour. Au matin qui suivit le départ de Liverpool,
tous deux, cachés parmi les embarcations du
pont supérieur qui est interdit au public, virent
disparaître les terres d'Irlande. Bientôt John
prédit l'arrivée du gros temps, et l'Océan ne
fut pas long à parler ce langage qu'on ne peut
traduire, pas plus qu'on ne l'oublie quand on l'a
entendu. L'heure où Olivier contempla pour la
première fois la bataille du vaisseau contre les
vagues toujours furieuses et toujours vaincues
le sortit tout à coup de son existence antérieure.
Il eut la révélation de cette grande loi de la
lutte pour la vie, que tant d'êtres jeunes sont
incapables de comprendre, même quand ils
obéissent à son joug.

Rankine, sans y tâcher, secondait cette évolution en racontant ces rudes histoires que l'on
apprend chaque jour, dès qu'on a quitté la terre
de France, douce et hospitalière entre toutes à
ceux qui l'habitent. Dans le petit *parlour* de
son père, à Montréal, pendant les mois où le
port était fermé par les glaces, toujours il y avait
nombreuse compagnie d'oisifs autour du « poêle
à deux ponts »; singuliers oisifs, arrivant des
quatre coins du monde, et n'attendant que le

dégel pour y retourner. Là John avait entendu
plus d'aventures de terre et de mer qu'il n'en
était besoin pour graver le *Nil admirari* dans
l'âme de cet autre Numicius. Il savait des histoires de marins perdus dans la brume ou dans
les glaces, de « voyageurs » naufragés avec
leurs radeaux dans les rapides, de trappeurs
guettés par les Indiens, de baleiniers se trouvant nez à nez avec l'ours du pôle au détour
d'une banquise, de fermiers se chauffant avec
la charpente de leurs maisons pendant « un
gros hiver ».

Mais toutes ces tragédies « finissaient bien »,
grâce au sang-froid, au courage, à l'esprit de
ressource du héros. Même il était facile de voir,
au débit fort simple de la narration, que John
Rankine lui-même ne s'en fût pas tiré moins
bien à sa place. Du moins Olivier n'en doutait
pas, et son admiration pour le jeune Canadien
croissait à chaque heure. « Hélas! songeait-il,
moi, je ne connaîtrai jamais rien de semblable!
Quelles aventures peuvent animer l'existence
d'une famille de colons dans la banlieue de
Québec? »

Le soir du cinquième jour depuis qu'on avait

perdu de vue la côte irlandaise, John annonça qu'on verrait sur les quatre heures du matin le feu de Belle-Isle, première terre d'Amérique.

— Mais comment le savez-vous ? demanda Olivier.

Rankine sourit avec indulgence à cette question naïve, se bornant à répondre qu'il serait sur le pont afin de voir faire le signal d'arrivée.

— Oh ! s'écria le Vendéen, pourrai-je y monter aussi ?

Le rendez-vous arrangé, ils se quittèrent pour aller dormir. A l'heure dite, par une mer très calme, ils guettaient l'apparition du point lumineux que l'homme de vigie annonça d'un coup de trompe. La nuit étant froide, les deux jeunes garçons étaient roulés dans une couverture apportée par John.

— Ici, raconta ce dernier, pendant la nuit de la Toussaint j'ai entendu gémir les âmes des naufragés morts sur ces côtes... Mais regardez !

De la passerelle de service, un torrent de lumière jaillissait ; puis une fusée monta dans le ciel déjà rose.

— Bon, fit le Canadien : dans une heure d'ici,

grâce au télégraphe, mon père saura que j'arrive.

Ils regagnèrent leurs couchettes, non sans faire un détour pour passer devant la cuisine où deux bols de café brûlant, versés en catimini, les réchauffèrent à propos.

— Tout le monde à bord me connaît, répéta John, et c'est bien avantageux. Maintenant nous voilà restaurés ; mais il fait trop calme ; c'est du brouillard dans le golfe : vous verrez !

A midi on se trouvait dans le corridor large de vingt-cinq kilomètres qui sépare le Labrador de Terre-Neuve. Tout à coup une muraille grise surgit au loin. C'était la brume accumulée par la brise molle du sud dans le golfe du Saint-Laurent. Très vite le mur se referma sur l'arrière du navire et la plus mauvaise période de la traversée commença pour les voyageurs. Rankine lui-même, qui contait les scènes les plus terribles comme de banales aventures, semblait avoir perdu son énergie. Toutes les trois minutes le sifflet énorme jetait sa note, aussi grave que celle d'un tuyau d'orgue de trente-deux pieds. Cela durait seulement quatre ou cinq secondes ; mais, le silence re-

venu, on ne pouvait penser qu'à cette avalanche
de son qui allait de nouveau faire trembler
l'énorme coque. Les nerfs attendaient, *voulant*
n'être pas surpris, sachant qu'ils le seraient toujours. En même temps l'oreille épiait une réponse indiquant si l'ennemi allait bondir, devant, à gauche, à droite...

Au premier coup de sifflet, une masse d'émigrants s'était portée sur le gaillard. En toute
occasion, chose singulière, ces pauvres gens
que la vie gâte si peu sont les premiers à
craindre la mort. De ce lieu élevé, l'aspect avait
de quoi décourager l'âme la plus forte.

Soulevés par la houle, de grands plis cou-
-leur d'ardoise agitaient lourdement l'humide
linceul. Il ne pleuvait pas; mais on vivait en
quelque sorte dans l'âme de la pluie. Du
moindre cordage perlaient des gouttes. Les
vestons, les barbes des hommes, les jupes des
femmes et leurs cheveux étaient saturés d'une
buée glaciale. Même ceux qui étaient partis le
cœur plein d'espoir sentaient, après ces huit
jours, leur provision de courage épuisée. Donc
il arriva ce qui arrive souvent à la fin de ces
voyages. Un malheureux garçon, à quelques

pas d'Olivier et de Rankine, prit son élan et
sauta dans le gouffre en jetant à l'existence un
suprême adieu. Il reparut à l'arrière du bateau
qui semblait immobile tandis que le corps du
suicidé fuyait dans l'écume du sillage. Au cri
poussé par cent poitrines, le matelot de garde
à l'arrière avait lancé une bouée qui tomba
presque sur l'homme près de mourir. Il aurait
pu s'y cramponner et vivre; mais il avait assez
des tourments de ce monde. On put voir son
geste, pareil au mouvement d'un convive ras-
sasié qui écarte une dernière coupe.

Déjà l'hélice ne tournait plus. De la soute
enfumée des chauffeurs au salon luxueux des
passagères opulentes, on sut bientôt que l'Océan
venait de recevoir une victime; chacun, des
yeux ou de la pensée, faisait l'appel des êtres
aimés. Pendant qu'Olivier suivait l'évolution
dangereuse et inutile du canot de sauvetage
monté par quatre hommes, il sentit l'étreinte
passionnée du bras paternel :

— Viens près de ta mère ! Viens vite, pour
qu'elle te voie...

III

On sera peut-être porté à dire qu'Olivier, pendant une semaine, avait été fort négligé par sa famille. En réalité, son père et sa mère ne voulaient pas infliger le spectacle de leur tristesse au fils resté leur seul bonheur.

On n'eût, dans tous les cas, conservé aucun doute sur la tendresse de leur affection en voyant, dans leur cabine de passagers pauvres, l'enlacement de ces trois êtres chassés de leur patrie par la mauvaise fortune. Madame de Pragnères, faible et épuisée par tant de jours passés presque sans nourriture, ne cessait de répéter d'une voix tremblante :

— Chéri ! Si ç'avait été toi !

— Maman, répondit Olivier, celui qui s'est jeté à l'eau ne croyait pas en Dieu! John me l'a dit. C'est d'ailleurs la seconde fois qu'il se trouve à pareille fête, John Rankine.

— Tu me l'amèneras : je veux le voir. Le docteur, qui le connaît, dit que c'est un brave garçon.

Le docteur n'avait pas ajouté que c'était grâce à John qu'il savait — partiellement — l'histoire de ces nobles de l'ancienne métropole suivant les traces de Montcalm et de Lévis, sans avoir de quoi payer un passage de première classe. Bien qu'il affectât de copier le flegme britannique depuis qu'il avait passé par l'École de Montréal, ce Canadien était le meilleur homme du monde et n'eût pas soigné madame de Pragnères avec plus de dévouement si elle eût occupé une cabine de luxe. Quant au baron, qui supportait mieux la mer sans la braver complètement, le docteur s'était appliqué à lui tenir compagnie. En cela il lui rendait un service véritable, Pragnères n'ayant rien de commun avec les voyageurs des secondes, ni les habitudes, ni l'éducation, presque jamais la langue. Toutefois, — la chose lui causait plus d'ennui que de plaisir — il n'était pas le seul membre de l'aristocratie française embarqué au tarif des bourses mal remplies.

Le second jour du voyage, par beau temps, le gentilhomme vendéen, d'un pied encore inexercé, faisait sur le pont la promenade de santé ordinaire, quand il fut accosté par un compagnon qui semblait de quinze ans plus jeune que lui, mais surtout beaucoup plus riche. Celui-ci portait la tenue des plages élégantes, costume complet de nuance claire, souliers fins de cuir jaune, cravate rouge, le tout complété par un monocle et des gants frais. Touchant sa casquette de la main :

— Français, n'est-ce pas? demanda-t-il avec une aisance familière. Tout à l'heure, tandis que nous prenions l'horrible breuvage qu'on nous sert sous le nom de café au lait, je vous ai entendu parler au garçon.

— Je suis Français, répondit Pragnères sans témoigner une joie exubérante à cette rencontre d'un compatriote.

— Enfin! soupira l'inconnu. Je vais pouvoir me délier la langue. Nous n'avons à notre table que des commis et de petits boutiquiers anglais.

Naturellement tout ce qu'il y a de bien est aux premières.

— Oh! pas « tout ce qu'il y a de bien », fit le baron avec un léger sourire.

Le jeune homme élégant salua, jugeant que cette protestation polie ne pouvait concerner que lui-même.

— Rien ne doit surprendre le sage, affirma-t-il sans se douter qu'il prêchait un convaincu. Si l'on m'avait dit l'année dernière que moi, le vicomte de Malefontaine, je traverserais l'Océan comme passager de seconde classe, avec cinquante francs dans ma poche pour me mener à Québec!...

— Monsieur, répondit le Vendéen, ne prenez pas la peine de vous excuser d'être ici. Moi j'y suis bien!

Ces mots furent articulés d'un ton qui commandait la prudence dans les rapports à venir. Malefontaine soupçonna une gaffe et suspendit l'entretien, jugeant utile de s'éclairer sur le rang social de cet interlocuteur grincheux. Vers la fin de la journée, Pragnères ayant quitté un instant sa femme pour fumer sur le pont, vit venir son compatriote qui, cette fois, mit la casquette à la main en disant :

— J'ai appris qui vous êtes, monsieur. J'aurais dû le deviner en vous voyant. Permettez que je me félicite d'avoir rencontré un compagnon d'infortune tel que vous.

Pragnères salua sans répondre. Le vicomte, grand causeur dans le sens de grand bavard, s'était vu condamné au silence par sa dignité depuis deux jours. L'occasion semblait bonne pour se rattraper.

— Monsieur, commença-t-il, nous autres Parisiens...

— Je dois vous confesser que je ne suis pas du tout Parisien, déclara Pragnères.

— Hélas! moi je le suis. Mais, confession pour confession, je suis Parisien de la pire espèce, un « fêtard » en un mot. Comme il y a peu de chances que je rencontre sur ce bateau l'héritière que me destine ma famille, je n'ai pas besoin de me donner les apparences d'un petit jeune homme rangé.

— Voilà une franchise qui vous honore. Seulement je n'aurais pas supposé que le Canada fût le pays des héritières.

— Non. Mais c'est le pays où il est impossible de s'amuser. Pour appeler les choses par

3.

leur nom, je suis envoyé là-bas en pénitence.
On prépare la transition entre la déesse de
mes rêves et la fiancée des rêves de papa, —
qui n'ont rien de commun, malheureusement!
Il faut vous dire que j'ai un papa horriblement
sévère!

— Le fut-il toujours? demanda Pragnèrès
amusé malgré lui.

— Oh! mon père, qui ne se cache pas d'avoir
été jeune, admet les entraînements de la jeunesse. Pour ce qui touche à la morale, c'est un
agneau tant que les dettes ne s'en mêlent pas,
ce qui me fait supposer qu'il en a lui-même.
Par contre, si vous le mettez en présence d'un
billet protesté — et je lui en ai fait voir plus
d'un, — l'agneau se transforme en tigre. On
m'a donné à choisir entre Québec et Isabeau,
qui est une demoiselle cousue d'or et de taches
de rousseur. Si j'avais pu vous présenter à
Raphaëla qui est un lis, surtout quant au teint,
vous comprendriez que j'aie choisi Québec.

— Je comprends moins que l'on vous fasse
voyager dans des conditions tellement dures.
Nous vivons dans un siècle d'humanité à ou-
trance...

— Oui, n'est-ce pas? Les règlements exigent
que le simple veau conduit à la boucherie soit
transporté dans un camion suspendu. Hélas!
aucun arrêté ne régit le transport des fils de
famille voués au châtiment. Toutefois, il faut
être juste. Mon père, s'il est méfiant, n'est
point avare. Il m'a escorté jusqu'au wagon,
m'a remis, après avoir fermé la portière, des
billets de première classe, et un viatique suffisant. Il est resté sur le quai pour voir tourner
les roues... Mais il ignorait que la trop charmante Raphaëla est depuis peu en Angleterre.

— Pour son éducation?

— Non, pour jouer la comédie. L'élue de
mon cœur, avant de me connaître, partageait sa
vie entre les joies de l'art et son dévouement à
une mère que, pour mon compte, je souhaite-
rais plus distinguée... Mais je reviens à mon
histoire. Au lieu de prendre comme vous, notre
bateau à l'escale du Havre, je suis venu le rejoindre à Liverpool. De cette façon, traversant
Londres, je pouvais dire adieu à celle dont un
sort cruel me sépare. Ces quelques heures
furent à la fois paradisiaques et ruineuses.
En la quittant je lui mis au doigt une bague

qu'elle me promit de garder toujours. Pauvre
enfant! Elle ne sait pas que, pour payer ce souvenir trop modeste, j'ai dû changer mon billet
de première classe contre un de seconde, ci
quelques centaines de francs tombées dans ma
poche, ou plutôt dans celle du bijoutier de Re-
gent Street.

— Maintenant, dit Pragnères, j'ai tout compris. Et qu'allez-vous faire à Québec?

— Passer à la banque et toucher le premier
mois de ma pension. Entre nous elle est déri-
soire : on veut me réduire à l'obligation de travailler. C'est très joli ; mais que puis-je faire?
Une fois dans ma vie j'ai travaillé. A la campagne chez... une amie, j'ai poussé pendant
vingt minutes une tondeuse de gazon. Le lendemain je n'ai pas pu monter à cheval tant
j'avais la courbature. Le travail n'est pas notre
affaire à nous autres, cher monsieur.

— *Ce n'était pas* notre affaire, corrigea le baron. Mais il faut bien céder à l'évolution des
temps. Me voici devenu fermier, un peu sur le
tard, ce qui est pénible. Pour mon fils la chose
sera toute naturelle.

— Moi, déclara le vicomte, je ne serai pas

fermier. J'ai quelque part au Canada un ami
qui élève des chevaux. Dès que je pourrai
mettre la main sur lui... Je pense que tout le
monde le connaît à Québec. Ses poulains pais-
sent dans une prairie plusieurs fois grande
comme le bois de Boulogne.

— Le diable, répondit Pragnères, c'est que
le Canada est grand comme l'Europe. Si votre
ami demeure à l'autre bout, comptez sur quatre
jours et quatre nuits de chemin de fer pour
l'aller voir.

— Ça commence bien ! fit Malefontaine devenu sérieux.

Pragnères lui-même, depuis qu'il avait appro-
fondi les questions, entrevoyait son début sur
la rive canadienne sous un jour plutôt triste.
Tous les livres confiés par son ami Bérisal
n'étaient pas *ad usum Delphini*, c'est-à-dire à
l'usage des émigrants. Quelques-uns comblaient
des lacunes peut-être involontaires, mais considérables. Des tableaux, rédigés par des savants
dépourvus d'enthousiasme, ouvraient sur le climat des horizons sévères. Dans les environs
de Québec ou de Montréal, un domaine coûtait aussi cher qu'en France. Pour trouver le

fameux terrain de vingt sous l'arpent, il fallait
affronter des solitudes où, à cette époque, les
missionnaires eux-mêmes paraissaient à peine
une fois par mois. Quant au médecin, il ne fallait pas plus y songer qu'à l'accordeur de pia-
nos. Pragnères, voyant sa femme abattue par
la maladie, gardait pour lui ses réflexions décourageantes.

Il n'était plus alors sous l'impression fiévreuse d'un départ soudain et précipité comme
une fuite. Il avait retrouvé le sang-froid perdu
à l'heure du désastre, encore qu'il eût étonné tout
le monde par son calme apparent. A cette heure
il se demandait : « Comment ai-je pu partir? »
Et, non sans quelque amertume, il écartait de
sa pensée l'autre question : « Comment a-t-on
pu nous laisser partir ? » De même qu'il arrive
pour certaines blessures, le chagrin d'avoir
quitté Courmenault, heure par heure, devenait
plus cuisant.

Au matin de l'avant-dernier jour de voyage
le soleil fut radieux. Monté sur le pont, Pragnères y trouva son fils debout depuis deux
heures, en compagnie de l'inséparable ami John.
Des deux côtés, à une distance de vingt kilo-

mètres, la terre était visible, prête à disparaître
sur la gauche où l'on apercevait une rive dé-
serte, dominée par la tour blanche d'un phare.
Olivier qui semblait écouter les leçons de John
mieux qu'il n'écoutait jadis celles de l'abbé
Genestoux, s'empressa d'étaler ses connaissances nouvellement acquises.

— Voici, expliqua-t-il à son père, le feu de la
Pointe Ouest d'Anticosti. Depuis hier soir nous
avons à gauche cette grande île dont vous
voyez la fin. Elle vient d'être achetée par un
Français. Au jour, nous étions en face de la
Pointe aux Esquimaux à droite. Puis nous
avons passé Mingan. Et voici la Longue-Pointe.
C'est amusant de voir la terre.

L'île d'Anticosti, « l'Anticost », comme ils
disent là-bas, disparut à l'arrière. On gouverna
un peu vers le sud et, encore une fois la terre
fut perdue de vue, car, en cet endroit, plus de
cent kilomètres séparent les deux rives du
fleuve. Vers trois heures de l'après-midi, une
longue bande de rochers sembla se détacher de
la terre à main droite, et rétrécir le Saint-Laurent jusqu'à lui laisser une largeur de dix lieues
à peine. C'était la Pointe aux Monts où com-

mence la véritable navigation de rivière. Le
temps était beau. Pour la première fois depuis
le départ de Liverpool, madame de Pragnères
put s'étendre sur une chaise longue dans un
coin abrité du pont. Ce fut une joie pour son
mari et pour Olivier. En même temps ce fut
un honneur pour John qu'elle voulut voir et
qu'elle remercia de son zèle pour le bien de
toute la famille.

— Malheureusement, dit-elle, j'apprends que
nous allons nous quitter.

John répondit qu'il le fallait bien, puisqu'il
continuait jusqu'à Montréal. Mais, pendant l'escale du bateau à Québec, on pouvait compter
sur lui pour l'installation. Il proposait un hôtel
tenu par sa tante, qui serait aux petits soins
pour madame de Pragnères et les siens.

L'offre fut acceptée avec une confiance que,
d'ailleurs, nul ne regretta jamais.

Le bateau coupait alors la rivière en diago-
nale afin de se rapprocher du port de Rimouski,
station de chemin de fer, où le bateau devait
laisser les sacs de dépêches pour Québec. Dans
l'éblouissement de la lumière canadienne, le
soleil se couchait sur la rive opposée, très basse

en cet endroit, mais bien marquée malgré la distance. L'eau du fleuve, toute rose, devint presque unie comme un miroir quand l'agitation de l'hélice fut calmée. Les soldats de la douane vinrent à bord, et madame de Pragnères put oublier qu'elle était à quinze cents lieues de la France, quand elle entendit sa langue parlée par ces hommes doux et polis, d'une voix lente, traînée sur les finales, qui lui rappelait certains accents de l'Ouest.

— Maman ! lui cria Olivier, voici des Indiens !

Une embarcation venait du large, pagayée par deux hommes dont le teint terreux faisait penser aux gypsies rencontrés sur nos routes.

— Quoi ! s'écria la voyageuse désappointée. Ce sont des sauvages ! Qu'est devenu leur costume ? Ils sont vêtus comme nos ouvriers de fabriques !

A ce moment elle oublia les rameurs pour admirer leur charmant canot d'écorce aux formes bizarres et charmantes. Cette vue réveilla son instinct poétique, et le souvenir des lectures d'autrefois.

—Regardez ! dit-elle à son mari qui se tenait près d'elle, heureux de la voir s'intéresser aux

choses de la vie. Ne vous semble-t-il pas que
nous voyageons avec Chateaubriand ? Ne sen-
tons-nous pas « la fraîche haleine qui précède
la reine des nuits montant peu à peu dans le
ciel ? » N'allons-nous pas voir « le bison chargé
d'années fendant les flots à la nage, pour venir
se coucher parmi les hautes herbes ? »

Le docteur passait par là, venant d'accomplir
les formalités pour l'admission en libre pratique.
Il ne manqua pas l'occasion, toujours recherchée,
d'un bout de conversation avec la Française.

— Madame, dit-il, permettez que je vous fasse
entendre un conseil respectueux. Tant que vous
serez chez nous, faites semblant de ne pas savoir
que l'animal nommé bison a jamais existé.
L'avoir laissé détruire est un de ces péchés
historiques dont un pays ne se relève pas[1]. Nous
l'avons commis et nous n'aimons pas qu'on nous
le rappelle. Car nous sommes susceptibles.

---

1. Le docteur ne pourrait plus, aujourd'hui, formuler ce
jugement sévère. En 1907 le Gouvernement Canadien, par
des achats d'animaux conservés sur des propriétés privées,
formait un troupeau de 400 bisons, et l'abritait contre tout
danger à Elk Island Park, Alberta. En 1908 un autre parc de
50.000 hectares, solidement clos, situé à 200 kilomètres Est
d'Edmonton, recevait 250 spécimens de la même race. (*Note
de l'auteur.*)

— Mais enfin, il vous reste bien quelques bisons?

— Pas un seul vivant en liberté. Mais si vous pouviez recueillir tous leurs os qui blanchissent dans la Prairie, vous en chargeriez une grande flotte de bateaux pareils au nôtre. C'est pourquoi les Indiens s'habillent à la Belle Jardinière, vivent sous des tentes de toile, et mangent des conserves. Le bison n'est plus là pour les vêtir et les nourrir; mais il leur reste le bouleau. Vous verrez tout ce qu'ils savent faire de son écorce. Regardez ce canot, pour commencer. Peut-on voir rien de plus gracieux?

— Non. Cela ressemble à la feuille recourbée de quelque gigantesque plante, détachée de sa tige, et flottant sur l'eau. Comme je voudrais y faire une promenade!

Ce vœu formé par Robertine de Pragnères devait être exaucé copieusement, à défaut d'autres.

— Maintenant, conseilla le docteur, il serait sage de rentrer chez vous. Voici « la brunante. » Gare au refroidissement! D'ailleurs il faudra vous lever dès l'aurore. Nous serons à Québec avant six heures du matin.

— Ah! bien oui! s'écria Olivier qui accourait, porteur de grosses nouvelles. John vient de me dire que nous avons une avarie de machine. On ne pourra guère partir avant minuit.

— Tant mieux pour vous, madame, fit le médecin du bord. Vous pourrez voir de grand jour les approches de Québec. C'est un des beaux spectacles du monde.

Un peu plus tard, quand sa femme et son fils furent endormis, Pragnères vint s'accouder au bordage. La lune éclairait l'immense nappe d'eau que la lutte du courant contre la marée montante venait dépolir à certaines places. Pour lui aussi, venu avec la marée, l'heure de la lutte contre le courant du Destin allait sonner.

« Combien de jours, de mois, d'années, songea-t-il, se passeront avant que je ne retrouve un moment de calme pareil à celui-ci ? Cher pays de France !... Maison où je suis né, qu'il me semble avoir quittée hier, que je ne souhaite pas de revoir jamais !... »

Un compagnon de voyage attardé ainsi que lui vint troubler cette méditation mélancolique. C'était le vicomte de Malefontaine.

— Pardonnez-moi, s'excusa-t-il. Je venais

vous demander quels pourboires il convient de
donner. Dieu merci ! Je n'ai pas été malade...

— Vous avez bien de la chance, répondit
Pragnères, car le vomissement se paye à part.
Mais je ne vous ai pas vu d'aujourd'hui.

— Je me cachais, monsieur : il faut bien
vous l'avouer. En d'autres circonstances, naturellement, je vous aurais prié de me présenter
à la baronne. Mais je ne suis pas montrable ;
non, monsieur, pas montrable. Huit jours dans
une cabine où j'avais trois compagnons ! Pour
changer de linge il fallait s'entendre, afin de
ne pas se heurter réciproquement. D'ailleurs,
changer de linge... Comprenez-vous qu'il n'y
ait pas de blanchisseuses à bord? Ou du moins,
s'il y en a, ce que je soupçonne fortement,
elles sont nos voisines de table. Enfin j'ai profité de l'escale pour me raser, pendant que mes
compagnons admiraient le paysage qui, entre
nous, m'a paru plutôt monotone. Quant à Québec, je n'ai pas d'illusions puisque, d'après ma
feuille de route, c'est le lieu du monde où l'on
s'amuse le moins.

La cloche du quart venait de piquer minuit :
on allait se remettre en route. Pragnères inter-

rompit ce flot de paroles en déclarant qu'il voulait dormir, se trouvant fatigué. Malefontaine
lui tendit la main :

— Bonsoir, baron !

— Monsieur, répondit le Vendéen, vous m'o-
bligerez en voulant bien vous souvenir que ma
baronnie est restée en France. Elle me gêne-
rait considérablement pour ce que je vais faire
au Canada. Je suis désormais Pragnères tout
court.

IV

Madame de Pragnères, complètement reposée par une nuit de calme absolu, vint sur le pont de bonne heure. Réconfortée par la cessation de tout malaise, elle se trouvait dans les meilleures dispositions pour jouir du spectacle dont ses yeux furent frappés et qui lui rendit, presque instantanément, la faculté très vive d'émotion qu'elle avait autrefois.

Quinze ans plus tôt, Robertine Hertel de la Fresnière était une jeune fille avide de poésie et de romanesque, rêveuse en face de la Nature, portée à l'enthousiasme, si bien qu'elle fut éprise, autant dire à première vue, d'un homme rencontré par hasard, en qui toute la Vendée saluait l'un des héros de la fameuse bataille. Mariée très vite à Henri de Pragnères, elle vint à Courmenault comme elle fût entrée au Paradis. Si jamais aucune désillusion dans la personne de l'époux ne lui fit regretter son choix, elle vit malheureusement sa lune de miel voilée presque au début par le nuage lourd des soucis matériels. De même qu'elle eût donné sa vie pour son mari, de même elle lui sacrifia ses goûts, ses aspirations, ses tendances. Vaincue dans cette lutte affreuse qui avait duré tant d'années, la capitulation, du moins, lui permettait de quitter sa casemate et de respirer le grand air. Aussi quand la Nature lui montra un spectacle dont son imagination n'avait pu soupçonner la magnificence, elle oublia tout pour redevenir la jeune fille impressionnable, qu'un coucher de soleil sur les coteaux de la Vendée plongeait dans l'admiration.

La largeur du fleuve s'était réduite à vingt kilomètres. L'œil commençait à détailler le paysage de ses rives, surtout de la rive droite, bien éclairée par le soleil déjà haut derrière un archipel de petites îles toutes verdoyantes. De ce côté on découvrait un peu confusément

Kamouraska et son église. Tout en face, les hauteurs de la Pointe au Pic et du Cap à l'Aigle, couvertes de villas et d'une végétation admirable, faisaient songer aux collines du Bosphore, là où celles-ci ont conservé leur parure de forêts. Toutefois le Bosphore, s'il est baigné d'une lumière plus chaude et plus amollissante, ne connaît pas cette clarté radieuse et pure qui allège, dirait-on, les mouvements du corps et de l'âme.

« Noble » Saint-Laurent ! C'est l'épithète que lui attribuent, sans s'être donné le mot, tous ceux qui ont écrit son nom sur la feuille volante d'un album, ou sur la page d'un heureux livre destiné à ne pas périr. Aussi quel autre fleuve, dès sa naissance, est entouré d'une gloire pareille? Il voit le jour dans une étendue de lacs spacieux comme des mers où, longtemps, il se repose avant de bondir dans l'élan fougueux de sa jeunesse, et d'ébranler, à Niagara, les fondements de la terre. Une seconde fois, cent lieues plus bas, il déchaîne sa force aux rapides de Montréal. Pour le franchir un pont coûta cent millions à la grande cité; car ce roi du continent exige des offrandes

4

dignes de lui. Mais, à cette gloire, une chose manque tristement : la lyre d'un Homère! Et cependant, qu'était l'armée d'Agamemnon auprès des cohortes heurtées sur ses rives sanglantes! Et si, pour venger l'honneur de Ménélas, les flottes grecques avaient dû seulement franchir le Saint-Laurent vers son embouchure, combien de trirèmes aurait-on vues à l'entrée sablonneuse du Scamandre et du Simoïs? Glorieux ruisseaux, plus fameux chez nous, grâce au génie d'un homme, que le fleuve immense des Cartier, des Champlain et des Montcalm !

Ces réflexions traversaient l'esprit cultivé de madame de Pragnères. Le médecin du bateau qui s'était approché désira connaître les impressions de la voyageuse. Elle les résuma en lui demandant :

— Pourquoi, dès qu'on parle des grands spectacles de la Nature, les mêmes noms reviennent-ils toujours : le Bosphore, Naples, Messine, Rio de Janeiro, Ceylan? Est-ce tellement plus beau que ce fleuve dont j'avais à peine entendu prononcer le nom?

— Madame, répondit le docteur, aucun pays ne peut offrir à ceux qui le visitent des spectacles plus grandioses que le mien. Malheureusement le Canada souffre, paraît-il, d'un désavantage qui le condamne à l'obscurité : ses habitants ne sont pas Marseillais.

Pragnères, tout en souriant, déclara que le mot était un peu dur pour Marseille.

— Il n'est pas de moi, fit le médecin. Je l'ai entendu de la bouche d'un de vos compatriotes. J'avoue qu'il me paraît juste, car, ayant fait un voyage à l'époque de mes études, j'ai visité la Provence où je comptais éprouver des impressions jusque-là inconnues. J'avais lu sur elle tant d'éloges dithyrambiques, en prose, en vers, en patois, sans compter la musique! Certes, c'est beau la Provence... mais enfin... Ah! monsieur, si nous avions seulement un Alphonse Daudet parmi nos hommes de lettres! Le monde ne parlerait plus que de nous. Hélas! nous ne sommes pas « du Midi ». Nous sommes légèrement paresseux, trop timides, et aussi, je crois, trop bien élevés. Nous imitons ces mères qui craignent d'ennuyer le visiteur en l'obligeant à admirer leur poupon.

La cloche du déjeuner sonna : pour la première fois, madame de Pragnères prenait sa place à table, ce qui rendit obligatoire la présentation de Malefontaine. Ce Parisien, comme beaucoup d'autres, manquait de conversation avec les femmes quand il ne pouvait leur parler ni des courses, ni du théâtre, ni de leur toilette, ni du scandale courant. Dès qu'on put sortir de table, ils se quittèrent, lui pour aller voir si ses nombreuses malles étaient au complet dans la batterie, elle pour retourner à son observatoire. Il était temps. Le bateau longeait déjà l'île d'Orléans, ce long bouquet de verdure couvert de villages, parsemé d'églises, de maisons de campagne et d'hôtels, autant que l'est une pointe du Lac des Quatre-Cantons. Mais, sur l'avant du bateau, un panorama sortait de l'onde, captivant le regard, détournant l'attention de tout le reste.

D'abord ce fut la blancheur crue et rigide d'un alignement d'ouvrages militaires. Posée en travers du fleuve qu'elle barrait à la façon d'une digue, la forteresse, très vite, sembla monter sur l'eau avec la base nue et formidable de ses glacis. En même temps, vers la droite, émergea une grande cité esquissant sur un ciel d'azur le profil onduleux de ses édifices semés de groupes d'arbres. Québec la Glorieuse sortait des profondeurs du fleuve; et l'on découvrit alors, blottie au ras de l'eau, une rangée de maisons formant la bordure inférieure du diadème. Puis, ce qui avait semblé une barrière devint l'éperon d'un cap. A gauche, le Saint-Laurent forçant le passage décrivait une courbe puissante, jalonnée par les hauteurs des hautes falaises abritant Lévis. A droite le confluent du Saint-Charles ouvrait l'horizon des montagnes Laurentides, qui cachent dans leurs plis un monde mystérieux de forêts et de lacs.

A ce moment, démasqué par l'île d'Orléans qu'on laissait à l'arrière, un sillon neigeux de cascade parut pendant une minute. C'était l'embouchure de la rivière Montmorency. Épouse impatiente du fleuve, pour le rejoindre plus vite, elle bondit d'une hauteur de trois cents pieds. Mais aussitôt le décor sauvage fit place à la civilisation d'un grand port. Dans toutes les directions filaient des vapeurs grands et petits, les uns descendant le fleuve pour gagner l'Europe, d'autres courant vers Lévis, Sainte-Anne ou Sainte-Pétronille. Des goélettes chargées de bois louvoyaient pour vaincre le courant et,

4.

dans son canot léger, « l'habitant » regagnait
sa ferme de la rive, après avoir laissé au marché
Champlain sa cargaison de beurre et de lé-
gumes.

Le bateau ne marchait plus qu'à demi-vitesse.
On pouvait discerner le dock où une foule attendait les voyageurs du Vieux-Monde. Quand
l'amarre fut jetée, l'aspect de Québec était tout
autre. On se trouvait alors au pied d'un promontoire rocheux dominant le fleuve d'une
hauteur de cent mètres. La Ville Haute trop
rapprochée avait disparu. Le long des rampes et
des escaliers un assaut de maisons de bois se
pressait à l'escalade. Et ce qui avait d'abord
paru un viaduc montrait alors dans toute sa
majesté l'imposante Terrasse Dufferin, observatoire digne d'un panorama égalé quelquefois,
surpassé jamais, par les merveilles que l'œil
humain a pris l'habitude d'admirer.

Ainsi, pour madame de Pragnères, la traversée s'acheva dans une extase qui lui fit
oublier tout le reste. Son mari, au contraire,
voyait approcher le quai de Québec dans un
état d'esprit moins porté à l'admiration. Quant
à Olivier, il était déjà en conférence avec son

ami John qui, le lendemain, allait continuer sa route vers Montréal. Mais le jeune Canadien n'eut besoin que d'une heure pour procurer le gîte promis à la famille qu'il considérait comme confiée à ses soins.

Dans la rue Sous-le-Fort, une des plus animées et des plus étroites de la Basse-Ville, on trouvait, à condition d'avoir un guide, l'*hôtel du Sauvage*, tenu par Adélard Léveillé qui se vantait d'avoir pour ancêtre un soldat de Montcalm. La descendance, du côté des femmes, était moins illustre. S'il fallait en croire les on-dit, l'Iroquoise en grand costume, peinte sur l'enseigne du « Sauvage », était le portrait de la première madame Léveillé. Mais, depuis deux cent cinquante ans, la race normande avait eu le temps de regagner son caractère. Quant à l'accent il n'avait jamais varié depuis Louis XIV ; les mœurs pas beaucoup plus.

Annette Léveillé, tante de John, sans blâmer ouvertement sa sœur d'avoir épousé un Anglais, ne l'avait pas beaucoup revue depuis qu'elle était installée à Montréal. D'ailleurs, à l'époque de ce récit, l'hôtelière du *Sauvage*, qui entrait dans sa vingt-neuvième année, venait de faire baptiser son huitième enfant à l'église vénérable de Notre-Dame-des-Victoires.

— Heureusement nous n'avons que la rue à traverser, disait Adélard du ton d'un homme qui compte la traverser souvent encore.

Ces braves gens, — Dieu sait qu'ils méritaient l'adjectif — devinrent instantanément les protecteurs dévoués de la famille vendéenne. Le premier résultat fut un tarif de faveur pour le logement et la nourriture, bien que le tarif même normal du *Sauvage* fût des plus modérés. A vrai dire le logement n'était pas luxueux. Quand Robertine se mettait à sa fenêtre, elle avait en face d'elle, à une vingtaine de pieds, la façade de torchis et de charpente d'une maison deux fois centenaire. A gauche elle trouvait le rocher presque à pic, couvert à ce moment d'une joyeuse verdure. A droite elle découvrait, par l'étroit débouché de la rue, les mâts et les cheminées des navires, cachant la nappe du fleuve, mais laissant voir au delà les hauteurs de Lévis. C'était, il faut l'avouer, un logis peu enviable; mais la bourse d'Henri de Pragnères était mal garnie et, jus-

qu'à réception de la somme laissée disponible
sur la vente de Courmenault, il fallait compter
au plus juste.

Privé de la compagnie de John qui avait
poursuivi sa route vers Montréal avec le bateau, Olivier, pour la première fois, eut le
mal du pays. Toutefois, dans cette ville où
chacun parlait et comprenait sa langue, l'impression passa vite. Le prévoyant John, d'ailleurs, s'était donné à lui-même un remplaçant
dans la personne de son cousin Narcisse, du
même âge que lui, mais de nature toute différente, le sang tranquille du Canadien n'ayant
subi dans ses veines aucun mélange anglo-
saxon.

Pendant les semaines qui suivirent leur débarquement, les trois membres de la famille
exilée suivirent chacun la pente normale de
leur caractère. Le plus jeune, constamment en
expédition, s'enivra de spectacles nouveaux. Sa
mère resta chez elle, occupée aux soins des
vêtements et du linge, sans parler de l'effroyable quantité de lettres qu'elle devait envoyer, n'ayant dit adieu à personne au moment
du départ. Quelques-unes de ses pages — car

elle était de celles dont les lettres se gardent
— seront mises à profit pour la suite de cette
histoire. Le lendemain de son arrivée elle
écrivait à l'abbé Genestoux :

« C'est moins dur que je ne croyais. D'abord,
ne plus rien devoir à personne est un soulagement qu'il faut avoir éprouvé pour le comprendre. Ensuite la pauvreté est dix fois moins
pénible quand on la supporte au milieu d'inconnus, ce qui nous montre combien l'orgueil
tient de place dans nos souffrances. Que sera
demain, je l'ignore. Aujourd'hui, c'est un repos de bête fatiguée et dépaysée. Pendant six
jours je suis restée sans mouvement sur mon
lit, c'est-à-dire sans autre mouvement que
celui du bateau, suffisant je vous assure. Mais
l'épreuve de ce voyage ne se renouvellera plus.
Quand j'ai dit adieu à mes chers morts, j'ai
frissonné d'angoisse à la pensée que nous ne
dormirons pas dans la même tombe. Maintenant je me demande si je n'aime pas mieux
rester, morte, sur ce rivage de la mer, que de
la traverser une seconde fois, vivante.

» Et cependant le calme du fleuve m'a
guérie en quelques heures. Je me suis levée,

oubliant tout, et j'ai admiré un spectacle qui dépasse le rêve. Oh! cette vision de Québec venant au-devant de moi, comme un jour viendra la grande vision, plus belle encore!

» Ce matin, je n'ai eu qu'à traverser la rue — elle a bien six mètres de large, — pour entrer à Notre-Dame des Victoires. (Les victoires de l'autre monde, sans doute!) Quand je suis sortie, réconfortée — l'hostie sainte a la même douce saveur sur tous les points du globe — j'ai levé les yeux vers une plaque de marbre fixée à la muraille : *Pose de la première pierre par le marquis de Denonville en 1688.* Sa sœur, ou sa nièce, épousa un de nos ancêtres. Cher pays où je me sens un peu chez moi!... »

Pendant que Robertine ouvrait son cœur à l'abbé Genestoux, Olivier parcourait la ville avec son jeune guide. Le Musée d'histoire naturelle fixa longtemps son admiration. Quand Narcisse lui affirma qu'il pourrait tuer quelque jour un orignal de sept pieds de haut, pareil à celui dont il contemplait le corps empaillé, son enthousiasme pour sa nouvelle patrie ne connut plus de bornes.

Henri de Pragnères était occupé de questions d'un intérêt pratique plus immédiat. On
lui avait conseillé de venir au Canada, et, sans
beaucoup réfléchir, il avait obéi, de même qu'il
eût accepté d'aller à Madagascar. L'important
pour lui avait été de disparaître et d'abréger autant que possible une agonie dont personne,
pas même sa femme, n'avait soupçonné l'angoisse. A cette heure l'amputation morale était
accomplie. Mais venir au Canada n'était rien :
il fallait y trouver, pour lui et sa famille, une
occupation, des ressources. Comme il avait
l'instinct de ses compatriotes qui voient dans
l'Administration une seconde Providence —
souvent même la seule — on devine que le Ministère de la Colonisation eut sa première visite.

Dans un long corridor où s'ouvraient des
portes innombrables, il erra longtemps sans
apercevoir les douze garçons de bureau que,
chez nous, il aurait eu le choix de tirer de leur
sommeil. Enfin un inconnu, qui semblait au
courant des lieux, lui conseilla de frapper à
l'une d'elles qu'il désigna.

Pragnères obéit. L'organe puissant d'un
homme vigoureux et jovial lui cria d'entrer.

A sa grande surprise, il se trouva en présence du personnage qu'il venait voir, sans que, dans une antichambre, l'huissier l'eût soumis à l'examen de rigueur même dans nos préfectures les plus modestes.

L'Honorable Damasse Lefebvre, Surintendant des Concessions, était un homme de haute taille, sobrement vêtu, aussi peu officiel dans sa personne que l'était son bureau où, chose à peine croyable, le visiteur trouvait un fauteuil commode qui n'était pas en drap vert, et un tapis joyeux à l'œil qui n'était pas en moquette rouge. Un paravent dissimulait avec négligence le porte-manteau et la toilette. Au lieu de la cheminée rigide en marbre noir, le haut édifice d'un poêle en faïence promettait une chaleur tiède pour l'époque où le Saint-Laurent charrie ses glaçons. Des cartes couvraient la muraille là où les rayons d'une bibliothèque peu majestueuse laissaient un espace libre. Enfin aucun buste endimanché et morose ne rappelait cette vérité lue partout, encore qu'écrite nulle part, dans nos sanctuaires administratifs : *on ne vient pas ici pour s'amuser.*

Damasse Lefebvre posa sa plume avec un

plaisir manifeste. Son visage rasé, à l'excep-
tion des joues ornées de favoris normands où
le gris dominait, aurait pu appartenir à l'un
de ces oncles que nous avons connus dans les
salons provinciaux de nos grand'mères. Il
avait, de ces hommes d'autrefois, la politesse
toujours prête à sourire, le mot plaisant toujours prêt à s'envoler. Toutefois la bonne
humeur de ce haut personnage, qui semblait
avoir du temps à perdre et aucune nervosité,
ne produisit pas sur Pragnères une impression
favorable. Ce Vendéen qui n'avait jamais quitté
la France était habitué à se voir froidement
reçu dans les bureaux. L'affabilité de Damasse
Lefebvre lui inspira quelques doutes sur son
sérieux, et même sur son élévation hiérar-
chique. S'étant assuré qu'il était bien en face
du Surintendant des Concessions, Pragnères
déclina ses nom, qualité et nationalité, sans
toutefois mentionner son titre. Puis il expliqua
son intention de se fixer au Canada pour y faire
de la culture.

— J'ai pensé, conclut-il, que ma première visite — j'ai débarqué hier matin — devait être
pour le Ministère de la Colonisation.

Son interlocuteur eut un imperceptible sourire, qui ne semblait pas corroborer d'une manière absolue cette manière de voir.

— Monsieur, répondit-il, personnellement
j'ai toujours le plus vif plaisir à rencontrer un
Français. Quant au côté officiel de votre visite, permettez-moi de vous dire qu'il y a colon
et colon. Vous ne me paraissez pas appartenir
à... la classe inférieure de l'espèce, qui achète
les terres du gouvernement — à un franc
l'acre — pour défricher la forêt vierge.

— Malheureusement, confessa Pragnères,
j'appartiens à cette classe inférieure, et je viens
vous demander vos conseils d'abord, votre action administrative ensuite.

Le sourire de Damasse Lefebvre disparut,
non qu'il éprouvât moins d'estime pour son visiteur en voyant son manque de fortune, mais
parce qu'il savait à quoi s'en tenir sur la tâche
que voulait s'imposer le nouveau venu. Cette
sympathie devint une véritable émotion à la
nouvelle que l'émigrant possédait une femme
et un fils encore très jeune. Jugeant que sa
pitié causerait une souffrance de plus, il aborda
les questions techniques, désigna quelques ter-

ritoires, distants de mille kilomètres, où le colon
pouvait obtenir un « homestead, » et aboutit à
cette conclusion discrète :

— Le choix que je vous conseillerai dépend du
capital dont vous disposez pour votre exploitation.

Voilà précisément ce que le pauvre Pragnères ne pouvait pas dire tant qu'il n'aurait
pas reçu son argent. Lefebvre devint plus
froid, jugeant que l'affaire n'était pas sérieuse
ou qu'on se méfiait de lui ; ils se quittèrent mé-
contents l'un de l'autre. Toutefois le Vendéen
promit une seconde visite, qu'il comptait faire
lorsqu'il serait nanti. Après quoi il regagna
l'hôtel en passant par la Banque où il donna
son adresse, pour qu'on pût le prévenir quand
il devrait toucher son chèque.

Robertine, mise au courant de l'entretien avec
Damasse Lefebvre, ne fut pas longue à faire
causer Annette sur ce personnage important. La
bonne femme en savait ce que tout le monde, à
Québec, aurait pu raconter :

— C'est un très brave Monsieur, bien estimé
de tout le monde, et bien riche. Par malheur,
il a le foie blanc, ce qui fait que toutes ses
femmes meurent.

— Grand Dieu ! combien en a-t-il perdu ?
s'écria madame de Pragnères pour qui cette
théorie médicale, répandue chez les paysans de
France, n'avait rien de nouveau.

— Seulement deux : vous comprenez qu'il
n'en trouve plus. La première a été mariée deux
ans, la seconde dix mois. Chacune lui a donné
une fille. L'aînée, devenue amoureuse d'un
officier américain, n'a pas laissé de repos à son
père jusqu'à ce qu'il ait consenti. On ne l'a
jamais revue.

— Et la seconde ?

— Oh ! elle est encore toute jeune. Mais
n'est-il pas malheureux pour un homme si riche
de n'avoir pas un garçon à qui laisser de son
bien ?

Pragnères, pendant tous les jours qui suivirent, fréquenta le marché, examinant les den-
rées, les chevaux, le bétail, faisant causer les
paysans, prenant des notes sur le prix des vêtements, des matériaux, de l'outillage. Même il
visita quelques fermes de la banlieue, s'émer-
veillant sur l'accueil cordial qu'il recevait partout et qui lui rappelait les histoires du temps
jadis, entendues de la bouche de son père. Enfin

il découvrit qu'en matière de conseils Adélard
valait trente ministres.

Le *Sauvage*, tenu de père en fils par de nombreuses générations de Léveillé, possédait à
coup sûr la clientèle la plus variée qu'il y ait au
monde. Dans un rayon de mille kilomètres, des
gens connaissaient Adélard autant que les vil-
lageois d'un canton de Normandie connaissent
l'aubergiste du bourg. Pendant l'hiver, quand le
fleuve broyait ses énormes glaçons et que les
solitudes neigeuses du Nord semblaient s'être
rapprochées pour former le blocus de Québec,
les affaires étaient calmes chez Léveillé. Mais,
pendant la belle saison, pas une des chambres
ne restait vide. Chaque matin, à l'heure du premier repas, substantiel comme un de nos dîners,
Pragnères avait pour voisins de nouveaux venus
dont la conversation facile et abondante lui
ouvrait le Canada sur tous les points.

C'était le moment où les pêcheurs de morues
et les chasseurs de loups marins, établis sur la
côte Nord du fleuve, « montaient » pour se ravitailler et frayer pendant quelques jours avec d'autres humains. Dans l'espace d'une demi-année,
le traîneau attelé de chiens leur avait apporté la

poste quatre fois. Si la pêche de l'automne précédent avait « donné », le solitaire de la Pointe
aux Esquimaux, de Natashquan ou de La Taba-
tière profitait du passage d'une goélette pour
venir se distraire au *Sauvage*. Prægnères, on
le devine, cherchait plutôt l'entretien des fermiers du Manitoba ou de l'extrême Ontario.
Des coupeurs de bois, venus de la Baie des
Chaleurs, discutaient les prix avec les fabri-
cants de pulpe. Des capitaines de voiliers ra-
contaient leurs aventures : bâtiment cerné par
la glace et emmené au large avec le *field* ;
rencontre d'ours blancs et de baleines ou, ce
qui « payait » mieux, de touristes millionnaires
curieux d'une promenade aux îles Madeleine ou
dans les solitudes boisées de l' « Anticost ».

C'était une encyclopédie parlée où chacun
pouvait choisir son étude. Les mérites relatifs
des diverses contrées et des différentes indus-
tries, l'espoir d'un chemin de fer ou d'un télégraphe, l'injustice de l'administration, qu'il
s'agît d'accorder un lot de terre ou une permission de pêche, les rigueurs du climat, les roue-
ries des sauvages, l'obligation d'aller chercher
un prêtre à douze heures de marche pour con-

fesser un mourant, les exactions des « traders »,
tout cela se mêlait d'une façon très fatigante
pour l'esprit d'un auditeur attentif. Mais tous
ces gens semblaient parler par plaisir de parler,
non pour être entendus, et madame de Pragnères s'amusait de leur langage « canayen »,
tout pareil à certains patois de France : « *Ben
content. Ousque-t'es ? Yen qu'un peu. J'arrivis
trop tard. Je n'avions pas mon butin.* »

Quant à Olivier, il s'extasiait aux histoires de
chasse et de pêche, apprenait les habitudes du
gibier, les ruses des Indiens. Déjà il lui tardait
de quitter Québec pour se lancer dans les
aventures. La destinée a de profonds mystères.
Ce tout jeune homme, presque encore un enfant,
s'était transformé en quelques semaines. Il était
loin, l'écolier tranquille, volontiers paresseux,
dont ses parents et son précepteur n'avaient
jamais songé à faire autre chose qu'un chrétien,
un gentilhomme fidèle à ses traditions, un propriétaire capable de surveiller son domaine un
peu augmenté, avec la grâce de Dieu et la
chance d'un bon mariage. De fait, sans la ruine
survenue, il n'est guère probable qu'il eût été
autre chose.

Par contre, si le chef de cette famille eût montré moins de réserve, dix maisons de Québec, et les meilleures, eussent ouvert leurs portes à ces Français pouvant se réclamer de noms connus dans l'histoire canadienne. Mais Henri de Prægnères, en ce moment, n'avait qu'une pensée : le prochain courrier allait-il lui apporter les fonds promis par son notaire ? Plus il acquérait la connaissance des lieux, plus il comprenait l'importance de cette question posée par Damasse Lefebvre : « Quel capital possédez-vous ? »

Robertine, habituée à mettre toute sa confiance en Dieu et en son mari, s'accommodait courageusement du régime et de la société qu'elle trouvait au *Sauvage*. D'ailleurs, n'ayant plus de maison à conduire, ses goûts intellectuels s'étaient réveillés. Chaque jour, accompagnée de son fils, elle faisait un pèlerinage dans l'intérieur de la ville ou dans la banlieue. Elle connaissait la cathédrale aux murailles trop blanches, le couvent des Ursulines où dort Montcalm, l'Hôtel-Dieu bâti sous Louis XV, les plaines d'Abraham où la victoire et la défaite confondirent deux généraux dans une mort glorieuse,

5.

la coulée de Spencer Wood, par où les Anglais
montèrent du fleuve pour surprendre la forteresse. Mais elle préférait à tout la Terrasse Dufferin et la contemplation d'un des plus beaux
panoramas du monde.

Un soir, un peu avant l'heure du dîner, elle y
avait entraîné son mari qui, au contraire d'elle,
s'attristait aux lumineux spectacles et ne voulait
pas être consolée parce que Courmenault n'était
plus. Condamné au logis peu agréable du *Sauvage* et aux fondrières de la Basse-Ville, Pragnères avait dit en maugréant :

— Québec ressemble à une femme dont la
tête est couronnée de beauté, mais dont les
jupes traînent dans la boue.

— O mon ami, protesta Robertine, tâchons
de ne voir que la beauté, qui est si grande !
Pensions-nous que, dès ce bas monde, une
telle magnificence pourrait frapper nos yeux ?

Avec le calcul adroit d'un peintre qui, pour
exhiber son œuvre, place son visiteur à l'endroit
voulu, elle avait fait asseoir son mari sur un
banc à quelque distance de la balustrade. Le
premier plan, composé des rues tortueuses de
la Basse-Ville avait disparu. A leurs pieds sem-

blait mourir la nappe d'eau du Saint-Laurent,
de ce bleu très pâle, ineffablement virginal,
qu'on ne peut rencontrer sur aucun des fleuves
de notre Europe trop habitée. Nulle approche
ne semblait avoir troublé cette onde pure, sauf
le pied rose de la nymphe des Laurentides, ou le
duvet d'un cygne sauvage égaré hors de sa
course.

Toute la Nature, fraîche, intacte, semblait
presque ignorer l'homme, qui, dans nos contrées, là domine et la remplace. La lumière
vibrait si intense que les nouveaux venus en
éprouvaient une fatigue. Les moindres maisons
de l'Ile d'Orléans ressortaient distinctes du
feuillage, pareilles à des perles piquées sur le velours vert d'un coussin allongé. A douze lieues,
un peu sur la gauche, le cap Tourmente bai-
gnait sa cime dans les mauves du couchant.
Mais qui peut savoir à quelle distance finissait
l'horizon, cachant dans ses replis des forêts
grandes comme des provinces, des lacs grands
comme des mers!

Sur la nappe d'eau, large d'un mille entre le
village de Beauport et les quais de Lévis, le
mouvement ordinaire d'un fleuve à l'approche

d'une cité perdait son importance parce que
l'espace occupé n'était rien comparé à l'espace
resté libre. Le paquebot venant de l'embouchure, les steamers plus petits faisant le service
de la rade, les trois-mâts suivant leurs remor-
queurs, les barques à voiles des riverains laissaient au cours de l'eau sa noble immensité. De
même une file de chameaux perdus dans les
sables n'empêche pas le désert d'être désert ; la
fumée d'une hutte de chasseurs n'ôte pas à la
Prairie son imposante solitude. L'air du Nouveau Monde réjouissait les poumons de son
aliment généreux. Tous les avantages factices,
le rang, la science, la fortune s'évanouissaient
devant cette beauté sublime. On se demandait
comment il était possible d'être avare, orgueil-
leux, injuste, de ne pas aimer son semblable,
de ne pas adorer son Créateur !

Les trois exilés gardèrent longtemps le silence.
Robertine était assise entre son mari et Olivier.
D'un mouvement spontané comme une inspira-
tion prophétique, elle prit leurs mains dans les
siennes :

— Mes chéris, murmura-t-elle d'une voix
qui n'était pas sa voix ordinaire, je ne serai

jamais plus heureuse que je suis en ce moment.

Pragnères tourna les yeux vers sa femme, dont le visage avait repris sa beauté et sa jeunesse. Lui-même, redevenu jeune, sentit l'amour d'autrefois, jamais disparu mais voilé par les nuages du chagrin, parler de nouveau à son cœur. Robertine, avec un soupir de regret, s'était levée. Derrière eux le coup de canon du soir annonça le coucher du soleil, tandis que les clairons saluaient le grand pavillon britannique descendant le long du mât. C'était comme la fin d'une apothéose.

Par la rampe escarpée de la Côte de la Montagne, les voyageurs furent bientôt de retour à l'hôtel du *Sauvage* où madame Léveillé attendait ces hôtes de distinction pour servir la soupe.

V

Un courrier de France arriva le lendemain,
gros de nouvelles qui n'étaient pas bonnes.
Foligné envoyait un compte supplémentaire
qui, malheureusement, révélait une augmen-
tation de passif. Dieu sait que Pragnères
n'avait pas cru se tromper d'un centime en
établissant son bilan ; mais un homme qui a
disposé d'un crédit sans limites pendant de longues années oublie maintes petites dettes formant une jolie somme. Pour conclure, Foligné
exprimait « l'espoir d'une liquidation en ba-
lance ». Pas besoin n'était de posséder le génie
d'un Colbert afin de comprendre qu'il ne fallait
pas compter sur le moindre chèque.

Une lettre de Bérisal toujours fidèle à son amitié corrigeait la sécheresse des explications du notaire :

« Mon vieux camarade, ne perds pas ton sang-froid. A l'heure qu'il est, tu sais de quelle somme tu as besoin pour t'établir. Indique-la franchement. Nous sommes ici plusieurs qui serons enchantés de te faire cette avance, ou, si tu aimes mieux le prendre ainsi, de souscrire des actions dans ton entreprise. Au point de vue de la sécurité qu'offre le directeur, la Bourse n'a jamais coté de valeur moins douteuse. »

Robertine, mise au courant de la situation par son mari, ferma les yeux pendant quelques secondes employées non à réfléchir, mais à prier.

Tout le courage que lui donnaient sa foi et sa race n'était pas de trop pour supporter la vision de l'avenir. Ses premières paroles furent une question :

— Allez-vous accepter l'offre de Bérisal ?

D'un signe de tête violent, Pragnères montra qu'il était résolu à ne point le faire. Il ajouta :

— Nous sommes partis trop vite. Si j'avais su... ! Maintenant il faut prendre une décision.

Avec un peu d'argent, c'était déjà difficile. Aujourd'hui le problème devient compliqué.

Elle donna un bon conseil :

— Retournez voir Damasse Lefebvre.

— Je ne peux pas. De quoi aurai-je l'air ? Il m'a entendu dire que j'attendais des fonds ! D'ailleurs il ne peut rien pour un homme incapable d'acheter une pioche.

— Eh bien, alors, consultez Adélard Léveillé. C'est un brave homme, qui sait beaucoup de choses, connaît beaucoup de gens et s'intéresse à nous.

Ce conseil ne valait pas l'autre. Damasse Lefebvre, mis au courant de l'histoire et des alliances des Pragnères, se serait employé pour eux d'une façon efficace. Pour Léveillé, ils étaient au moral des émigrants de la plus haute considération, mais, au point de vue matériel, des épaves comme le *Sauvage* en voyait souvent flotter à la dérive. Pragnères s'ouvrit à eux avec une franchise faite pour gagner la sympathie.

Adélard sembla peu étonné et, ce qui valait encore mieux, nullement pris au dépourvu.

— Demain matin, fit-il sans avoir cherché

longtemps, je vous mettrai en rapport avec un
homme qui « monte » par le bateau de Chicoutimi. Ce n'est pas un client, car il lui faut
des hôtels meilleurs que le mien. Mais le *Sau-*
vage, qui touche au quai, lui sert d'entrepôt et
de rendez-vous d'affaires. Je le verrai et lui parlerai de vous. Certaines raisons me font croire
que vous pourrez vous entendre et repartir ensemble. D'ici là, ne me demandez rien : je
garde pour moi ce que me confient les autres.
D'ailleurs il peut se faire que mon idée n'abou-
tisse pas.

Le lendemain, Pragnères attendit le résultat
de cette conférence mystérieuse d'où pouvait
sortir le salut. Robertine, pendant ce temps-là,
se mettait en route pour Sainte-Anne de Beau-
pré, le plus fameux pèlerinage du Nouveau
Monde, aussi fécond en miracles qu'aucun de
ceux qu'a connus l'Ancien.

Madame Léveillé conseillait beaucoup cette
pieuse excursion :

— Si j'avais pu, je serais allée avec vous.
Mais il vaut mieux que je reste ici pour m'occuper de vos affaires. Léveillé m'a mise au courant : il y a plus d'esprit dans deux têtes que

dans une. La place qu'il a en vue est bonne ; il faut que votre mari l'obtienne. D'ailleurs vous aurez Narcisse pour vous guider à Sainte-Anne. Il a fait dix fois le voyage.

Narcisse savait qu'un bateau spécial de pèlerins se mettait en route peu après le lever du soleil. Grâce à lui, Robertine et Olivier eurent de bonnes places sur le petit vapeur affrété par une paroisse des faubourgs qui se groupait autour de sa bannière et de son curé. Un cantique salua le départ, suivi du rosaire dont la masse des voix répétait l'invocation.

En vain madame de Pragnères tâchait de s'unir aux paroles saintes murmurées derrière elle. Son âme toujours ouverte aux beautés de la nature subissait l'enchantement d'un paysage merveilleux. L'île d'Orléans, avec son large front, semblait venir à sa rencontre d'une marche lente, car le petit navire devait refouler la marée qui monte encore à trente lieues au sud de Québec. En se retournant elle aperçut la ville, la citadelle au profil décidé, comme coulé dans un moule. A cause du détour du fleuve sur la gauche, Québec et Lévis ne formaient plus en apparence qu'une seule et même cité rangée en demi-cercle autour d'une baie.

Mais bientôt l'agglomération urbaine fut masquée par l'émeraude des collines d'Orléans. Qui pourrait croire, en les voyant endormies dans leur paix délicieuse, qu'elles ont, un ou deux siècles plus tôt, frissonné au cri de guerre des Iroquois et contemplé ces batailles qui décidèrent le sort d'un continent ?... A gauche, le majestueux Montmorency vient d'ébranler la terre de sa cascade. L'île s'éloigne de la côte, le détroit s'élargit ; l'aval de la rivière n'est plus distinct dans l'horizon embrumé. Sur l'eau, c'est une activité prodigieuse. Des barques chargées de foin, très hautes, avec une voile énorme, ressemblent à un gros coléoptère maladroit tombé dans le courant. Et tout à côté, pareils à de colossales chenilles, les longs radeaux obéissant à la remorque laissent voir leur équipage de « voyageurs », à moitié endormi par cette promenade sans émotions succédant aux luttes formidables avec les rapides.

Le bateau des pèlerins s'approche de la terre ferme, bordée d'une suite ininterrompue de cottages aux toits rouges, bruns, gris. Derrière chaque maison, l'éternelle palissade canadienne élève jusqu'à la crête du coteau ses deux lignes de planches, tellement rapprochées qu'on se demande comment le propriétaire de ce ruban trouve la place de retourner son soc. Des chemins tracent leur zigzag, souligné du trait jaune des trottoirs. Puis, tout à coup, sur le fond bleu des Laurentides, voici les tours de la basilique et les pèlerins tombent à genoux.

— Maman, dit tout bas Olivier, ne vous semble-t-il pas que nous sommes encore à Sainte-Anne d'Auray?

— Tais-toi! supplia Robertine.

Son fils crut qu'elle commandait le recueillement. Hélas! elle ne se souvenait que trop de cet autre pèlerinage accompli un an plus tôt sur la terre bretonne. Ce jour-là elle avait prié entre son mari et son enfant, pour obtenir que le calice dont elle sentait déjà l'amertume fût écarté de leurs lèvres à tous trois. Aujourd'hui la coupe était vidée — elle le croyait du moins — et Dieu seul fut le confident de sa prière : sacrifice de sa vie offert en échange du bonheur des siens.

Pendant ce temps-là, Narcisse tout vibrant

d'enthousiasme faisait les honneurs de la basilique à son jeune compagnon. Il lui montrait
le reliquaire de cristal et son contenu vénérable d'ossements de la Sainte, confondus et
brisés par le long voyage. Il racontait les prin-
cipaux miracles, montrait les *ex-voto* suspendus
aux murs, l'énorme pyramide de bâtons et de
béquilles laissés là par des éclopés qui retour-
naient chez eux marchant comme tout le
monde. Puis ce furent d'autres reliques : un
fragment de la Vraie Croix, une pierre de la
maison de sainte Anne, et même — Narcisse
n'oubliait rien — une chasuble donnée par une
reine de France dont la bonne sainte Anne
était la patronne et qui eut pour fils le plus
grand monarque du monde.

— S'il avait vécu plus longtemps, ajouta le
jeune patriote, les Anglais n'auraient jamais
pris Québec.

Il y avait beaucoup à répondre, notamment que
Louis XIV mourut à soixante-dix-sept ans, ce qui
est déjà un âge respectable. Mais, pour une
raison qu'il vaut mieux ne pas chercher, Olivier
laissa dans l'ombre les questions historiques.

Quand sa mère le rejoignit devant l'église,

elle portait sur son visage une expression qui
la rendait différente de la foule qui l'entourait.
Olivier s'en aperçut et, d'un mouvement ins-
tinctif, jeta les bras autour d'elle.

— Chéri! murmura la mère, j'ai bien prié
pour toi. N'oublie jamais ton Dieu, ton nom et
ton père.

Cela fut dit dans un baiser qui dura longtemps. Puis l'héroïne insoupçonnée devint souriante et, de nouveau, parut s'intéresser aux
choses qu'elle voyait.

— Maman, remarqua Olivier, ne trouvez-vous
pas une différence entre Sainte-Anne de Beau-
pré et la nôtre? Ici l'on ne voit pas d'ivrognes
et les mendiants sont tous de bonne humeur.

L'observation était juste. Pas un pèlerin ne
titubait. Quant aux solliciteurs d'aumônes,
presque tous robustes, vigoureux marcheurs,
ils ne rougissaient pas de se bien porter et
d'avoir tous leurs membres. D'ailleurs la note
générale n'était pas mélancolique. Partout des
fleurs s'étalaient aux fenêtres, dans des caisses
de bois, de vieilles jattes, des canots d'écorce
en miniature. Les enfants grouillaient sur le
trottoir. Les alertes Québecquoises coudoyaient

l' « habitant » épanoui et bonhomme sous sa
« tuque » de laine bleue. De petites charrettes
attelées de chiens circulaient, offrant des vic-
tuailles. Olivier pouffa de rire en passant devant
une vieille qui fumait sa pipe sur le pas de sa
porte, les lunettes relevées dans ses mèches
grises. Elle rit non moins haut, sans paraître
offensée.

— Ne t'y trompe pas, dit Robertine : de vous
deux, c'est elle qui est la plus moqueuse.

Déjà elle avait appris qu'il ne faut pas toujours se fier à l'inaltérable bonne humeur canadienne.

Après une collation sur l'herbe au moyen des
provisions emportées on se rembarqua. Madame
de Pragnères, cette fois, oublia d'admirer l'arrivée à Québec. Elle songeait à son mari dont
le sort, leur sort à tous trois, était probablement décidé à cette heure.

Elle le trouva, causant dans la salle commune du *Sauvage* avec un homme de haute
taille, encore jeune, dont les cheveux et la forte
moustache blonde étaient à peine mêlés de
quelques fils neigeux. Sa physionomie très normande reproduisait le type ordinaire de la

contrée ; mais dans son œil bleu se découvrait une lueur active qui, s'alliant à une parole prompte, le faisait remarquer au milieu de ses voisins plus flegmatiques.

Pragnères, qui venait d'avoir une longue conférence avec lui, le présenta à sa femme :

— Monsieur Jovite Coulombe, industriel à Saint-Alphonse.

— Industriel et ingénieur, compléta le Canadien. J'ai le brevet de l'École centrale de Paris où j'ai suivi les cours. Ah ! madame, quelles années charmantes j'ai passées dans la Ville-Lumière ! Tout cela est loin aujourd'hui !

Coulombe semblait disposé à s'étendre sur ses souvenirs de jeunesse. Plus tourné en ce moment vers les choses sérieuses, Pragnères dirigea l'entretien vers le but qui l'occupait.

Jovite Coulombe, dont l'intelligence éclatait à première vue, était l'un des fondateurs dans son pays de l'industrie devenue si considérable de la pulpe à papier. Ayant prévu l'avenir de cette fabrication dans la contrée forestière la plus riche du monde, il avait d'abord tenté de réunir quelques capitaux en France ; mais l'éloignement presque invincible de nos hommes d'affaires pour les entreprises lointaines s'était bientôt manifesté à ses yeux. Plus heureux en Belgique, il était parvenu à mettre sur pied une compagnie ayant une usine à Saint-Alphonse, village naissant alors au fond de la baie Ha-Ha, qui est un renflement de la rivière Saguenay pénétrant dans les terres.

La pulperie de Saint-Alphonse demandait un surveillant, qui serait à la fois caissier et secrétaire, en attendant que l'usine développée exigeât un état-major plus nombreux. Les appointements étaient modestes, ainsi qu'il convient aux débuts d'une entreprise sagement menée. Par contre il y avait des avantages. La nourriture, composée en grande partie de poisson et de gibier, ne coûtait rien ou à peu près. Une maison était fournie par la Société et le service pouvait s'obtenir des Indiens domestiqués pour une rétribution minime. Quant au chauffage, il n'y avait qu'à se baisser pour recueillir le combustible suffisant à tout un quartier de Québec.

— Avez-vous une église, une école ? demanda Robertine.

Coulombe répondit qu'on aurait bientôt une chapelle, mais que Chicoutimi, situé à quelques

6

kilomètres, possédait un évêché et un petit séminaire où un jeune homme pouvait trouver la
meilleure éducation.

— Quelle distance de Québec?

— A vol d'oiseau une cinquantaine de lieues.
Tous les jours, dans la saison, le bateau à vapeur monte de Québec à Chicoutimi.

Une chose, dans ces réponses, frappait Robertine, qui, en face des questions graves, devenait singulièrement pénétrante et fine. Les
situations semblaient renversées. On aurait pu
croire que c'était Jovite Coulombe qui mourait
d'envie d'emmener Pragnères. Celui-ci craignant
qu'une hésitation plus prolongée n'indisposât
l'homme en qui, déjà, il voyait son sauveur,
hâta la conclusion :

— Je crois, ma chère amie, que nous pouvons accepter les offres de monsieur Coulombe.
C'est d'ailleurs l'avis du brave Léveillé en qui
nous avons confiance.

— Et qui vous le rend bien, ajouta Jovite en
souriant. Donc, c'est convenu. J'ai besoin de
quatre jours en ville pour mes affaires, qui
comprennent l'achat d'un mobilier pour votre
maison. Samedi nous partons ensemble. Vos

frais de voyage, bien entendu, sont au compte
de la Société.

Robertine, qui tenait la bourse et en savait la
maigreur, étouffa un soupir de soulagement.

Ainsi furent modifiés les plans de Pragnères.
Venu au Canada pour être colon, il débutait
comme employé supérieur d'usine. Mais il put
écrire à Bérisal :

« Merci, brave cœur! Tu voudrais me faire
retomber dans les dettes à peine soldées? Permets que je refuse. Plus de créanciers, pas
même toi! D'ailleurs j'ai trouvé quelque chose :
la sous-direction d'une pulperie. Je vais faire
de la pâte à papier. Donne cette nouvelle à
nos amis, pour les rassurer sur mon compte.
« Sous-directeur », entre nous, c'est un peu
grandiloquent : au fond je suis une bonne à
tout faire. Mais du moins il n'y aura personne
entre moi et le chef, Canadien à qui son frottement avec les bailleurs de fonds bruxellois ne
laisse pas d'avoir enlevé le duvet de la pêche.
Robertine me l'a fait apercevoir. Après tout, la
candeur n'est pas l'unique qualité que doit posséder un industriel.

» Quand je saurai où l'on me mène, comment

on y va, ce que sera au juste ma besogne, je
comblerai les lacunes de cette lettre. La meilleure
de toutes les nouvelles, c'est que nous allons tous
bien. Tu ne me parles pas de mes successeurs à
Courmenault : continue. Courmenault est un
aliment défendu pour mon régime mental. »

Un des jours suivants, comme il montait la
rue Saint-Louis, Pragnères aperçut un étrange
cavalier qui venait à sa rencontre. En approchant, il reconnut Malefontaine complètement
équipé en cow-boy. Un grand feutre, cerclé
d'un large ruban de cuir jaune et relevé sur le
front, lui donnait l'air d'un parfait aventurier
d'opéra-comique. Un foulard rouge entourait
son cou et flottait sur sa veste de velours à
côtes. Ses jambes étaient recouvertes d'un
tablier en forme de pantalon, fait de peau de
bique ayant conservé son poil. Par-devant, le
pommeau de sa selle mexicaine lui venait au
creux de l'estomac, tandis que le troussequin
non moins haut figurait un dossier de fauteuil.
Des éperons formidables pointaient du talon de
sa botte engagée aux trois quarts dans un étrier
monumental.

— Bonjour, ba... Bonjour, monsieur de Pragnères !

— Salut, vicomte ! Il me semble que vous n'avez pas perdu de temps. Déjà en fonction dans les rues de Québec ! Moi qui croyais que le ranch le moins éloigné est à trois cents lieues !

— Vous ne vous trompez guère que de moitié en moins. Il me faudra deux nuits et un jour de wagon pour rejoindre mon poste ! Mais d'abord j'ai voulu me harnacher. Maintenant je m'entraîne. Et puis (il baissa la voix) je m'amuse à épater les petites Québecquoises.

— Oh ! protesta Pragnères. Et mademoiselle Micaëla ?

— Raphaëla, vous voulez dire ? Hélas ! je pense qu'elle s'amuse à épater les petits Parisiens. Vous comprenez qu'après six semaines... Quant à moi, je suis converti aux joues sans fard, aux lèvres sans pommade, aux sourires sans arrière-pensée. Et puis avez-vous remarqué une chose ? Les femmes d'ici ont un pied merveilleux. Je passe des heures sur la terrasse Dufferin à les voir aller et venir pendant que la musique joue, pimpantes, fringantes, pinçant

6.

la plate-forme de bois qui fait toc-toc. Jupes courtes naturellement. Ah! les mâtines!...

— Voilà des plaisirs bien innocents pour un « fêtard ». Le mot est de vous.

— Mon Dieu! il ne faut pas mentir : le régime est plutôt fade. J'ai été reçu, grâce à mes recommandations, chez des gens fort agréables. J'ai même vu des sauteries. « Une valse, mademoiselle? — Hélas! monsieur, le Cardinal nous le défend! » Et cela avec des moues de fillettes à qui l'on refuse une brioche. Tenez! voyez ces deux jolies brunettes qui passent. Elles regardent; elles voient que je les trouve bien ; elles sourient. Candeur délicieuse !

— Peut-être, admit Pragnères. Toutefois j'ai entendu dire à un bon physionomiste qu'il ne faut pas toujours se fier à la candeur canadienne. Mais pardonnez si je vous quitte. Mon départ est fixé à demain, et bien des choses doivent être faites d'ici là.

— Heureux homme ! vous pouvez partir ! Moi je suis enchaîné au rivage.

— Par de beaux yeux qui vous ont rendu captif?

— Non : par un compte d'hôtel. Si par hasard vous étiez en fonds, je pourrais vous donner une délégation sur la banque. Dans le Manitoba, je ferai des économies. Un petit prêt de vingt-cinq louis...

— Hélas! monsieur, dit Pragnères en imitant le sourire candide des valseuses timorées, le Cardinal me le défend!

VI

Au départ du samedi matin, quand la saison est commencée, l'embarcadère du bateau de Chicoutimi a toujours un aspect élégant et joyeux. Les « Honorables » du Parlement, des Tribunaux et des Ministères, les banquiers, les riches commerçants, les employés supérieurs des administrations descendent la rivière pour passer le dimanche dans leurs châteaux de la Pointe-au-Pic lieu des villégiatures *select*, de la Rivière-du-Loup sur l'autre rive, ou de Cacouna tout proche, le Saratoga canadien.

Les victorias et les tilburys de maîtres se mêlaient aux landaus de louage. Plus modestes, les gens à petite fortune arrivaient dans ces étonnantes « calèches » québecquoises qui sont à deux roues et n'ont pas de sièges, le conducteur étant assis sur le garde-crotte muni d'un bourrelet amortissant les contacts. Les amies venaient embarquer leurs amies ou s'embarquer avec elles, faisant assaut de toilettes. Quant à la famille Pragnères, arrivée à pied vu la proximité du *Sauvage*, elle était conduite au bateau par un groupe moins haut placé dans l'estimation mondaine. Mais il y avait des larmes dans les yeux d'Annette, de Narcisse et même d'Adélard Léveillé.

— Vous êtes, leur dit Robertine en les embrassant, les premiers et les seuls amis que nous avons sur la terre canadienne. Pensez à nous.

— Et revenez quelquefois, pria le modèle des aubergistes. Vous n'êtes pas au bout du monde. Si le *Sauvage* est plein, on poussera les gens dehors pour vous donner des chambres.

Jovite Coulombre s'était hâté de remettre à Henri de Pragnères les billets de seconde classe pour lui et sa famille. Bientôt on put le voir mêlé aux passagers moins obscurs, jouant à l'homme du monde avec l'aisance d'un ancien habitant de Paris. Pendant quelques minutes il entretint Damasse Lefebvre qui gagnait sa belle résidence de la Pointe-au-Pic accompagné de sa fille, élève de la plus jeune classe des Ursulines, en congé pour quarante-huit heures. Laissé seul, Damasse, dont le cœur était bon, chercha Pragnères qu'il avait aperçu, et le trouva bientôt.

— J'apprends, dit-il, que vous êtes engagé à l'usine de Saint-Alphonse. Permettez que je me plaigne de vous. J'attends encore la seconde visite promise. N'ai-je donc pas réussi à vous convaincre de mon désir de vous aider ?

Pragnères sourit mélancoliquement.

— Je m'étais trompé de porte. A mon arrivée je croyais être un colon pourvu du capital nécessaire pour s'établir. L'événement a montré que j'avais tort et que j'étais parti un peu trop vite. J'avais besoin non d'un domaine, mais d'un salaire ; non d'un ministre, mais d'un bureau de placement.

— Peut-être, en dépit de l'enseigne qui est sur ma porte, aurais-je pu vous trouver mieux comme situation. Quels sont vos arrangements avec Jovite Coulombe ?

Sans se froisser de cette rondeur un peu indiscrète, le nouvel employé donna le résumé de ses conditions. Lefebvre demanda encore :

— Vous avez un contrat ?

— Non : j'avais toujours entendu dire qu'un Canadien...

— L'homme d'affaires n'est d'aucun pays et d'aucune race, déclara Lefebvre. Faites attention que je ne vous blâme point d'essayer de l'industrie. Quand le Canada sera mieux connu, les industriels des deux mondes viendront y ramasser des millions. Seulement votre chef, qui a passé quelque temps chez nos voisins, me paraît comprendre les affaires un peu à l'américaine. Il manque, dit-on, de cette crainte des frais généraux qui est le commencement de la sagesse. Dans tous les cas, je vous ai recommandé à lui, exagérant, vous me le pardonnez, la... fréquence des relations que j'ai eu l'honneur d'entretenir avec vous.

— Monsieur, répondit Pragnères, j'ai été bien sot. Mais comment pouvais-je m'attendre à un intérêt que rien ne justifie ?

— Eh, vous êtes Français ! Tout Canadien de la vieille roche aime la France avec une tendresse sentimentale dont, parfois, nous sommes surpris nous-mêmes quand nous réfléchissons. Car je vous demande ce que vous avez fait pour nous garder quand l'Angleterre a voulu nous prendre. Et, avec l'Angleterre, nous sommes le plus libre et le plus heureux des peuples. Malgré tout, dans cette union, l'épouse bien traitée garde au cœur pour l'amant d'autrefois une faiblesse que vous auriez tort de prendre pour du regret. J'espère ne pas vous blesser par cette franchise.

— L'amant d'autrefois a beaucoup changé depuis Louis Quatorze, admit le Vendéen. C'est vous qui êtes l'Ancienne France !

— Bravo ! Avec de telles idées, l'exil vous paraîtra moins dur chez nous. Mais je tarde trop à solliciter la faveur d'être présenté à madame de Pragnères.

Robertine trouva délicieuses ces formes d'une galanterie un peu surannée, dont une femme comme elle devait naturellement inspirer toutes les recherches. La conversation tomba sur le voyage, dont Robertine déclara n'avoir qu'une vague idée.

— Je sais seulement, dit-elle, que nos billets

sont pour Tadoussac. Là, nous serons trans-
bordés sur le yacht de monsieur Coulombe.

Damasse rit de ce bon gros rire qu'on n'entend plus que dans quelques vieilles maisons
de nos provinces. Baissant un peu la voix, il
expliqua la cause de sa gaieté :

— Le yacht de Jovite Coulombe fait le bonheur
de Québec. C'est en réalité un honnête remorqueur acheté d'occasion, où il a dépensé un peu
trop d'argent pour faire un salon et des cabines.
Le nom de ce bateau est le *Saint-Alphonse*.
Nous prétendons qu'il devrait être rebaptisé « la
Chauve-Souris ».

— Parce qu'il circule dans les ténèbres ?

— Non : à cause de la fable. Sur les rapports
au Conseil d'administration, le *Saint-Alphonse*
figure comme indispensable au remorquage des
trains de bois. Dans la conversation, vous
avez pu le voir, l'animal change de catégorie
et devient « mon yacht ».

> Je suis oiseau, voyez mes ailes...
> Je suis souris, vivent les rats !

— Il me semble qu'on a de l'esprit à Québec ?

— Hé ! madame, notre écusson garde vos

7

fleurs de lis. Ce serait bien le diable si nous
n'avions gardé que cela !

Au bout d'un instant, l'aimable causeur
demanda la permission d'aller chercher sa fille,
restée sur le deck des « premières » en compagnie d'autres élèves du couvent. Car, ainsi que
l'expliqua Damasse dans son style vieux d'un
siècle :

— Les joies paternelles m'ont coûté mon
bonheur conjugal. Aussi ai-je pris le seul moyen
de ne pas gâter mon enfant jusqu'à la perdition.
Je l'ai confiée aux Ursulines l'année dernière.

« Sage précaution ! » songea Robertine en
voyant approcher la plus séduisante fillette
qu'elle eût contemplée de sa vie. Informée par
son père qu'on la mettait en présence d'une
« dame française » — deux mots qui en disaient
long ! — Antoinette fit une révérence d'ancienne
Cour, posa dans la main tendue sa petite menotte
soigneusement gantée, et, ses jolis yeux noirs
levés sans embarras, fit des réponses fort nettes
aux questions d'usage : elle avait douze ans, se
trouvait fort heureuse chez les Ursulines, moins
cependant qu'avec papa, surtout pendant les
vacances à la Pointe-au-Pic, où elle avait son

poney, son canot d'écorce, son batelier indien et
son épagneul favori appelé Castor. L'Indien se
nommait Tienniche, le poney Bijou. Dans le
parc on trouvait des écureuils qui venaient manger dans sa main, un caribou apprivoisé et
même — ses yeux brillèrent — deux petits ours
à peine sevrés qu'elle ne connaissait pas encore
et qui avaient été pris par Tienniche dans les
bois de Saint-Irénée.

Damasse Lefebvre avait écouté le bavardage
de sa fille avec plus d'attention qu'il n'en eût
donné au rapport de son ministre. Olivier, silencieux jusque-là, n'était pas moins attentif, mais
pour des raisons différentes.

— Moi, déclara-t-il quand les convenances
lui permirent de parler, je voudrais tuer un
orignal.

— Tienniche en a tué plusieurs, dit Antoinette. Venez à la maison, vous en verrez un.
Je passe sous son ventre sans me baisser...

Elle éclata de rire en voyant la stupéfaction
de l'aspirant chasseur :

— Voyons ! Il est empaillé, naturellement.

Elle comprit qu'Olivier l'admirait de posséder
et d'avoir vu tant de choses, pour lui encore

inconnues et mystérieuses. Très vite ils furent
amis, lui écoutant, elle bavardant, mode de
conversation certain de gagner la faveur des
femmes.

De leur côté les parents continuaient leur
entretien et, d'un bout à l'autre du bateau, les
passagers voulaient savoir qui étaient ces étrangers de fortune modeste, pour qui Damasse
Lefebvre abandonnait son fauteuil du pont des
« premières ».

La cloche du déjeuner les sépara.

— Je crois, dit le haut fonctionnaire avec une
moue maligne, que votre employeur s'aperçoit
qu'il a manqué de tact en économisant sur vos
billets.

Pragnères fit observer avec bonne humeur :

— Cela donne tort à vos craintes sur son
insouciance des frais généraux.

Rentrée avec son père dans l'enceinte privi-
légiée, Antoinette demanda :

— Pourquoi est-ce qu'*ils* ne viennent pas
avec nous ?

A cette question de l'enfant, Damasse répondit, trouvant l'explication commode :

— Je n'en sais rien.

C'est précisément la même réponse que fait la raison humaine à beaucoup de grandes personnes réclamant, aujourd'hui, le *pourquoi* de la différence dans les destinées. Pourquoi des riches ? Pourquoi des pauvres ? La question devient gênante depuis que l'on a effacé l'inscription qui, autrefois, guidait les curieux : *S'adresser à l'étage au-dessus.*

Pendant le reste de l'après-midi, Olivier guetta son amie nouvelle mêlée à de joyeuses rondes sur le pont des « premières ». Quand elle débarqua vers les quatre heures à la Pointe-au-Pic, il trouva moyen de la rejoindre sur l'appontement.

— Au revoir, dit-il. Je voudrais bien aller avec vous !

D'un élan gracieux elle tendit sa menotte :

— Il faudra venir bientôt. Vous verrez si l'on s'amuse à la Tourelle !

Comme Tienniche et Castor accouraient à sa rencontre, la jolie Antoinette s'envola, faisant flotter derrière elle un nuage doré.

Le bateau avait repris sa course, privé d'une part considérable de son élégance. Toutefois Jovite Coulombe qui, manifestement, posait

pour l'homme à la mode, trouvait encore à qui
parler sur le deck des « premières ». Robertine
put même voir qu'il trouverait avec qui flirter,
ce qui, à vrai dire, ne l'intéressa guère. A ce
moment elle voyait approcher l'heure où allait
commencer la lutte pour la vie, dans sa réalité.
Depuis leur départ de France, ils avaient pu se
figurer qu'ils étaient des voyageurs de petite
bourse, mais libres d'admirer le paysage.
« Maintenant, songea-t-elle, nous sommes des
mercenaires qui suivons le maître à peine connu
vers une tâche inconnue. » Et plus elle réflé-
chissait, plus elle était frappée de la réserve
que Damasse Lefebvre avait mise dans l'appré-
ciation du personnage dont ils allaient dé-
pendre.

L'après-midi était avancée. Le bateau quittait
l'escale précédant Tadoussac, dernier port qu'il
devait toucher sur le Saint-Laurent avant de
remonter le Saguenay.

Le nombre des passagers s'était fort réduit,
plus encore l'élévation de leur rang social. Les
braves « habitants » qui voyageaient d'une rive
à l'autre se sentaient chez eux. Un chœur de
voix joyeuses entonna la chanson populaire :

La Rivière du Loup est grande !...
Comment la passerons-nous ?

Jovite Coulombe, soit que toutes les compagnes dignes de lui fussent débarquées, soit qu'il jugeât bon d'entrer en rapport plus direct avec ceux qui allaient partager son existence, daigna se rapprocher enfin des Pragnères.

— Je ne savais pas, dit-il, que vous connaissiez l'Honorable Lefebvre. J'aime à croire qu'il vous a dit beaucoup de bien de moi.

Robertine, toujours femme du monde, encore que le « monde » fût loin, répondit en souriant :

— Mais sans doute ! Faut-il donc croire que l'on calomnie quelquefois, chez vous ?

— Gardez-vous-en bien ! Chez nous la calomnie est ignorée. Comme tout le monde se connaît, l'étude biographique du prochain la remplace dans notre société. Soyez tranquille ! Au bout de quelques mois de fréquentation les histoires de chacun vous seront contées avec détails — par son voisin.

— J'ai peur, dit madame de Pragnères, que l'occasion nous manque de fréquenter la société canadienne d'ici à... quelques années. Proba-

blement, d'ailleurs, nous trouverions qu'elle
ressemble à la société française sur plusieurs
points.

Cela fut dit d'un ton qui n'eût point fait tache
au salon des « premières » deux heures plus
tôt. Jovite en fut frappé et regarda mieux son
interlocutrice qui, dans la salle commune du
Sauvage, mal éclairée et pauvrement meublée,
avait échappé à son attention. Il remarqua l'air
noble de son visage encore jeune, l'éclat de
ses yeux d'artiste, l'élégance de sa personne
devinée sous une toilette plus que simple, et
cette harmonie de gestes qu'une femme de race
conserve partout et toujours. Ce ne fut pas un
coup de foudre qui défonce un toit, mais un
coup de vent qui ouvre une fenêtre, et les
fenêtres du cœur de Jovite fermaient mal. D'ailleurs, chez lui, le vent ne commettait que des
avaries superficielles et réparables. Mais il vivait
mieux dans les courants d'air — sans danger
pour ses poumons et ceux des autres, — de
l'amour platonique.

Robertine, croyant n'avoir devant les yeux
qu'un snob touché de la grâce, s'amusa un peu
de ce triomphe facile. Coulombe, de son côté,

prit cet amusement pour l'éveil d'une coquetterie féminine et couronna les positions d'approche. Il parla du voyage dont la première
moitié allait finir.

— Demain, ajouta-t-il, vous ferez le trajet le
plus pittoresque de l'Amérique du Nord, et vous
le ferez sur mon yacht où nous devrons passer
la nuit à l'ancre.

Madame de Pragnères ne put s'empêcher de
sourire en songeant à la « Chauve-Souris »
annoncée par Damasse Lefebvre. Elle demanda :

— Nous n'allons donc pas faire le voyage
cette nuit ?

— Non. Vous priver de ces spectacles serait
un crime de lèse-galanterie. Demain, quand
vous serez prête, nous lèverons les amarres.
Mon yacht n'est pas grand marcheur, mais,
pour peu que la marée vienne à son aide, nous
serons à Saint-Alphonse de bonne heure dans
l'après-midi. Naturellement vous y serez mes
hôtes jusqu'à nouvel ordre.

Coulombe s'aperçut que la séduisante Française ne l'écoutait plus. Les yeux dilatés par
l'admiration, elle voyait approcher, comme

7.

pour engloutir le bateau, une énorme brèche
coupée à vif dans la chaîne de coteaux riants
qui bordent le fleuve. On eût dit l'entrée d'un
lieu redoutable et fantastique, d'où l'on ne
pourrait plus sortir. Au fond de l'ouverture
béante et déjà obscure, entre deux piliers de
granit ressemblant à plusieurs tours de cathédrale juchées l'une sur l'autre, une noire nuée
d'orage paraissait enfermée, rideau sombre
cachant des épouvantes. Robertine se souvint
d'un tableau qu'elle avait vu. Cela représentait
un cercueil dans une barque poussée lentement
par deux rameurs, vers une falaise de basalte
sombre, étagère colossale garnie de tombeaux.
Le peintre avait intitulé son œuvre : *Ile de la
Mort*, et l'impression causée par ce paysage
terrible était toujours demeurée en elle avec une
étrange fixité.

Déjà, quittant le grand fleuve où le soleil étei-
gnait ses derniers rayons, le bateau s'engageait
dans l'embouchure à demi ténébreuse du Saguenay. Sur la droite, au fond de l'Anse-au-Sable,
Tadoussac parut, au moment où l'orage éclatait
avec des roulements que les rocs perpendicu-
laires se renvoyaient en interminables échos.

Le *Saint-Alphonse* était sous vapeur, son capitaine croyant qu'on allait se mettre en route. Il put accoster et le transbordement fut commode. Puis, sur l'ordre de Coulombe, le « yacht » s'amarra pour la nuit. Et, dans le vacarme de l'artillerie céleste, sous la pluie chassée par une brise violente, Pragnères mangea pour la première fois le pain que devait payer son travail. Jovite Coulombe fit de son mieux pour égayer ses convives, mais la tàche était au-dessus de ses forces. De bonne heure les couchettes furent occupées et les lumières éteintes. Calmé très vite après le déchaînement de sa force, l'orage respecta le sommeil des voyageurs.

VII

Il faisait beau, le lendemain dimanche, quand le remorqueur déguisé en yacht commença la montée du Saguenay. Coulombe, s'étant assuré que ses hôtes étaient bons catholiques, les avait conduits à une messe matinale avant d'ordonner le départ. Avec l'intention marquée de se rendre agréable, il commença son rôle de guide.

— Le Saguenay mis à sec, disait-il, serait un cañon auquel le Colorado ne pourrait rien offrir de comparable, car nous suivons en réalité un cañon envahi par l'eau. Là où nous sommes, le fond de la rivière est déjà inférieur de deux cents mètres à celui du fleuve, ce qui, de la part d'un affluent, est une attitude assez bizarre.

Ceci n'est rien. A certains points, nous aurons sous les pieds deux kilomètres de liquide en profondeur. Quelqu'un a nommé le Saguenay : une des plus grandes merveilles de la géographie physique du monde.

— Ce quelqu'un ne devait pas être canadien, dit Robertine en souriant.

Le mot de géographie avait déjà fait fuir Olivier. Peu après on put le voir en conversation intime avec le « père Labrador », capitaine du yacht et « manchot pour vous servir », ainsi qu'il le disait invariablement aux nouveaux venus. Cinq minutes lui furent assez pour apprendre à son jeune interlocuteur qu'il avait laissé son bras entre deux glaçons du Saint-Laurent, une fois qu'il avait dû, avec ses camarades, traîner sur la banquise, pendant dix-huit lieues, le canot emmené au large. Quant aux pieds menacés par le froid, il devait leur conservation à l'idée lumineuse de son frère qui, ayant tué une paire de canards, s'était servi de leur dépouille encore chaude pour lui improviser une chaufferette.

Jusqu'au coup de midi, Olivier s'enivra des paroles de ce héros qu'il croyait avoir déjà ren-

contré dans les chefs-d'œuvre de Jules Verne.
Quand on se mit à table, il aurait pu passer
un examen sur la manière de prendre le phoque
au filet pendant l'été, de l'assommer à coups de
bâton sur la glace en hiver. Il connaissait les
mœurs des ours blancs, la grande et la petite
pêche à la morue avec les divers genres de
bouëtte : lançon, capelan, encornet. Il possédait
la liste des produits variés que l'on retire de la ba-
leine blanche. Enfin il avait écouté le récit *de visu*
d'une rencontre avec le serpent de mer, faisant
des bonds hors de l'eau, droit en l'air, la tête montant à une cinquantaine de pieds, la gueule du
diamètre d'une roue de moulin, avec un œil en
proportion, « d'une malice à faire trembler ».

Il était loin, le jour où l'élève du bon curé de
Courmenault suivait distraitement le dialogue
de Mélibée et de Tityre !

Pendant ce temps-là sa mère, une fois de
plus, avait le bonheur d'oublier tout le reste en
écoutant la grande voix de la nature qui
n'avait jamais parlé plus haut à son esprit.

Tour à tour l'officieux Coulombe lui avait
désigné les points remarquables qu'ils dépas-
saient, dépoétisés quelquefois par des appella-

tions bizarres, comme la *Pointe Brise-culottes*
et la *Descente des Femmes*. Par contre, à l'endroit où le pittoresque atteint son apogée, le
cap Trinité et le cap Éternité lui avaient paru
dignes de porter ces noms augustes. L'un,
masse de granit assise sur une base puissante,
perçait les nues de sa pointe inaccessible, tandis
que ses flancs, drapés d'une verdure que l'hiver
même ne peut faner, défiaient les vents et les flots
par leur éternelle jeunesse. Au delà d'une petite
baie qui leur sert de commun miroir, l'autre
cap élevait perpendiculairement trois cônes dé-
nudés, de même forme et de même taille, unis
à leur fondement, image saisissante du grand
mystère chrétien.

Robertine, à cet endroit, fut troublée dans
son admiration par le mugissement de la sirène.
Le père Labrador faisait à sa manière les honneurs du Saguenay, en réveillant un des échos
les plus curieux du monde. En même temps
Olivier courut vers sa mère, et, lui montrant un
oiseau dont les ailes gigantesques décrivaient
un cercle lent à mille pieds au-dessus d'eux :

— Un aigle ! cria-t-il avec enthousiasme. Le
capitaine a vu des aigles enlever des moutons !

Jovite Coulombe haussa imperceptiblement les épaules et prophétisa :

— Ce jeune homme sera heureux parmi les Canadiens.

— *Amen!* répondit Pragnères. Un sur trois, c'est déjà beaucoup !

De bonne heure dans l'après-midi, le Saguenay devint aussi large que le Saint-Laurent à Québec. Sur la droite on doubla le cap Est, puis le bateau vint à angle droit sur la gauche. Presque à perte de vue la baie de Ha-Ha étendait son eau tranquille.

— Nous arrivons, annonça Coulombe.

Et Robertine, pour bien des jours, tomba de sa contemplation poétique dans la réalité.

En trois quarts d'heure on atteignit l'appontement, situé au fond d'un petit golfe à quelques centaines de mètres de la pulperie. L'endroit n'eût pas manqué de pittoresque, si la main de l'homme n'eût gâté la Nature avec une inconsciente brutalité. Le rideau des collines s'entaillait d'une cascade, mutilée à sa partie supérieure par le hideux barrage d'une maçonnerie. De cette retenue d'eau partait — reptile noir au corps monstrueux — l'alignement des énormes tuyaux de fonte amenant la chute à la cage des turbines. Un long édifice en bois brut, foncé par les intempéries, coupait à la base ce tableau de désolation. C'était l'usine, flanquée à droite d'un pavillon visant à l'élégance et d'un parc à l'état de projet, bordé par la petite rivière bouillonnante sur son lit de rochers. Une maison beaucoup plus modeste, inachevée comme le parc, faisait pendant sur la gauche à la résidence du directeur. Pragnères, avec un peu d'inquiétude, la désigna du doigt :

— C'est notre habitation ?

— Oh ! répondit Coulombe avec une nuance d'embarras, jusqu'à nouvel ordre vous êtes mes hôtes : je vous l'ai dit.

Une servante canadienne, accorte et bien habillée, venait au-devant d'eux :

— Nous avions peur, m'sieur Jovite. Vous étiez attendu ce matin.

Sans répondre, Coulombe fit la présentation :

— Agathe, ma cuisinière.

Puis, entraînant à l'écart cette personne importante, il donna des ordres qui semblèrent reçus froidement.

Assez vite, toutefois, les bagages des nouveaux arrivants furent transportés au second
étage du pavillon, où deux chambres furent pré-
parées. Agathe éprouva une surprise en voyant
la Française mettre la main à la pâte en vraie
ménagère. Dès la première minute, Robertine
prenait la position qu'elle devait occuper dans
l'établissement.

Elle interrogea la servante, tout en poussant
l'ouvrage :

— Où est Saint-Alphonse?

— Là-bas, à une lieue, de l'aut' côté de
cette petite rivière. On ne peut y aller qu'en
canot. Le pont n'est pas encore *fêt*.

— Comment viennent les lettres?

— Par Chicoutimi, quand le père Labrador
va les prendre avec son bateau.

— C'est loin?

— Dix *yeues*. Moi j'étions née en face, au
village de Sainte-Anne.

Un peu de patois français fut une musique
délicieuse pour les oreilles de Robertine. Elle
demanda encore :

— Il faut aller à Chicoutimi, pour le médecin?

— Ben sûr? Est-ce que vous avez envie d'êt'
malade?

— On ne sait jamais, soupira Robertine en
songeant aux « quelques kilomètres » annoncés
par Coulombe.

Pendant ce temps-là, Pragnères, sous la conduite de son chef, visitait l'usine où il s'étonnait de ne pas voir des ouvriers plus nombreux.
Quant à Olivier, il avait monté son fusil neuf et,
prévenu par le père Labrador qu'un permis de
chasse est inutile là où le gendarme est inconnu,
il faisait une courte exploration des bois en dépit de l'heure avancée. Après son troisième
lièvre, il jugea cette proie aussi peu digne de
lui que le moineau en France. Mais le caribou
convoité — en attendant l'orignal — fut invisible.

— Tout de même, songea-t-il en s'endor-
mant, voilà un fameux pays!

Même les moustiques, fléau terrible! ne purent le tenir éveillé. Ses parents ne goûtèrent
pas un sommeil aussi calme.

Le lendemain, Pragnères fut à la besogne du
matin au soir et, dans ses diverses fonctions,
il put reconnaître l'existence d'un fâcheux dé-

sordre. Sur le bureau une pile de lettres restées
sans réponse, voire même non décachetées, lui
causa un véritable effroi, qui augmenta encore
quand il jeta les yeux sur la comptabilité.

— La personne que vous remplacez, dit Coulombe, m'a quitté depuis plusieurs semaines.
Entre nous, j'ai dû m'en séparer pour cause de
caractère peu malléable. Avec vous, je m'en-
tendrai mieux.

Henri de Pragnères se garda bien de troubler
cet espoir, d'autant mieux qu'il avait les meilleures raisons du monde pour ne pas se brouiller
avec son chef. Toutefois, sur de légers symptômes, il commençait à se demander si le caractère de Jovite pouvait passer pour délicieux. Au
déjeuner, comme la veille à dîner, celui-ci fut le
plus charmant des hôtes. Il acheva la conquête
d'Olivier en lui donnant pour jusqu'au soir la
compagnie du « père Labrador » dont le bateau
n'avait rien à faire ce jour-là. Et, dans le courant de l'après-midi, ayant laissé à Pragnères
une tâche suffisante, il entreprit de continuer,
sinon d'achever, la conquête de Robertine qu'il
trouva occupée à coudre sur un banc au bord
de la rivière.

— Je tremble, dit-il, que l'ennui vous gagne et que vous nous quittiez. Si je vous avais connue, jamais je n'aurais osé conclure avec votre mari.

— Vous croyez donc mon courage inférieur au sien?

— Non; mais il suffit de vous voir pour comprendre que cette vie n'est pas faite pour vous. Ah! j'en parle par expérience! La solitude physique, passe encore. Mais la solitude morale! Pensez qu'il me faut faire cent lieues pour trouver une âme qui puisse...

— Mais je n'aurai pas besoin de faire cent lieues pour trouver mon mari.

— Voyons, madame! N'est-ce pas là de l'égoïsme un peu cruel? La privation du bonheur prend une amertume double en face du bonheur des autres.

— Si vous dites vrai, je dois souffrir doublement d'avoir quitté mon pays, en face de vous qui ne quitterez jamais le vôtre.

— Oh! pardonnez-moi! J'ai l'air d'oublier que vous êtes en exil. Cependant mes respectueux efforts tentent constamment de vous le faire oublier à vous-même? Quand j'aurai l'avantage de mieux vous connaître, de mieux savoir ce qui vous plaît, j'y réussirai moins mal peut-être.

Robertine commençait à être ennuyée de ces roucoulades. Elle répondit avec une impatience que Jovite prit pour une émotion naissante :

— Je vous assure, monsieur, que vous pouvez compter sur ma gratitude.

— Ah ! fit-il avec énergie, gardez-la pour d'autres ! Ce que je demande, c'est un peu de votre amitié.

Il la quitta sur ces mots, car il pensait que l'amour platonique est un flacon qu'il faut déboucher avec précaution et faire déguster à petites doses.

Le soir, au dîner, Robertine fut joyeuse de la joie de son fils qui avait abattu son premier chevreuil. Pendant deux heures il l'avait « guetté » au bord d'un petit lac, piloté par « le père Labrador » qui savait que ces hôtes des bois aiment à venir se plonger dans l'onde pour échapper aux moustiques.

— Mon jeune ami, prophétisa Coulombe, vous serez un grand chasseur. Mais le temps viendra où vous serez prêt à donner deux chevreuils

contre un beefsteak. Demain, pour varier vos
plaisirs, vous apprendrez à conduire un canot
d'écorce. Mon Indien, Sebatis, est un professeur
dont vous serez content.

Cette première semaine parut longue à madame de Pragnères qui voyait à peine, dans la
journée, son mari et son fils. En revanche, elle
voyait souvent Coulombe qui trouvait le temps
de venir s'asseoir près d'elle pendant une heure.
Elle l'eût jugé amusant s'il ne se fût obstiné à
être sentimental, avec ce pathos qui fatigue les
femmes quand elles ne peuvent s'y intéresser.
D'ailleurs, sans dire un mot dont elle pût prendre
ombrage, il redoublait d'attentions et lui rendait
la vie aussi agréable qu'elle pouvait l'être.

Quand vint le dimanche, il fit chauffer son
yacht pour conduire toute la famille à Chicoutimi dont le chemin de fer, nouvellement terminé, commençait à faire une ville fort passable.
Malheureusement cette ligne n'était pas d'un
grand avantage pour la pulperie, soit à cause
de l'élévation des tarifs, soit à cause de la difficulté, surtout en hiver, des communications
entre l'usine et la gare. Ainsi l'expliqua Coulombe à madame de Pragnères, qu'il aimait à

se donner pour confidente même quand il
s'agissait des questions matérielles, sachant que
l'intelligence de cette femme supérieure pouvait
tout embrasser. Partis de bonne heure pour Chicoutimi, ils purent assister à la grand'messe et
Coulombe, raffiné dans ses impressions quand
il était amoureux, fut attendri en voyant prier
Robertine. Éloignée de toute église depuis une
semaine, cette pieuse femme retrouvait enfin la
pompe catholique, la vue d'un évêque sur son
trône, l'encens, l'orgue, les chants depuis l'enfance connus. Avec un serrement de cœur elle
quitta toutes ces choses pour regagner le désert
où il fallait vivre. Mais toujours attentive à remercier ceux qui lui avaient fait du bien, elle
tendit la main à Coulombe :

— Je vous dois une journée très douce.

Jovite, à ce moment, eût embrassé l'évêque.
Mais Robertine, dans le recueillement de sa
prière, avait entendu le devoir et la raison qui
lui donnaient un ordre.

Dans la soirée, elle consulta son époux.
N'était-il pas temps de commencer leur vie
normale et de quitter le toit de Coulombe qui
était, en somme, non pas leur hôte, mais leur

chef? Tôt ou tard l'existence en commun, dans cette situation fausse, aurait des inconvénients. Elle-même, d'ailleurs, trouvait les journées longues sans l'intérêt d'un ménage à conduire.

— J'ai besoin, conclut-elle, d'être chez moi.

Elle fut peinée de voir que son mari devenait indifférent à des questions qu'il eût été le premier à soulever jadis. Il répondit en soupirant :

— Pauvre chère femme ! Le métier va être dur, et vous avez le temps de connaître la fatigue. Mais je pense que vous voyez juste. Faites comme vous voudrez.

Le lendemain, elle dit à Coulombe qui était venu, selon son habitude, la retrouver sous les épinettes parfumées de résine, au bord de l'eau qui chantait en fuyant :

— Vous êtes pour nous d'une bonté que j'apprécie dans ses moindres détails. Mais nous dormons dans les délices de Capoue. Il est temps de se réveiller, d'autant plus que l'été est court dans ce pays. Quand viendra l'hiver, il faut qu'il me trouve habituée à ma nouvelle vie, et installée dans ma maison.

Coulombe répondit, les yeux fixés sur Ro-

8

bertine, avec la confiance d'un homme qui ne
doute pas de l'effet de sa prière :

— Quand la neige couvrira mon toit, mettant
une barrière entre nous et le reste du monde, il
sera bon d'être ensemble dans ce désert que
vous rendrez charmant.

— Nous resterons voisins, dit-elle. Mais ne
comprenez-vous pas qu'une femme désire l'indépendance, ne veuille rien devoir à personne?

— Je n'aime pas les femmes qui « ne veulent
rien me devoir », répliqua-t-il d'un ton de doux
reproche, en lui prenant la main.

D'un geste brusque elle se dégagea. Puis,
avec ce sourire qui déconcerte un fat :

— Mais, monsieur, je ne suis pas venue ici
pour que vous m'aimiez.

Susceptible comme le sont souvent ses compatriotes, le Canadien rougit jusqu'aux cheveux.
Rendu méchant par le dépit :

— C'est vrai, madame. J'avais oublié pourquoi vous êtes venue.

VIII

Le lendemain la famille Pragnères coucha
dans la petite maison qui, parmi des défauts
nombreux, avait celui de n'être pas achevée à
l'intérieur.

C'était un édifice en bois de trente pieds sur
vingt, précédé d'une plate-forme assez haute
pour dominer la couche de neige pendant l'hiver.
On accédait à cette galerie extérieure par un
degré de cinq marches ; puis on pénétrait dans
le corridor séparant l'habitation en deux parties
de deux pièces chacune. Là doit s'arrêter la
description, car l'étage supérieur, attendant les
cloisons, formait un seul espace vide que rien
ne séparait du toit. L'escalier n'avait pas de

rampe, défaut négligeable puisqu'on ne devait
guère s'en servir. Dans la cuisine, probablement destinée à servir de salle à manger, un
poêle en fonte rassurait par son volume capable
de lutter contre les températures les plus basses.
L'énorme tuyau, circulant dans les pièces voisines, leur distribuait la chaleur. En outre de
cet ustensile d'utilité première, les lits neufs et
confortables étaient seuls à mériter quelque
éloge. Le mobilier fut augmenté, sinon complété, par des objets pris soit au pavillon du
maître, soit au magasin qui, en même temps,
servait de boutique et passait à l'avenir sous la
surveillance de Pragnères. Celui-ci commençait à comprendre que son emploi ne serait pas
une sinécure.

L'installation fut assez prompte. Dans la circonstance, Olivier montra qu'il serait d'une ressource infiniment précieuse. En deux mois ce
garçon de quatorze ans avait sauté un échelon et
devenait un homme. Déjà il connaissait les bois,
et l'on pouvait compter sur lui comme pour-
voyeur de gibier pour la table paternelle. En
même temps, il avait appris la pêche et la manœuvre du canot d'écorce sous la direction de

Sebatis, un des rares Indiens montagnais résignés sinon au travail comme l'entend la race blanche, du moins à l'apprivoisement d'une quasi-domesticité. Ce sauvage était grand, de traits comparativement réguliers qui auraient trompé sur son origine, sans la couleur terreuse de son teint. Entre lui et son élève, dont il était fier, une amitié profonde s'était formée très vite. Peu après son installation, Robertine pansa une blessure qu'il s'était faite en construisant un canot spécial pour le service d'Olivier. A partir de cette heure, elle put compter sur son dévouement comme sur celui d'un chien fidèle. Une époque devait venir où elle serait heureuse de le trouver.

En attendant, la femme de Sebatis devint pour les Pragnères une aide utile quoique intermittente. Elle se nommait Péchi, et consentait parfois à accomplir les tâches grossières du ménage. D'autres jours il était impossible de la faire sortir de sa tente — on n'avait jamais pu lui faire accepter une maison, même de pins non équarris — où elle fabriquait des mocassins pour un marchand de Québec, au milieu d'enfants et de chiens grouillant pêle-mêle.

8.

Coulombe n'était pas en hostilité ouverte avec Robertine ; mais, depuis certaine conversation, il ne la traitait plus qu'en femme d'employé supérieur, avec une nuance de considération polie. On était loin de l'époque où il faisait chauffer son yacht pour la conduire à la cathédrale de Chicoutimi. Heureusement elle avait Sebatis qui, dans son embarcation de bouleau, avec Olivier pour second, leur faisait traverser la baie, chaque dimanche, à l'heure de la grand'messe de Saint-Alphonse. Coulombe ne manquait pas de s'y rendre dans sa yole à voile. D'autres canots portaient les ouvriers de l'usine livrée au repos orthodoxe. Dans la petite église de bois, plus qu'en aucun lieu, Robertine aimait à prier, saisie d'édification à la vue de cette ferveur canadienne inconnue en France, même dans la Vendée fidèle à sa foi.

Elle ne pouvait plus dire à cette heure qu'elle et sa famille dormaient dans les délices de Capoue. Son mari menait l'existence d'un employé laborieux, ayant à tenir la comptabilité et la correspondance de l'usine. Coulombe, surtout depuis qu'il était seul au pavillon, circulait constamment. Olivier, dans un pays où il faut tout faire soi-même, ne manquait pas de besogne pour assurer et faciliter l'existence matérielle de ses parents.

Robertine, acclimatée à son rôle de petite ménagère, trouvait du temps pour veiller au bien-être de la population ouvrière encore peu nombreuse. Elle commençait à connaître ces hommes de nature honnête et d'humeur joviale, sous des dehors bruyants et querelleurs. D'abord elle s'était sentie effarouchée de leur parole haute, affirmative, avec une nuance de défi et de vanterie à chaque phrase, accompagnée d'une abondance de jurons qui les montrait sur le point d'en venir aux mains. Loin de là, ils vivaient en bons camarades, ne se battant guère que les jours de paye. Un ou deux flacons d'eau-de-vie semblaient alors tomber du ciel, malgré une prohibition rigoureuse, et, parfois, on jouait du revolver et du couteau. Mais des scènes de ce genre se produisaient rarement, et Robertine avait peu d'occasions d'ouvrir sa pharmacie.

Elle s'étonnait de voir que ces ouvriers, du moins un certain nombre, soupiraient après la venue de l'hiver qui, ralentissant les travaux de la pulperie, les obligerait à s'enfoncer dans

la forêt pour gagner leur vie comme bûcherons.
Déjà ils parlaient bois, discutant la quantité
que chacun était capable de « sortir », cherchant à prévoir où tel camp serait placé, pro-
nostiquant la saison, la quantité et la qualité de
la neige, molle ou ferme, favorable ou non au
traînage des arbres coupés. Cette vie d'une dureté
à peine croyable paraissait avoir autant d'attraits
pour eux qu'un hiver à Nice, pour le Parisien
ami du plaisir.

Octobre était venu. Jovite Coulombe se hâtait
de vendre sa pulpe qui partait sur des chalands
remorqués par le père Labrador. Aux voyages
de retour on débarquait des caisses de provisions, sacs de farine, barils de lard, à quoi il
faut joindre les couvertures, les vêtements
chauds, les raquettes, les hautes bottes indiennes
sans talons fabriquées à la façon des mocassins.
Dès le milieu du mois, la baie Ha-Ha pouvait
être fermée par les glaces. Robertine et même
son mari ne surveillaient pas sans émotion l'approche de cette longue période d'un froid dont
ils n'avaient aucune idée. On leur annonçait
des températures de 45° sous le zéro.

En attendant ils avaient le spectacle merveil-

leux de la forêt canadienne disant adieu à l'été.
Chez nous la feuille qui va mourir, à l'exemple
des reines d'autrefois, revêt la bure des nonnes.
Dans la Nouvelle France, l'agonie est cachée
sous un déguisement joyeux jusqu'au fantastique. Les trois essences principales, confondues
tout l'été dans l'unique nuance verte, se séparent tout d'un coup par le choix de leur parure,
qui semble sortir d'une garde-robe tenue fermée
jusque-là. C'est, pour le bouleau frissonnant et
léger, la teinte de l'or le plus pur. A côté, l'érable
majestueux arbore son costume rouge sang. Et
le sapin, qui est le grand nombre, garde son
émeraude et sert de fond au caprice de ses voisins.

Robertine passait des heures à contempler ce
manteau de la Nature qui s'étendait, pareil au
brocart vénitien ouvré pour un Dandolo, jusqu'à des rideaux de collines que le vol d'un oiseau
n'aurait pu atteindre en deux jours. Avec la
fraîcheur plus grande, l'atmosphère était d'une
pureté inconnue à l'œil européen. Dans cette
lumière intense et profonde, le corps se mou-
vait avec vivacité et sans effort, comme dans
l'ombre impalpable d'un bain régénérateur.

Un matin, la famille se réveilla sous la neige : l'apprentissage de l'hiver commençait.

D'abord il fallut s'exercer à l'emploi des raquettes. Le professeur Sebatis fixa les chaussures de ses élèves au long treillage en boyau de caribou, au moyen de lanières, qui, au début, causaient des crampes douloureuses. Le plus difficile fut d'apprendre à passer une raquette sur l'autre pendant la marche, de façon à ne pas écarter les jambes à la façon d'un trop grand nombre de *sportsmen* européens.

Sebatis faisait des tours de force, courant à la vitesse de trois lieues à l'heure, sautant des barrières. Il disait :

— Moi marchir quarante milles avant mangir midi.

Et il l'avait fait plus d'une fois, au témoignage du père Labrador.

Le froid devint très vif. Les trottoirs de bois éclataient avec un bruit pareil à des détonations d'armes à feu. Mais l'absence de vent rendait la température supportable à un point qui les surprenait tous. Leur maison était chaude, pourvu que le poêle ronflât bien. Comme le sapin brûle vite, on devait recharger le foyer toutes les trois heures. Olivier coucha dans la cuisine, ayant soin de rester légèrement couvert, afin d'être réveillé par l'air glacial quand le moment de remplir son rôle de chauffeur était venu.

Dans la journée, il battait les bois avec Sebatis qui traînait le toboggan destiné, en cas de bonne chance, à rapporter l'animal abattu. Ordinairement c'était un chevreuil qui, une fois sorti du « ravage ». longuement frayé par lui dans la clairière d'épinettes ou de cèdres, n'était plus porté par la neige molle et, bientôt rejoint, devenait une proie facile. Plus rarement, après une journée entière de poursuite, ils pouvaient atteindre un caribou des bois, car le sabot de celui-ci, en hiver, devient concave et aiguisé sur les bords, ce qui l'empêche d'enfoncer et de glisser dans sa course.

Olivier prit alors ses véritables leçons d'endurance. Elles furent parfois d'une sévérité qu'il s'efforçait de cacher à sa mère, sans y parvenir toujours. Mais le couronnement de sa carrière de chasseur manquait au hardi jeune homme : il n'avait pas encore abattu son premier orignal. Vers le milieu de la semaine de

Noël, Sebatis le jugea entraîné suffisamment pour tenter l'expédition.

Ils devaient être accompagnés d'un autre Indien, nommé Swarsin. Celui-là, resté « sauvage », courait les bois pendant l'hiver, récoltant des fourrures, sans toutefois imiter ses congénères qui gagnent les terrains de chasse situés dans les solitudes, à cent lieues au Nord.

— Lui connaître bon « ravage » d'orignal, avait affirmé Sebatis. Lui vendre « ravage » pas trop cher.

Le traité conclu, ils partirent tous trois de grand matin par un beau clair de lune qui reflétait sa douce lueur sur l'éblouissante parure de l'hiver. Les lièvres étaient blancs. Depuis un mois l'ours léchait ses pattes au fond de sa tanière. Olivier « crut » d'abord qu'il faisait froid, mais bientôt ses gants de castor furent dans sa poche et il trouva sa toque trop lourde et trop chaude. Il suivait Swarsin qui marchait rapidement vers l'Ouest dans la direction du lac Kenogami. Derrière eux Sebatis traînait le léger toboggan, chargé des haches, des vivres et des couvertures, pour le cas où il faudrait camper la nuit prochaine.

Sur les huit heures on fit halte, après avoir parcouru six lieues. Un vent assez fort commençait à souffler au visage des trois hommes.

— Bon ! prononça Swarsin. Orignal pas éventer nous. Mais p't'êt'ben tempête de neige ce soir. Nous mangir maintenant.

Au bout de quelques minutes, une flamme s'éleva derrière l'abri en tiges de pin. L'eau — neige fondue, — fut bientôt bouillante et le thé fuma dans les tasses. Une boîte de corned beef fut ouverte, et le jeune Français connut le meilleur repas de sa vie. Alors, autour du brasier, on se reposa pendant une heure en causant à demi-voix des chances de la journée. Puis le toboggan fut remisé dans la hutte de branchages.

— « Pourront-ils jamais le retrouver ? » pensa le débutant, — et la chasse proprement dite commença dans un profond silence.

On avançait avec précaution. Au bout d'une assez longue marche, Swarsin désigna de la main le tronc d'un cèdre où pendait, hors de l'atteinte de la main d'un géant, cette longue mousse blanche qu'ils appellent « barbe de vieillard ». On pouvait voir qu'un animal gigantesque l'avait broutée. D'un autre signe, le chef

9

de l'expédition commanda : « Apprêtez les
armes. » Le « ravage » n'était pas loin.

On atteignit bientôt sa limite. C'était un
espace de neige foulée qui se perdait à distance
et occupait plus d'un hectare, sur un point où
les cèdres, les épinettes et les érables étaient
moins serrés. Jusqu'à la hauteur de trois mètres
où les orignaux pouvaient atteindre en se
dressant sur leurs pieds de derrière, l'écorce et
les jeunes rameaux des « sapinages » avaient
disparu. Pendant quelques minutes, les chasseurs restèrent en observation ; Swarsin, les
sourcils froncés, mettait en jeu l'incroyable
finesse de son ouïe et de sa vue. Olivier ne sentait pas le froid ; mais il tremblait d'une émotion
qu'il n'avait pas connue depuis qu'il était au
monde.

— Je les entends ! signala Swarsin.

Alors le groupe se porta en avant, courbé,
attentif à se dissimuler derrière les touffes d'ar-
bustes. Enfin le chef resta immobile, désignant
de la main trois colosses qui, debout, levaient
avec inquiétude leur tête énorme et disgracieuse,
ornée de bois d'un mètre et demi, spatulés comme
ceux du renne. Leurs jambes brunes, longues

jusqu'à la difformité, leur méritaient le nom
d'échassiers des quadrupèdes. Leur corps de
velours brun avait les rayures de gris foncé qui
apparaissent avec l'âge. Une épaisse crinière sur-
montait leur court garrot. Les mouvements de
leurs grandes oreilles, qu'on eût dites emprun-
tées à la tête d'un âne, faisaient voir le soupçon
d'un bruit insolite dans la forêt. Toutefois les
émanations des chasseurs qui les abordaient sous
le vent leur échappaient.

« Je serais incapable de mettre une balle dans
un portail de grange », pensa Olivier avec désespoir.

Les animaux s'éloignaient sans fuir, mais ils
furent hors de portée avant que le jeune Vendéen eût fait parler sa carabine. Habitué à ces
défaillances d'un débutant, Swarsin commanda
du geste à Olivier de rester à son poste. Alors
les deux Indiens marchant en sens opposé en-
veloppèrent le « ravage » d'un grand cercle.

Encore visibles malgré la distance, les orignaux s'étaient remis à brouter. Enfin, après
une attente qu'Olivier jugea longue de plusieurs
heures, il les vit pointer les oreilles et aspirer
l'air. Sans doute les rabatteurs entraient dans

l'aire du vent. L'hésitation dura peu. Au galop, avec un grand bruit de souffle, faisant craquer les branches, ces rois de la forêt prirent la fuite, rabattus sur Olivier. L'un d'eux passait à portée. Il tira, trop ému pour redoubler; puis revenu de sa stupeur, il s'élança sur la piste de l'animal, bientôt marquée de taches rouges. Déjà il craignait de ne pouvoir l'atteindre quand tout à coup, il faillit trébucher sur le corps immense, étendu sur la neige.

« Je fus bien près de m'évanouir », a-t-il confessé plus tard.

Il n'en eut pas le temps, les deux Indiens étaient près de lui, célébrant sa victoire par une danse expressive. Mais Swarsin coupa court à ces démonstrations.

— Toboggan ! dit-il à Sebatis qui s'envola sur ses raquettes.

Au même instant, avec une adresse incomparable, Swarsin tirant son couteau dépeça la bête, malgré les supplications d'Olivier qui aurait voulu revenir avec sa proie entière.

— Trop lourd, objecta l'Indien. Plus de mille livres. Toboggan petit, pas pouvoir porter.

Quand Sebatis reparut, la besogne était faite.

La peau de l'orignal avec son massacre était pliée avec soin autour des filets de la bête. Aux loups restait la carcasse. On mangea très vite, sans allumer du feu. Il était trois heures.

— Si lune briller ce soir, nous arriver maison pour sommeil, promit Swarsin.

Malheureusement il ne s'était pas trompé en émettant la crainte d'une tempête de neige. Avant qu'on eût fait une lieue, Swarsin dit à Olivier qui venait derrière lui :

— *Wa-pi-bi* chante. Orage pas loin.

De l'oiseau invisible on entendait le cri léger, pareil au sifflement d'une bûche enflammée. Le vent, calmé depuis le matin, s'éleva tout à coup amenant du golfe un épais rideau de nuages couleur ardoise. Et, presque aussitôt, entre ce nuage et le sol blanc, une muraille de flocons fut dressée, empêchant de voir la route à plus de cinq pas.

Craignant de perdre leur compagnon, les deux Indiens l'escortaient à droite et à gauche, un bras passé sous celui du jeune homme. De la main restée libre Sebatis retenait sur sa poitrine la lanière attachée au toboggan dont sa force herculéenne semblait ignorer la présence.

Parfois, incapables de tenir tête à la trombe qui les étouffait comme un linceul jeté sur eux, les chasseurs, pour respirer, se voyaient obligés de faire volte-face. Leur guide cherchait l'abri des sapinades les plus épaisses. Mais alors les branches inclinées sous le poids de la neige versaient sur eux de véritables avalanches qui les clouaient au sol en s'accumulant sur leurs raquettes, tandis que, tout près d'eux, éclatait un fracas d'écroulement. C'était un grand arbre, mort depuis des années, que les branches de ses voisins refusaient de soutenir davantage, et qui tombait vaincu dans sa dernière bataille contre la tempête.

Olivier, malgré son énergie, se sentait gagné par la fatigue, et bien plus encore par une impression indéfinissable de terreur. Déjà il commençait à faire sentir son poids aux bras de ses compagnons, et à se demander s'il valait la peine de prolonger cette lutte épuisante pour succomber un mille plus loin. Swarsin s'en aperçut :

— *Envoye fort !* dit-il, employant l'expression favorite de la contrée. Vous pas vieille femme ou rat musqué. Beaucoup courage. Camper bientôt.

En effet, ils arrivèrent promptement au pied d'une falaise de hauteur médiocre, mais suffisante pour les abriter. Ne perdant pas une minute, les Indiens jouèrent de la hache et, sans qu'il pût dire combien avait duré le travail, Olivier se réveilla d'une demi-somnolence dans l'éblouissement d'une lueur vive. Sur un tapis de menues branches vertes il était couché, au fond d'une hutte dont l'ouverture admettait la chaleur d'un brasier flambant à quelques pouces en dehors. Dans le chaudron, l'eau allait bouillir pour le thé ; une pile de bûches promettait pour la nuit — déjà commencée — une température confortable. De chaque côté du feu, Sebatis et Swarsin fumaient leur pipe, causant de cette voix sans éclats, tragique et profonde qu'ils ont toujours, même pour les phrases les plus banales. De fait ils semblaient aussi peu émus que deux paysans vendéens séchant leurs culottes après une averse, devant la haute cheminée où cuit la soupe. Olivier admirait ces hommes dont rien n'abat l'énergie et n'altère le sang-froid. Il s'endormit dans ses couvertures, à la dernière bouchée d'un repas bien gagné.

Vers minuit il s'éveilla en sursaut, rêvant

que deux mains de fer l'avaient saisi aux épaules.
Revenu à la réalité, il s'aperçut que la sensation provenait du froid. Cependant le feu brûlait toujours, mais il brûlait à cette heure au
fond d'un puits de plusieurs pieds, la neige qui
supportait l'âtre ayant fondu peu à peu. Il ne
s'échauffa complètement qu'au matin, quand
ils eurent repris leur marche. Le calme était
revenu et, bien avant midi, la petite troupe
descendit le coteau qui dominait la pulperie. Jovite Coulombe lui-même se joignit à l'ovation
que reçut Olivier. Celui-ci, pour le moment, ne
voyait plus rien à désirer en ce monde.

IX

Vers la fin d'avril, Coulombe reçut une
demande de congé qui ne pouvait guère le
surprendre, mais ne l'en gèna pas moins.

L'air généreux de la Nouvelle France, pays
des nombreuses familles, avait produit un résultat dont on peut se risquer à dire que, dans
la circonstance, il n'était pas « espéré », pour
plus d'une raison. Robertine allait avoir besoin
du voisinage d'un médecin, pour elle et pour
l'enfant prêt à venir.

Pragnères voulait s'installer à Québec, ce qui
entraînait son remplacement à l'usine où le
travail reprenait l'activité ordinaire de la belle
saison. Olivier se montra une fois de plus.

9.

homme de ressource, en offrant de suppléer son père dans la limite de ses moyens, encore qu'aucun être au monde n'eût moins de goût que lui pour le travail de bureau. Coulombe voulait bien accepter la combinaison ; mais Robertine la repoussait d'une manière absolue.

— Jamais, dit-elle à son mari, je ne pourrai vivre à cent lieues de cet enfant un ou deux mois.

Olivier, admis à la délibération, eût bondi sans le respect très tendre qu'il avait pour sa mère.

—Je ne suis plus un enfant, protesta-t-il avec douceur. Bien peu de Français du double de mon âge ont vu ce que j'ai vu, supporté ce que j'ai subi sans m'en trouver plus mal. Et tous n'ont pas ma force.

Le curé de Saint-Alphonse, venu pour voir sa paroissienne, suggéra une idée :

— Pourquoi n'iriez-vous pas à Chicoutimi ? On y trouve des Sœurs, des médecins, un hôpital. Votre fils pourrait passer avec vous chaque dimanche. A Québec, vous ne seriez pas mieux soignée en dépensant le triple. Quant à vous procurer un logement convenable, c'est une

chose qui m'est facile grâce aux amis que j'ai
là-bas.

L'arrangement était trop sage pour n'être
pas adopté. Le premier dimanche de mai, Coulombe escorta lui-même les Pragnères à Chicoutimi sur son yacht. A cette heure, tout nuage
avait disparu, non que le volcan fût éteint, mais
parce qu'il fumait — sans lave dévastatrice —
dans la direction d'une belle veuve que le Canadien avait rencontrée à Montréal pendant l'hiver.
Olivier installa son père et sa mère dans un
appartement commode, « prêté » par de braves
gens qui venaient de marier leur fille et « trouvaient leur maison trop grande », s'il fallait les
en croire. Au Canada, la protection du clergé
est efficace autant que, chez nous, des protec-
tions d'un genre moins religieux.

L'été, encore une fois, transforma les déserts
de neige en paradis de verdure. Olivier campait
dans la petite maison à côté de l'usine, faisant
son ménage et cuisant son dîner quand Péchi
était dans ses jours de « sauvagerie ». Au
bureau, près des machines, sur le ponton d'embarquement des sacs de pulpe, il tâchait de remplacer son père, Dieu sait par quel effort de vo-

lonté. Le samedi soir, au lieu de se mettre au lit, il descendait la baie dans son canot d'écorce, et y dormait sous sa couverture, en attendant le passage du bateau venant de Québec. A leur réveil, ses parents le voyaient entrer chez eux, toujours chargé d'un cuissot de venaison ou d'une truite merveilleuse, car il était devenu presque aussi grand pêcheur que grand chasseur.

Après une journée en famille et une longue nuit de repos, il prenait le paquebot le lundi matin, retrouvait son embarcation et pagayait vigoureusement pour n'être pas en retard à l'usine.

Le dernier dimanche de mai, il vit un berceau près du lit de sa mère qui semblait transfigurée par une joie à peine terrestre. Elle dit d'une voix faible, mais douce comme un chant :

— Dieu t'a donné une sœur. Aime-la bien !

Il répondit :

— Je suis trop vieux pour avoir une sœur si jeune, et vous, maman, trop jeune pour avoir un fils si vieux. Ce doit être une nièce que j'embrasse. Quel est son nom ?

— Tout à l'heure elle s'appellera Céleste. On

la baptise au sortir des vêpres. Naturellement tu es son parrain.

Quand le cortège revint avec la chrétienne toute neuve, sa mère la contempla dans une extase d'admiration mystique.

— Un ange! dit-elle enfin... Un ange qui descend de là-haut! Nous devrions tous être à genoux!

La matrone, qui était aussi la marraine, voyait les choses d'un œil plus humain :

— L'ange a crié comme un diable quand on lui a mis du sel dans la bouche. Allez, madame! donnez-lui de quoi faire passer le goût.

Olivier rejoignit son père qu'il trouva fort abattu.

— Cette naissance est un malheur ajouté aux autres, gémit Pragnères. A toi, je peux le dire. A ta mère, je fais de mon mieux pour cacher ce que je pense. Elle, du moins, est heureuse.

— Oui, répondit Olivier. Elle supportera tout maintenant. Et vous, mon père, n'ayez pas d'inquiétude : je suis là!

Ainsi parlait ce jeune homme qui venait d'avoir quinze ans. Et, de fait, à voir sa haute taille, ses larges épaules, son regard calme et

assuré, on ne songeait pas à sourire devant cette
promesse virile de secours efficace.

Madame de Pragnères étant rétablie, le ménage prenait ses dispositions pour rentrer à la
pulperie quand il en fut empêché par une raison
péremptoire : en deux heures, pendant une nuit,
le feu consuma l'usine au ras du sol.

Cette nouvelle, déjà mauvaise, était accompagnée d'une pire. Olivier, en sauvant les livres
et la caisse, avait failli rester dans le feu, un
écroulement de charpente lui ayant brisé la
jambe. Il arriva le soir même à Chicoutimi,
couché au fond du canot de Sebatis qui venait
de faire quinze lieues à la rame, aidé heureusement par le flot d'une haute marée. Vingt
hommes se disputaient l'honneur de placer la
victime du devoir sur la civière envoyée par
l'hospice. Mais Olivier restait débrouillard malgré sa souffrance.

— Pas de civière, s'il vous plaît! commanda-
t-il. Laissez-moi dans le canot, et portez le tout
aux bonnes Sœurs.

Le médecin déclara que la fracture était simple
et d'une guérison facile. D'ailleurs l'éclopé n'a-
vait aucun mal en dehors de sa jambe, sauf des

brûlures non dangereuses. Défiguré momenta-
nément par la perte de ses cheveux roussis à la
flamme, il conservait une bonne humeur parfaite et consolait sa mère installée près de lui
avec son nourrisson.

Pendant ce temps-là, Pragnères et Coulombe
s'occupaient des questions à traiter sur place,
la liquidation proprement dite relevant du Siège
Social. Au bout de trois semaines, le groupe de
famille était réformé à Chicoutimi, avec ses bagages rapportés de la petite maison restée debout. Les santés étaient bonnes ; Olivier rappre-
nait à marcher et s'ennuyait prodigieusement à
l'oisiveté d'une petite ville. Mais il fallait encore
une fois « trouver quelque chose », et, bien
qu'il montrât bonne contenance, le chef de la famille éprouvait un amer découragement.

Par bonheur les Pragnères n'étaient plus des
étrangers dans le pays. La bravoure d'Olivier,
les récits de ses prouesses par terre et par eau
commençaient sa réputation. Sa mère comptait
des amies dans les deux mondes, religieux et
laïque. Des offres d'emploi survinrent qu'on ne
pouvait qualifier de brillantes, car la région
commençait seulement à ressentir les effets du

chemin de fer nouvellement établi. Cependant
un négociant, tenu pour l'un des hommes les
plus considérables du comté, fit des ouvertures
dignes de commander l'attention de personnes
qui, on doit l'admettre, n'avaient pas le moyen
de se montrer difficiles outre mesure.

Philippe Gédéon Sirois, échevin de Chicoutimi dont il convoitait la mairie, était du nombre
de ceux qui venaient de faire franchir à la colonisation un grand pas vers le Nord, en ouvrant
le district du lac Saint-Jean. De cette nappe
d'eau circulaire, égale deux fois en superficie au
lac de Genève, sort le Saguenay par une suc-
cession de rapides qui l'empêchent d'être navi-
gable avant Chicoutimi. Cette barrière de dix-
huit lieues venait de tomber par l'établissement
du chemin de fer. Sur la rive occidentale du lac
un village nommé Roberval, destiné sans doute
à devenir une grande ville, croissait rapidement
et, par l'importance des capitaux engagés dans
l'entreprise, Philippe Gédéon Sirois pouvait être
placé au nombre de ses fondateurs.

Là il possédait une banque et un journal
tous deux à l'état embryonnaire, un bureau pour
la vente des terrains et les contrats d'assurances,

quelques maisons déjà louées, mais surtout le
« Magasin Général », copié sur mille autres du
même genre disséminés à travers le Domaine
canadien. La présence d'un homme capable de
surveiller un groupe d'établissements aussi variés devenait indispensable. Ces fonctions mul-
tiples furent offertes à Pragnères qui hésita peu
à les accepter. Il était séduit par la perspective
d'une indépendance à peu près absolue, son
chef résidant à Chicoutimi. Dans les premiers
jours de juillet, la famille s'installait à Roberval.

C'était une rue de deux kilomètres courant le
long du lac, entre deux trottoirs de planches.
D'un côté, cette rue ne bordait trop souvent que
des terrains encore vagues. Les maisons cherchaient de préférence le côté opposé, longeant
la rive. Elles étaient toutes pareilles, avec leur
petit enclos aboutissant à la grève, leur escalier
de cinq marches, leur plate-forme dominant le
niveau des neiges, leur toiture d'ardoise ou de
zinc, et leurs doubles fenêtres laissant voir les
mêmes rideaux de fausse guipure et les mêmes
pots de géraniums rouges. Par un beau soleil,
en face de la petite mer sans limite apparente,

l'aspect du lieu était charmant, donnait l'impression plaisante causée par le contact des objets neufs. Car tout était neuf, les habitations, leur couche de peinture rouge, brune, crème, vert pâle, bleu mourant ; leurs cuivres, leurs enseignes. Et la nature aussi était neuve et très pure, dans sa beauté que très peu de regards avaient touchée. La lumière elle-même semblait neuve ainsi que la clarté d'une lampe allumée pour la première fois. L'air aspiré n'avait servi à la nourriture d'aucun poumon. Il apportait l'odeur saine qui parfume un atelier de menuiserie.

C'était en effet le royaume de la planche, partout sciée, chantournée, mortaisée, feuillurée, mise à tous les usages avec une prodigalité folle, comme une chose sans valeur aucune. Ici le bois remplaçait l'asphalte, franchissait les ruisseaux, s'alignait en clôtures qui n'enfermaient rien, s'élevait en murailles, s'inclinait en toitures. Le bois qui avait servi à construire ce village, vendu dans un chantier de Paris, aurait produit des millions. Tout en suivant cette rue où l'aspect d'une façade de briques, à cette époque, surprenait autant que fait ailleurs

une merveille inattendue, Robertine faisait cette
prière :

— Mon Dieu ! si vous nous envoyez l'incendie, faites qu'il éclate pendant le jour, sans quoi
nous sommes tous perdus !

Philippe Gédéon Sirois était venu lui-même
les installer dans une de ses maisons, à peine
achevée.

— Mais, dit-il en montrant les cloisons de
sapin naturel, vous ne vous plaindrez pas que
je vous fais essuyer les plâtres.

Le mobilier restait à leur compte. Ils l'ob-
tinrent, prix coûtant, au « Magasin Général »
qui fut pour Robertine un sujet d'amusement,
car il méritait son titre. Là on trouvait, dans
une promiscuité fabuleuse, ce qui peut être nécessaire aux colons de tout sexe et de tout âge,
depuis le biberon jusqu'à la faucheuse méca-
nique, depuis le moulin à café jusqu'au fourneau immense. Les vêtements d'hiver et d'été,
l'horlogerie et les bijoux modestes, les armes,
les instruments de pêche, les traîneaux, les
canots d'écorce, les pièges pour les ours et les
loups vivaient en harmonie dans l'immense
local. Autour du comptoir, faute du Café floris-

sant dans nos plus petits bourgs, les clients, debout, échangeaient les nouvelles en d'interminables conversations.

L'été s'acheva doucement dans cet endroit, à coup sûr l'un des plus tranquilles du monde. Robertine, pourvue d'une petite servante, passait les jours dans l'adoration de sa fille, éprouvant une sorte de volupté secrète à chaque goutte de lait versé par sa poitrine aux petites lèvres roses. Pragnères, moins heureux, se fatiguait en luttes perpétuelles pour obtenir un semblant d'ordre dans les affaires qu'il avait à surveiller. Le « Magasin Général », surtout, amenait des discussions fréquentes avec le préposé, honnête homme mais pauvre comptable et sans idée quelconque d'ordre et de bon entretien.

Olivier tenait la maison approvisionnée du gibier, petit et grand, qui ne manquait pas autour de Roberval. Souvent aussi le disque du soleil sortant du lac trouvait le jeune Vendéen dans son canot, jetant la mouche sous les saules de l'Ile aux Couleuvres. Ce jour-là, Robertine devenue bonne cuisinière donnait aux deux hommes le régal d'une ouananiche farcie. L'ouananiche, quintessence de la truite, que

l'infortuné Parisien ne connaîtra jamais ! Car la
Nature jalouse en conserve le monopole au lac
Saint-Jean !

— Mère, j'ai fait une découverte, annonça un
jour Olivier. C'est une surprise que je vous
ménage, à vous et à Céleste. Partons tous trois ;
je vous emmène dans mon canot.

Il était rare qu'Olivier formulât une demande
aussi pressante. Robertine, de son côté, obéis-
sait toujours à son fils à qui elle accordait la
confiance qu'elle eût mise en un homme. Le
canot poussé vers le Nord suivit de près la
côte, franchit le remous d'une petite embouchure et toucha, au bout de deux heures, le
pied d'un coteau peu élevé que dominait la
flèche brillante d'une église. Olivier prit sa sœur
dans ses bras et gravit l'éminence. Bientôt ils
arrivèrent à une maison spacieuse, qu'entourait
à la hauteur du premier étage une véranda meublée de fauteuils rustiques à l'aspect bizarre.

Les portes étaient ouvertes ; les visiteurs en-
trèrent comme chez eux, parcourant plusieurs
pièces de grande dimension, sans trouver personne. Robertine demanda, fort intriguée :

— Qui donc demeure ici ?

— Attendez, pria Olivier. C'est une de mes surprises. Allons voir au jardin.

Là ils trouvèrent un homme de haute taille, à barbe grise, coiffé de la casquette canadienne à oreillères, vêtu d'un complet jaunâtre usé passablement, chaussé de galoches en cuir fauve. Il fumait sa pipe, contemplant d'un air ravi ses plates-bandes où s'ouvraient des pensées timides et modestes qui, avec quelques fleurs de gadelliers, restes de la saison, formaient le seul ornement du lieu.

— Révérend Père, lui dit Olivier, voici maman, dont je vous ai promis la visite.

L'Oblat fit un salut très simple. Puis, amusé plutôt qu'embarrassé de l'étonnement de madame de Pragnères :

— Vous n'avez jamais vu le curé d'une paroisse de sauvages ? demanda-t-il en souriant. Pour bêcher mon jardin, la soutane serait gênante. Plût à Dieu que je fusse aussi bon prêtre que bon jardinier ! Admirez mes choux. Ils n'en ont pas de pareils à Québec.

Cherchant à dominer sa stupéfaction, elle complimenta le bon religieux qui s'était remis à fumer avec le calme indien.

— J'ignorais, dit-elle, qu'une Mission existât
si près de Roberval.

— Oh! mes pauvres Montagnais ne vont
guère se promener en ville. D'ailleurs ils sont
déjà presque tous partis pour leurs territoires
de chasse. Pendant l'hiver nous avons une des
plus grandes paroisses du monde : quelque
chose comme cent lieues de tour. Aussi mes
compagnons m'ont déjà laissé seul pour circuler dans les bois, confesser ceux qui meurent,
baptiser ceux qui naissent. Vous ne trouverez à
la Pointe-Bleue qu'une demi-douzaine de tentes, où les vieilles *ischquouéous* infirmes, et les
chiens devenus trop vieux pour le service du
toboggan vont passer l'hiver tant bien que mal,
grâce à mes pommes de terre et à mes choux.

Olivier, qui portait toujours la petite Céleste,
abrégea l'entretien, voulant montrer à sa mère
les autres curiosités de la Pointe-Bleue. Ils
virent les tentes, où de misérables créatures à
visages de sorcières fumaient leurs pipes entre
des chiens tourmentés par la vermine, des couvertures en loques servant de lit, et le fourneau
où cuisaient des choses indéfinissables. Quelques enfants qui grouillaient sur le gazon pri-

rent la fuite. Olivier, devinant que ce spectacle attristait sa mère, l'entraîna plus loin. Tout à coup, elle eut sa seconde surprise.

Devant elle, sur le toit d'une vraie maison, le drapeau tricolore flottait.

— Qu'en dites-vous? demanda son fils. Cela ne fait-il pas du bien au cœur?

— Mais pourquoi...?

Il interrompit cette question en désignant les grandes lettres noires peintes sur la façade :

REVILLON FRÈRES, PARIS.

— Entrez, dit-il d'un air radieux. Nous sommes en France. L'agent de ces messieurs est déjà mon ami.

Dans la grande pièce, des tables s'alignaient, rendues brillantes par le frottement des pelleteries. Un grillage enfermait le bureau avec ses casiers et ses tiroirs. Sur les rayons garnissant les murailles, Robertine s'étonna de ne pas voir une seule fourrure, mais seulement un Bazar Universel de vêtements, d'armes et de colifichets à l'usage des Indiens. Sur le sol on voyait empilés des sacs de farine et des barils de lard. Très empressé pour la visiteuse qui venait d'ac-

cepter un siège rustique, l'agent qu'Olivier présenta sous le nom de Bernetz donna des explications.

— Les fourrures de l'hiver passé sont déjà
parties ; celles de l'hiver prochain... courent encore, en attendant que les belles dames de Paris
fassent leur choix. Comme nos chasseurs sont
aussi nos clients il faut les habiller, les nourrir,
les armer. Tant de peaux de martre ou de vison
égalent tant de couvertures, de kilos de lard ou
de charges de poudre. C'est une comptabilité
qui rendrait fou un commis de la Banque de
France. On s'y fait, ainsi qu'à tout le reste. Mais
peut-être, madame, serez-vous curieuse de voir
ce qu'on ne voit pas tous les dix ans.

Madame de Pragnères monta deux étages.
Dans un grenier très vaste, deux magnifiques
renards noirs enchaînés avec soin, tournèrent
leurs têtes fines et intelligentes vers ceux qui
troublaient leur captivité. Robertine, pour un
instant, retrouva ses instincts de femme jadis
élégante :

— Oh ! les superbes animaux ! Combien
valent-ils ?

— Ce que vaut le caprice d'une reine, ou le

10

sourire d'une danseuse. Ma maison a vendu
quinze mille francs une peau semblable, ... et
ce n'est pas une reine qui reçut le manchon.

— Alors ces pauvres bêtes...?

— Mon Dieu, oui, madame.

— Et qu'attendez-vous ?

— Qu'elles aient eu froid pendant quelques
semaines : le poil sera meilleur.

L'instinct de coquetterie avait disparu pour
faire place à la pitié. Robertine jeta un regard
d'adieu aux condamnés à mort. Puis elle s'en
alla, songeant que le prix de leurs dépouilles
l'eût empêchée de quitter Courmenault. En
regardant la petite Céleste, elle fut consolée :

— Mon trésor! Si Dieu a voulu que je te paye
par l'exil, je ne trouve pas que c'est trop
cher !

Il ne restait plus qu'à visiter l'église, dont
les dimensions faisaient voir que la paroisse
était nombreuse quand les chasseurs étaient
rentrés de leurs villégiatures glaciales. Rien,
d'ailleurs, ne pouvait faire supposer que ces
bancs bien alignés servaient à des sauvages, si
ce n'est le texte des petits livres laissés sur les
accoudoirs. Par curiosité, Robertine en ouvrit

un pour en lire le titre : *Tsishtekükar Tshe
Apastats Ilnuts.*

— Jamais, dit-elle tout bas à son fils, je n'étu-
dierai le montagnais.

En quoi elle se trompait, comme il arrive à
chacun.

Pour regagner le rivage, il fallait traverser le
modeste cimetière, en suivant le chemin de
planches jeté sur le gazon. Au pied de la haute
croix, un banc grossier semblait les attendre : ils
s'assirent. Jamais champ de repos n'avait mieux
mérité son nom. Robertine médita sur l'existence des êtres humains qui dormaient à l'abri
des tertres de verdure. Ceux-là n'avaient jamais
connu l'ambition, les joies mondaines, l'angoisse de la fortune disparue, la fuite devant la
pauvreté à mille lieues du sol natal. Dans leur
foi simple, jamais troublée par une parole ou
par une ligne, ils avaient contemplé l'approche
de la mort comme un passage tranquille à une
vie plus heureuse. Et, sans doute, leurs âmes
l'avaient trouvée, tandis que les corps retour-
naient en poussière sous les petites croix noires
où se répétait, à la suite d'un nom bizarre, l'invocation suprême : « Rashimoto Ranepits ! »

A leur gauche, le soleil touchait la crête d'une
colline boisée. Un grand silence régnait, solen-
nel, autour d'eux. A leurs pieds, sur le lac
déjà endormi, les mouettes volaient, pareilles à
des âmes qui ne peuvent s'éloigner beaucoup
des enveloppes récemment quittées. Et, tout à
coup, la nappe liquide devint rose, de ce rose
absurde qu'invente parfois un décorateur fan-
taisiste. Devant cette teinte chaude, l'azur très
pâle fuyait rapidement dans la direction du
Nord. Bientôt l'Ile aux Couleuvres fut une
émeraude incrustée dans l'immense coupe
d'opale, qu'une brume légère allait bientôt couvrir de sa fraîcheur.

Madame de Pragnères, pendant qu'Olivier
reportait au couvent la clef de l'église, donna
le sein à la petite Céleste en faisant une prière
qui était un secret entre elle et Dieu. Quand
son fils revint, elle lui dit, prête à partir :

— Si je meurs dans ce pays, voilà où je voudrais avoir ma place.

— Maman !... fit Olivier en l'entraînant,
comme pour l'arracher à un péril.

X

L'hiver suivant, comparé à celui de Saint-
Alphonse, leur parut presque agréable. Pour le
chef de la famille, toutefois, l'amélioration matérielle était contre-balancée par des ennuis à
peine sensibles d'abord, mais de jour en jour
plus accentués. Les affaires de terrains, seules
lucratives à son point de vue, étaient calmes.
Celles d'assurances marchaient un peu mieux.
Mais le « Magasin Général » où se pressaient
les acheteurs, lui créait des difficultés qui pour
un autre moins attaché à son emploi auraient
eu moins d'importance.

Rien n'indiquait que le commis aux ventes
pût être accusé de malversations. Malheureuse-

ment toute notion d'ordre lui était inconnue,
chose d'autant plus grave qu'il manquait
d'énergie pour presser les rentrées et refuser le
crédit. Plusieurs fois Pragnères avait dû faire
entendre des plaintes à Philippe Gédéon Sirois,
d'où, naturellement des réprimandes au préposé, qui lui en gardait rancune. Celui-ci,
complication fâcheuse, était marié, et sa femme
s'était mis en tête, Dieu sait pourquoi ! de
jalouser Robertine au point de vue social.
Dans son esprit, la « dame française » lui
disputait la place éminente qu'elle avait toujours occupée dans la capitale, très future, du
district en formation. Quand Robertine se
tenait chez elle, c'était par fierté. Quand elle
faisait des visites (elle n'aurait pu, avec la meilleure volonté, en faire plus de quatre ou cinq)
c'était pour supplanter sa rivale. D'ailleurs,
occupée de sa maison et de sa fille, la « dame
française » n'avait même pas le soupçon des
crimes qu'on lui reprochait.

Olivier, devenu chasseur expérimenté autant
qu'adroit tireur, s'adonnait avec passion au
métier de coureur des bois. Mais ce n'était pas
du sport pur et simple. Tantôt le produit de sa

journée allait au garde-manger de sa mère.
Tantôt son ami du « poste » de la Pointe-Bleue
avait sa visite et lui payait, en écus sonnants,
quelque peau d'ours ou de renard. Entre ces
expéditions, il redevenait civilisé et menait
l'existence d'un habitant de Roberval, qui est la
moins variée du monde.

Le dimanche soir, et les jours de fête qui re-
viennent souvent dans cette contrée religieuse,
l'hôtel modeste — unique alors, — ouvrait son
hall aux amateurs d'émotions artistiques. Dans
la grande pièce qu'un poêle énorme chauffait
vigoureusement, une vingtaine de colons, de
marchands, de contremaîtres d'usine, allu-
maient leurs pipes et commençaient une conversation sobre, ainsi qu'il arrive à un public
impatient du spectacle qui va venir. Après un
peu d'attente, l'hôtelier, avec la fausse modestie
d'un impresario, démasquait « l'attraction »,
nouvellement introduite dans la contrée.

Et voici que tour à tour, des profondeurs du
phonographe, le baryton mugit, le soprano aigu
miaule, un orchestre grince, un comique de
beuglant nasille, une fanfare éclate. Sur le
visage recueilli des assistants — pas un n'a

songé à boire ou à troubler l'attention par un
mot — brille un ravissement parvenu aux sommets de la jouissance. Après le dernier « rou-
leau » ils s'en vont dormir, leurs bottes sans
talons et sans clous tirant à peine un léger
bruit sourd du trottoir de planches, balayé bien
des fois dans la journée, mais que la neige commence à couvrir de nouveau.

Toujours Olivier s'attardait un peu, ayant à
caresser deux oursons gros comme des roquets,
placés par lui en pension chez l'hôtelier. Il
avait opéré leur capture quelques semaines plus
tôt et désirait les garder au logis paternel. Mais
ses parents, qui d'habitude ne le contrariaient
guère, avaient été intraitables cette fois.

Cependant Roberval avait son « affaire »,
non moins qu'une capitale du monde civilisé. Au
Magasin Sirois la cabale était vivement poussée
contre Pragnères. Il avait pour ennemis les
mauvais payeurs, que le préposé poursuivait
ou faisait mine de poursuivre, en criant très
haut qu'il agissait par les ordres du tyran
étranger. Philippe Gédéon reçut des plaintes,
puis des menaces de boycottage pour sa compagnie d'assurances. On alla jusqu'à lui faire

craindre l'apparition d'un concurrent. Bref, le digne homme perdait la tête, partagé entre ses intérêts de négociant et la justice qu'il devait à Pragnères.

Celui-ci, jugeant cette nouvelle partie perdue, attendit la fin de la première année de son emploi. Alors il envoya sa démission, qui fut refusée avec tant de mollesse qu'un homme de sa trempe ne pouvait que la maintenir poliment.

La situation était grave. Le produit de ces douze mois, défalcation faite du prix du mobilier, se montait à quelques centaines de francs. En somme, après deux années d'émigration, la famille n'était guère plus avancée que le jour de son embarquement au Havre. C'est ainsi qu'avec un découragement pénible à voir, le gentilhomme vendéen résuma l'état des choses devant sa femme et son fils.

— Il y a une différence, répondit Olivier. Vous étiez seul alors : maintenant nous sommes deux. J'ai fait mon apprentissage de la vie canadienne. Pour vingt emplois, je vous serais un aide précieux.

— Tu as seize ans ! gémit son père.

— Chut !.... N'ai-je pas l'air d'en avoir vingt?

— C'est vrai, dit Robertine, qui l'admirait pour sa haute taille, son charmant visage, et cet air d'intrépidité douce qui est la plus grande séduction d'un homme.

Pragnères « chercha quelque chose », soit à Roberval, soit sur l'autre rive du lac où quelques établissements se formaient, soit à Chicoutimi où il prenait la réputation — équité de nos jugements ! — « d'un homme qui ne sait pas se tenir où il est ». Il prenait en même temps, ce qui est pis, l'air vieux avant l'âge et l'apparence d'un lutteur fatigué. Robertine, qui l'avait consolé et soutenu toute sa vie, croyait le consoler et le soutenir encore. Mais il y avait une différence entre eux : pour l'une son mari était tout ; pour l'autre, le tout se composait de sa femme et du cher Courmenault quitté pour toujours. Déjà Olivier avait compris quel chagrin minait le cœur de l'exilé.

— Mon père, dit-il en rentrant un jour à la maison tout essoufflé, bien qu'il n'eût pas tout à fait couru, voici monsieur Ropitel, Fran-

çais, inspecteur des « postes » de la maison
Révillon au Canada. Je l'ai rencontré ce matin
à la Pointe-Bleue où il arrivait. Il veut bien
m'accompagner pour vous faire une proposition. La chose presse, comme vous allez voir.

— Monsieur, développa Ropitel qui semblait
fort pressé en effet, un grand malheur est
arrivé au poste de Mistassini, pendant que je
le visitais. Un orignal blessé à mort a tué
l'agent dans une partie de chasse que nous fai-
sions ensemble. Or voici la saison où nos Indiens doivent se ravitailler avant de partir pour
les bois. J'ai fait trois cents kilomètres en
quelques jours dans un canot d'écorce, afin de
gagner au plus vite Montréal où je pense trouver le remplaçant du malheureux que nous ve-
nons de perdre. Mais mon agent de la Pointe-
Bleue m'a parlé de vous et m'a signalé votre
fils comme un auxiliaire de grande valeur,
ayant déjà une certaine connaissance du dia-
lecte montagnais. Si vous acceptiez l'emploi,
nous gagnerions une semaine. Et chaque jour
qui passe compromet la saison de Mistassini.

— C'est une détermination bien sérieuse, fit

Pragnères, essoufflé à son tour. Le lac Mistassini...

— C'est un peu loin. Mais vous y trouverez
une maison mieux installée que celle-ci. Et les
avantages pécuniaires, qui sont proportionnels,
peuvent atteindre un chiffre élevé. Faites attention que votre logement et votre nourriture sont
au compte de Messieurs Révillon. Ajouterai-je
qu'il nous faut là un homme de confiance absolue? Sous ce rapport, je sais à qui je m'adresse.
Vous avez jusqu'à ce soir pour réfléchir. Si
vous refusez, je prends le train pour Québec.
Si vous acceptez, je m'occupe dès demain de
préparer votre convoi, qui sera considérable,
car je profiterai de cette occasion pour le ravitaillement du poste.

Olivier tremblait d'entendre un *non* immédiat
sortir de la bouche de son père. Voyant l'hésitation sur le visage paternel :

— Monsieur l'Inspecteur, pria-t-il, ne pour-
riez-vous avoir la grande bonté d'attendre un
jour de plus? Je désire que mon père accepte,
et je pense le décider.

Ropitel ayant consenti se retira pour laisser
la famille délibérer en paix.

Dès les premiers mots, le terrain de discussion fut net. Madame de Pragnères ne voulait pas laisser son mari partir seul ; mais comment faire un tel voyage avec un enfant de quinze mois, encore à la mamelle ?

— Donnez-moi dix minutes, fit Olivier qui avait prévu l'objection et s'était pourvu de l'autorité la plus compétente sur la matière.

Il revint bientôt avec une petite Canadienne encore jeune et active, qui était madame Bernetz, femme de l'agent de la Pointe-Bleue.

— J'avais un enfant de l'âge du vôtre, expliqua-t-elle, quand mon mari fonda l'agence de Mistassini. J'ai fait, moi aussi, le voyage avec un poupon. Dans la saison où nous sommes, il est aussi peu fatigant qu'un voyage peut l'être. On est sur de bonnes couvertures au fond d'un canot. Comme vous aurez un gros « butin », vous n'irez pas vite et vous reposerez souvent.

— Mais la nuit ?

— La nuit vous dormirez sous une tente, couchée sur un bon matelas, mieux qu'ici probablement. Et, une fois à destination, vous verrez un lac auprès duquel le « Saint-Jean » n'est rien. Quant à la maison, c'est mon mari

11

qui en a fait le plan, qui l'a bâtie, qui l'a meublée — avec de l'argent qui ne sortait pas de sa
poche. Voici la photographie. Combien en
avez-vous de pareilles à Roberval?

— Pourquoi donc avez-vous quitté ce paradis
terrestre? demanda Pragnères agacé du pané-
gyrique.

— Parce que nos enfants poussaient. Ah!
dame, l'école manque. Mais votre petite n'y va
pas encore, et votre grand n'y va plus.

— L'église?... interrogea Robertine.

— Il y a les missionnaires qui passent. Et
puis on a peu d'occasions d'offenser le bon
Dieu. Si vous êtes fervente chrétienne, vous
ferez plus de bien, là, en six mois, que vous
n'en feriez à Roberval dans l'espace de cinquante ans. J'en ai baptisé des marmots indiens!
Et les catéchismes à réciter, et les prières à
apprendre, et les mariages !

— Vous avez marié des Indiens? s'écria
Robertine.

— Pas moi, mais mon époux. Le vôtre fera
de même : les missionnaires le permettent.
Quand ils viennent, on ajoute ce qui manque à
la bénédiction. Et croyez-moi, madame, ces

mariages-là sont plus solides que ceux de Paris.

Ce que fut l'entretien du ménage Pragnères abandonné à ses délibérations, chacun peut l'imaginer. Quand l'heure vint de chercher le sommeil — inutilement — la question demeurait indécise. Olivier gardait la réserve que lui commandait le respect filial; mais on le sentait bouillant de l'impatience du départ. Il avait répété cette phrase, qui trahissait son ambition juvénile :

— Pensez que je pourrais tuer un renard noir! Ce serait le commencement de la richesse.

De bonne heure dans la matinée, sans s'être donné le mot, Robertine et son mari sortirent chacun de leur côté. L'un allait voir le médecin; l'autre consulter le directeur de sa conscience. Il faut croire que les deux avis coïncidèrent pour l'affirmative, car, avant la fin de la journée, Ropitel avait signé le contrat du nouvel agent de Mistassini.

Dès lors ce fut une activité fiévreuse pour les préparatifs de l'expédition. L'Inspecteur, aidé de Bernetz et des deux Pragnères, s'occupait de réunir le matériel, les provisions, d'assurer les

campements au cours de route et de recruter
les Indiens du convoi. La famille pouvait déjà
être rassurée en voyant le luxe des précautions
prises. Rien n'était oublié ni épargné, soit pour
le voyage proprement dit, soit pour le séjour
au « poste » et le bien-être des sauvages, qui,
sans les ressources du magasin, devaient s'attendre aux horreurs de la famine.

La veille du départ, Olivier conduisit de
nouveau sa mère à la Pointe-Bleue, où le missionnaire donna des renseignements d'un intérêt inestimable sur des régions qu'aucun
homme blanc ne connaissait mieux que lui.

Et, comme dans sa précédente visite, Robertine se reposa sur le banc du petit cimetière où
dormaient les pauvres Indiens, ceux du moins
qui avaient eu la chance de ne pas laisser leur
dépouille au fond des bois, au lieu d'en rapporter la chaude fourrure de la femme élégante
qui tourne ces pages !

Une fois encore elle murmura une prière,
les yeux baissés sur « son trésor », tandis que
son lait, entre les petites lèvres roses, coulait
doucement.

XI

— Madame, lui avait dit Ropitel, votre première étape sera la plus mauvaise, parce que
vous la ferez en voiture, dans des chemins
détestables ; mais enfin ce sont des chemins.
Ensuite, comme voie de communication, il ne
reste plus que la rivière d'où l'on passe dans
un lac, pour repasser du lac dans une autre
rivière. Quand vous aurez fait connaissance
avec le canot, vous ne voudrez plus voyager
autrement.

Robertine, en effet, trouva la première
journée tellement dure qu'elle n'en eût pas
affrontée une seconde du même genre, moins à
cause d'elle-même que de la petite Céleste. Du

lever au coucher du soleil, avec de courtes
haltes en pleine solitude, elle chemina vers le
Nord-Ouest, horriblement cahotée dans une de
ces étonnantes voitures canadiennes, dont les
jantes, pas plus grosses que le pouce, résistent
à des chocs où périrait un camion de chez nous.
Enfin, vers la nuit, elle dit adieu à ce genre de
locomotion — pour longtemps.

Elle se trouvait au bord de l'Achouapmout-
chouan, « la rivière où l'orignal va boire », et,
pour la première fois de sa vie, un campement
indien allait abriter son repos. Sur la grève de
sable, une tente s'élevait pour elle, son mari et
l'enfant. De menues branches de pin y formaient un tapis moelleux. Un poêle portatif,
dont le tuyau traversait le mur de toile, combattait la fraîcheur déjà grande de la nuit. Deux
lits de camp bien dressés promettaient un sommeil confortable après les fatigues du jour.
C'était comme le château, environné de son
village de huttes indiennes. Elle voulut voir
celle d'Olivier qui en avait déjà pris possession,
et semblait ravi à l'idée de dormir dans ses
épaisses couvertures de laine, sur un matelas
beaucoup plus confortable qu'on ne pourrait

croire, bien qu'il eût été cueilli dans la forêt,
dont le campement touchait la lisière. Une
rive étroite séparait les sapins du cours d'eau
très large, dont le bord opposé se distinguait à
peine dans l'ombre déjà répandue. A peu de
distance, sur la droite, chantait un rapide qu'ils
avaient évité. Le lieu se nommait *Portage de
l'ours*, ainsi que le chef des Indiens, superbe
gaillard nommé Joseph Napi, l'annonça, fier
d'étaler sa connaissance de la langue française.

Autour des feux où cuisaient les rations,
Pragnères compta dix-sept Indiens en plus de
Joseph Napi. A quelques pas, neuf grands canots d'écorce, longs de quinze pieds, dormaient
sur le sable. Près de chacun d'eux, séparée du
sol par des troncs coupés pour cet usage, on
devinait, sous des bâches goudronnées, la cargaison qu'il devait recevoir le lendemain. Tout
cela montrait un ordre minutieux dont Robertine s'émerveilla, et qu'elle devait retrouver
pendant tout le cours du voyage. Les hommes
de l'expédition en avaient accompli vingt fois
de semblables, étant du petit nombre de ceux
de leur race qui préfèrent un rude travail, bien

payé, aux traditions de la vie errante loin du contact des visages pâles.

Le lendemain, Robertine s'éveilla toute reposée, agréablement surprise d'avoir si bien dormi. Dans les canots mis à l'eau, on rangeait avec soin les caisses, les barils et les sacs, le tout pouvant atteindre cinq cents kilogrammes par embarcation. La meilleure, réservée à « monsieur l'agent », à sa famille et à leurs bagages, venait en serre-file de la colonne, sous la direction de Joseph Napi. Un drapeau tricolore flottait mollement à l'arrière, en attendant qu'il fût hissé au mât du poste de Mistassini. Sur la nappe d'eau à peine courante à cause de sa grande largeur, le convoi se développait, marchant avec lenteur vu le poids des cargaisons. Aussi loin que le regard pouvait porter à droite et à gauche, le rideau sombre des pins ondulait, jusqu'aux crêtes pareilles à l'échine d'un vieux ragot hérissé de poils rudes.

— Enfin ! s'écria Robertine enthousiasmée, les vilains hommes n'ont pas apporté l'incendie jusqu'ici !

— Et, pour tout de bon, nous sommes en route vers le Nord, fit Olivier.

Son père, peu impressionné par les grâces du paysage, eut un mouvement d'épaules qui montrait l'imparfaite résignation. Il répéta en soupirant :

— Oui, toujours plus au Nord ! De Courmenault à Québec ; de Québec à Saint-Alphonse ; de Saint-Alphonse à Roberval ; de Roberval à Mistassini ! Peut-être que Dieu, quand nous serons au Pôle, nous permettra de nous arrêter !

Un peu avant midi, le miroir bleu de la rivière laissa voir, à l'horizon, une boursouflure d'écume tachée de points noirs par des blocs de granit formant écueils. Le canot de tête gagna le bord, suivi du reste de la flottille.

— Maintenant beaucoup fatigue pour pauvre Indien, annonça Joseph. « Portage » ici. Autre « portage » avant souper. On n'y peut rien !

Déjà les premiers canots étaient déchargés et mis à terre. Au feu allumé par lui avec l'expérience de la vie des bois, Olivier soignait la cuisine. Pendant ce temps-là, ayant mangé très vite leurs provisions froides, les sauvages commençaient à « porter ». Il s'agissait pour les voyageurs, les embarcations et le « butin » de

11.

gagner, en suivant le bord, l'extrémité amont
du rapide long d'une demi-lieue. D'abord chacun des canots, renversé et coiffant ses deux
rameurs, chemina comme un coléoptère d'une
taille fabuleuse. Mais ceci n'était rien, vu l'incroyable légèreté de ces esquifs. Il fallait regagner le point de départ, composer un fardeau,
le transporter sur les épaules avec l'aide d'un
joug en cuir embrassant le front, puis recommencer trois fois le même trajet.

Sous un poids de cent kilogrammes, ces
hommes, choisis parmi les plus forts de leur
race, suivaient une côte semée de rocs, barrée
de troncs laissés par les crues. Leurs pieds glis-
saient sur la pierre polie au frottement des
glaçons ou, danger encore plus grave, s'enfonçaient dans l'arbre vermoulu déguisé sous
l'enveloppe mousseuse. Dans ces occasions, les
chutes n'étaient pas rares ; elles pouvaient être
mortelles. Mais, pour ces Indiens, le « portage »
semble chose très simple, autant que, pour
nous, le passage d'un wagon à l'autre dans
une gare d'embranchement. Toute la différence
est que nous grommelons et qu'ils se taisent
ou qu'ils répètent, s'essuyant le front, les mots

appris des vieux « Canayens » qui les ont
appris de leurs pères, ces mots qui resteront,
en dépit du progrès des siècles, comme le
fond de la langue humaine : « On n'y peut
rien ! »

Le « portage » est franchi après des heures
d'effort qu'il faudra recommencer au prochain
rapide. Olivier s'est chargé de sa petite sœur,
très amusée et bégayant des sons inintelli-
gibles, tandis que Robertine, aidée par son
mari, ferme la marche, les yeux fixés sur « son
trésor ».

Des journées pareilles succédèrent à cette
journée. Puis on trouva des rapides moins furieux qu'il était possible de remonter sans « portage », un homme poussant le canot à la perche,
tandis que l'autre marchait le long de l'eau,
tirant la cordelle. Mais à la fin de la première
semaine, dans l'après-midi, on arriva au plus
grand obstacle du voyage.

Une heure avant de l'atteindre, un bruit de
plus en plus fort l'avait annoncé. Enfin, après
avoir vu les rives se rapprocher et devenir
abruptes comme des falaises, on eut à vaincre
un courant qui exigeait tous les efforts des

hommes. Bientôt on parvint au pied de la
chute Chaudière, ainsi nommée à cause des
cavités creusées dans le roc par la révolution,
pendant bien des fois mille années, de galets
énormes tournant sur place, au remous de la
turbine naturelle.

Les fatigues du lendemain devant être terribles, Pragnères ordonna le repos complet.
Bientôt, dans la forêt voisine, les fusils parlè-
rent. Olivier, ayant pris fantaisie d'être pêcheur
ce jour-là, voyait les truites, promptement as-
sommées au sortir de l'eau, s'aligner sur la
grève étroite. « Monsieur l'agent » pour son
premier rapport prenait des notes.

Après plusieurs journées très rudes, le repos
de l'heure présente apportait à Robertine sa
détente délicieuse. Jamais elle ne s'était sentie
aussi près de la Nature de Dieu, non de celle
que l'homme a recréée pour ainsi dire. Très peu
d'êtres civilisés, avant elle, avaient senti ces
rocs trembler au choc des ondes bondissantes,
qui, depuis un siècle de siècles chantaient dans
le silence des solitudes.

« Hymne de la Création, disait la voyageuse,
tout bas, je vous comprends ! »

Et il lui semblait que l'harmonie des voix mystérieuses lui apportait cette réponse :

« Enfin! Tu es venue! Nous t'attendions... La paix sur toi, sur ceux que tu aimes, sur ton cœur avec ses regrets, sur tes tendresses avec leurs inquiétudes! Va! quoi qu'il arrive, ne crains rien. Quand la dernière fumée et le dernier fracas de l'Univers mis en poudre seront dissipés, la même parole que nous chantons aujourd'hui laissera dans l'espace son écho éternel : Paix! »

Le lendemain, en escaladant le seuil haut de cent pieds qui barrait la route du convoi, Robertine eut l'impression que l'on éprouve en passant la frontière d'un pays nouveau. Jusqu'à cette heure son âme n'avait pas quitté la France. Désormais elle voyageait dans un royaume inconnu, dont elle serait la maîtresse.

Pendant une longue demi-journée les provisions, les bagages, les canots, l'avaient précédée, au prix de mille fatigues pour les hommes devenus acrobates, en même temps qu'hercules. Un accident dont elle fut témoin lui causa une vive émotion. Le plus jeune des Indiens, qui se nommait Luc Napane, glissa d'un roc sur un autre et, son crâne ayant porté dans la chute, resta étourdi sur le coup. Robertine, habituée au rôle d'infirmière en son village de Courmenault, s'empressa de le faire revenir à lui et d'arrêter le sang qui coulait en abondance de sa plaie. Mais c'était un rameur de moins, et un malade qu'il fallait transporter. Dans cette occurrence, Olivier montra une fois de plus qu'aucune épreuve ne pouvait l'étonner.

— Je prendrai, dit-il, la pagaye de Napane. Ce métier me connaît maintenant.

— Et moi, compléta Robertine, j'embarquerai le pauvre garçon dans mon canot, à ta place. Autrement, qui pourrait le soigner ?

Elle devait être, un jour, bien payée de ces soins qu'elle prodigua au jeune Indien jusqu'à l'arrivée au « poste ».

Heureusement on atteignait une région de « morte eau », où nul courant ne se faisait sentir. Des étangs de trois ou quatre lieues, communiquant l'un avec l'autre, permettaient d'avancer rapidement et sans fatigue.

« Heureux, écrivait plus tard la Vendéenne, ceux qui ont contemplé ces lacs merveilleux, couleur d'ambre foncé et cependant très purs.

Ils sont l'œil et l'oreille de la forêt vierge,
recueillant le soupir des pins sur lequel s'est
posée la caresse d'un souffle. Bientôt le lutin
arrive à son tour et, sur la surface limpide,
il marque son pas léger que rien ne presse,
que rien ne faisait attendre. Il n'en faut pas
plus pour produire une métamorphose, car
l'eau et l'air ont ici une étrange sympathie. Le
lac qui était mort dans le calme vient de se réveiller. La truite saute. Sur notre tête, le plon-
geon curieux et moqueur décrit son cercle en
riant; puis, à la façon d'une pierre échappée de
la fronde, il vient frapper l'eau en la rasant, et
se perd dans un remous d'écume. Le martin-
pêcheur crie, en filant comme un trait le long
du rivage. Tout en haut, l'aigle chauve meut
avec lenteur l'immense accent circonflexe de
ses ailes. Partout nos yeux sont occupés; puis
le souffle s'éloigne, le lac redevient mort; tout
disparaît. Hélas! la mouche noire, qui joue le
rôle de loup dévorant dans son espèce, ne disparaît qu'à l'arrivée des aquilons. »

Sur ce plateau les haltes du soir étaient délicieuses. Les petits oiseaux, avec une étonnante
familiarité, venaient aux pieds des voyageurs

ou même sur leurs bottes ramasser les miettes
quand ils ne les prenaient pas de leurs mains.
Avec de petits cris plaintifs les écureuils récla-
maient leur portion. Non loin, un lièvre bon-
dissait, suivi de près par un renard. Et tout à
coup, derrière un buisson, le sifflet d'un gamin
éclatait commençant un air jamais achevé.

— Oiseau-moqueur, expliquait Joseph Napi,
qui poussait vivement l'éducation « sauvage »
de Robertine.

— *Qua beet !* lui dit-il un jour, les yeux brillants de joie.

Et il lui fit remonter le cours d'un ruisseau
où des castors réparaient une fuite à leur
digue.

—Fourrure pas bonne maintenant, fit Joseph
d'un air dédaigneux.

Robertine songea, le cœur un peu serré,
qu'elle parcourait tout ce chemin pour faire tuer
le plus de castors qu'il serait possible — quand
leur fourrure serait bonne. Comme elle revenait
au campement, elle entendit de grands éclats de
rire et aperçut Olivier qui, sa ligne à la main,
semblait fort en colère.

— Croiriez-vous, dit-il, qu'une loutre a en-

levé ma truite sous mon nez, comme je la tirais
de l'eau !

Déjà il était le favori de tous les Indiens qui
reconnaissaient en lui, sinon la supériorité du
blanc qu'ils refusent d'admettre, du moins un
peu de leur adresse, de leur courage et de
leur éducation forestière. Mais la reine de l'expédition était la petite Céleste qui, chose singulière, s'était laissé apprivoiser très vite par ces
pauvres sauvages, les plus doux et les plus
cruels des hommes selon l'occasion. Très forte
et un peu lourde pour son âge, l'enfant ne marchait pas encore au moment où l'on quitta
Roberval. Le premier soir du voyage, son frère
l'avait apportée au camp des Indiens, où il ne
manquait pas de prendre sa place autour du
feu, pour se perfectionner dans leur langue et
leurs usages. Tout à coup il vit la petite, dont
Joseph Napi s'était constitué la gouvernante,
faire quelques pas pour aller saisir la poupée
en cuir de daim, peinturlurée de bleu et de
rouge, que le brave homme avait fabriquée
pour elle. Appelés par les applaudissements, le
père et la mère furent tout joyeux de ce succès de leur fille ou, si l'on veut, de Joseph.

Celui-ci expliqua son talent d'éducateur :

— Moi avais petite comme ça. *Ouin shachni-pou.* Enfants pauvres Indiens beaucoup morts. On n'y peut rien !... *Fleur-du-Ciel* veut toujours rester avec eux...

Pourquoi vit-on Robertine, à ces mots, saisir tout à coup dans ses bras la petite *Fleur-du-Ciel*, « qui voulait toujours rester avec les Indiens » ?

On avait suivi, sans fatigue et sans incidents, le lac *Canot*, le lac *Bonhomme* et le lac *Desmeules*. A partir de ce point, au lieu de remonter les cours d'eau, on allait les descendre, car la ligne de partage des eaux était franchie, entre l'énorme bassin du Saint-Laurent et celui, plus immense encore, de la baie d'Hudson, vestibule de la mer du Pôle. Un dernier portage arrêta le convoi dans la rivière Desmeules. Joseph Napi, informé que Robertine n'avait jamais « sauté » un rapide, voulut lui donner cette émotion qu'elle désirait. Le moment de l'année, pour cette expérience, était le meilleur.

— Eau assez, pas trop. Aucun danger, assurait l'Indien. Moi connaître.

Toutefois l'embarcation devait être allégée autant que possible. Madame de Pragnères seule y resta, suivie de l'œil par sa famille. Joseph et un autre Indien également sûr dans la manœuvre pagayaient à chaque extrémité.

Déjà Robertine aimait le canot d'écorce, comprenait sa parenté mystérieuse avec la nature canadienne qui semble le produire sans l'intervention du travail humain. Ce jour-là elle découvrit sa complicité avec la rivière, qui, même torrentueuse, le laisse passer et lui permet de vivre, alors qu'elle pulvériserait l'embarcation la plus robuste fabriquée dans nos arsenaux.

Comme elle était sombre cependant, cette rivière, méchante, sauvage, entre les deux forêts étendues sur chaque rive, tapis mélancolique percé de quelques sommets chauves ! La lisière grise du sable des bords s'était changée en moraines dont les cailloux énormes, bientôt, envahirent le lit même. Quelques-uns, élevés au-dessus de l'eau, étaient facilement visibles ; d'autres, submergés, se devinaient seulement au sillon de l'onde fendue par l'obstacle. Les plus dangereux, parce qu'il fallait les éviter,

couverts à peine, ne se manifestaient que par
la houle couronnée d'écume blanche qui se
creusait en aval.

Dans une progression lente, puis rapide, puis
vertigineuse, le canot s'était mis à voler. On
aurait dit que c'était les rocs qui bondissaient à
sa rencontre, comme des monstres aquatiques
happant une proie. Assis trop bas pour voir au
loin et choisir leur route, les Indiens tâchaient
de lire la physionomie de la rivière de même
que, sur le visage de l'adversaire, un duelliste
cherche à deviner les surprises continuelles de
l'acier brillant. Tantôt il fallait raser le flanc
d'un roc, tantôt effleurer la surface de la pierre
à peine cachée, tantôt, par la ruse d'un zigzag
périlleux, fuir l'attaque du géant armé de sa
massue.

Peu à peu les assauts devinrent plus rares, la
course plus lente, le travail des rames plus régu-
lier. Et, comme on accostait la rive où attendait
la cargaison déchargée, Robertine aperçut à
deux lieues vers la droite le tableau oublié d'un
village européen. Sur l'eau très bleue du lac
Mistassini, les toits rouges de cinq ou six maisons peintes en gris clair se détachaient crûment.

Elles bordaient une anse étroite et allongée
dont l'autre rive était une forêt d'un vert sombre.
Les voyageurs étaient arrivés au but de leur
course. Près de deux semaines, favorisées par
le beau temps, s'étaient écoulées depuis le départ
de Roberval.

En approchant, on découvrit quelques douzaines de tentes d'Indiens entourant le « poste ».
Puis des canots se détachèrent. Les « guerriers »
venaient à la rencontre de celui qu'ils considéraient comme leur chef véritable, puisqu'il était
chargé de les nourrir. La joie était grande à la
vue de la longue file de canots du ravitaillement.
Partout éclataient les salves de mousqueterie.
A cinq heures on avait mis pied à terre. Immédiatement, sur le conseil du métis, agent intéri-
maire, une distribution gratuite de farine et de
raisins secs avait lieu, et les *ishquouéous* rentraient chez elles afin de pétrir leurs gâteaux et
de préparer le *snack* du lendemain. Pendant ce
temps-là les Pragnères s'installaient chez eux.

— Enfin ! dit Robertine avec un soupir de
soulagement. On nous donne cette fois tout
ce qu'on nous a promis.

La maison en forts madriers, bâtie sur un sou-

bassement de pierre, était peinte en blanc à
l'intérieur et paraissait plus confortable qu'aucune de celles que, depuis leur débarquement au
Canada, les Pragnères avaient occupées. Les
autres édifices non indiens formant le petit village étaient : le magasin, la cuisine, les hangars
pour la fabrication des canots, des traîneaux et
des emballages, enfin la « sécherie » pour le trai-
tement du poisson destiné à la nourriture des
chiens d'attelage, au nombre de soixante. Ceux
destinés à la chasse étaient moins nombreux.
Quant à la population indienne répartie dans
trente-cinq tentes, elle s'élevait à quatre-vingts
adultes et seulement à une quinzaine de moutards
de tout âge.

— Enfants pauvres Indiens beaucoup morts,
avait annoncé Joseph Napi.

Grâce à Marie, la femme du métis, le logis
des Pragnères fut bientôt habitable. Lorsque le
nouvel agent rentra chez lui, ayant vu le « butin »
mis en lieu sûr, il trouva le dîner servi dans la
salle bien chaude. Dans les bons lits de cuivre
tous trouvèrent un sommeil bien gagné.

Le lendemain eut lieu le *snack*, célébrant l'arrivée du chef de poste et non moins, peut-être,

du convoi gage certain d'un hiver sans famine.
Pour commencer, un repas copieux jusqu'à
l'extravagance remplit ces estomacs condamnés
à connaître bientôt les jeûnes de l'hiver. Puis,
jusqu'au matin, une danse qui tenait de la gigue
écossaise et de la bourrée auvergnate mit les
deux sexes en mouvement. Les nouveaux venus
s'étonnèrent d'entendre l'accordéon, l'harmo-
nica et même le violon s'unir au tambour indien
pour former l'orchestre.

— Ces femmes portent des bracelets, des
alliances en or! s'écria Robertine.

Le métis, qui se nommait Paul, lui répondit
en riant :

— Ne vous fiez pas trop aux pierres précieuses de ces élégantes. Cependant le goût du
luxe européen naît chez leurs maris. Je pourrais
vous montrer tel danseur qui a dans sa poche
une montre en or à répétition.

— J'en achèterai une quand j'aurai tué mon
premier renard noir, dit Olivier.

— Monsieur, avertit Paul, un chasseur s'estime fort heureux quand il nous apporte un
renard argenté. Cependant, chaque hiver, le
Canada, d'un océan à l'autre, fournit cinq ou

six cents peaux de cette espèce. Mais le renard
noir!... Savez-vous combien on en tue dans le
même espace de temps? Un, quelquefois deux!

— Voilà une race bien peu prolifique, en
vérité.

— Hélas! monsieur, le renard noir n'est pas
une race; c'est un accident, comme l'albinos
humain. Vous pouvez l'apprendre à vos dames,
peut-être même à certains de vos professeurs.

XII

Dès le lendemain Pragnères débuta dans ses fonctions. Les Indiens l'avaient attendu avec impatience pour se mettre en route, surtout ceux dont les territoires de chasse, plus productifs, sont situés à des distances de cent lieues. Ceux-là partaient pour huit ou dix mois, eux et leurs familles. Aussi leurs canots devaient être chargés d'un « butin » considérable, dont l'agent du poste leur faisait l'avance portée soigneusement à leur débit. A peine ravitaillé, le magasin se vidait rapidement. Les barils de porc salé et de pommes de terre, les sacs de farine, les vête-ments et les couvertures en sortaient du matin au soir, sans compter les menues fournitures :

12

poudre, plomb, capsules, allumettes, sucre, thé.
Parfois, si l'homme avait un surplus d'actif
à son compte précédent, il prenait un fusil de
vingt louis ou quelque colifichet coûteux pour
sa femme.

Chaque tente se transformait en un dépôt de
vivres qu'il fallait surveiller avec un soin extrême. Perpétuellement affamé, le chien esquimau peut, en cinq minutes, éventrer avec les
dents un sac de farine et y plonger la tête, pour
ne l'en sortir que lorsqu'il étouffe sous le masque
de pâte formé par sa salive. Pendant la nuit,
excitées par les préparatifs du départ, les meutes
luttaient d'énergie dans leurs aboiements. Jusqu'à l'heure où, le dernier canot ayant disparu,
le poste fut livré à lui-même, dormir fut une
jouissance inconnue de Pragnères et de sa
famille.

Durant quelques semaines le travail de l'agent
allait être moins lourd au magasin. Mais, pendant que la navigation était encore possible, il
dut se hâter de faire descendre à Roberval, par
la voie qu'il avait lui-même parcourue, les ballots de peau que son malheureux prédécesseur
n'avait pu expédier. Ainsi que l'avait prévu

l'inspecteur Ropitel, le jeune Pragnères partageait avec son père des fonctions qui, par tout
un côté, rentraient dans ses goûts. Robertine,
chose qui paraîtra étonnante, retrouvait plus
qu'elle ne s'y serait jamais attendue, l'existence
d'autrefois.

Ici, de même qu'à Courmenault, elle avait une
maison à conduire, des corps et des âmes à soigner, du bien à faire. Intéressée très vite à sa
demeure qui lui plaisait par une extrême pro-
preté, elle s'ingéniait à l'embellir grâce au
concours d'une servante indienne habile, comme
toutes celles de sa race, à tirer parti du moindre
objet fourni par la nature. Mais elle n'avait pas
eu à Courmenault ce qu'elle avait à Mistassini :
un « trésor », ainsi qu'elle nommait sa petite
Céleste.

Dans son adoration pour sa fille semblait
entrer quelque chose de plus que l'instinct maternel. C'était la joie émerveillée du pauvre,
ramassant, à l'heure de sa détresse, une perle
qui le fait riche entre les opulents de la terre.

Sa piété mystique lui reprochait ce bonheur
et parfois, seule avec son mari, elle s'accusait
de l'éprouver :

— Pourquoi suis-je complètement heureuse,
quand tu l'es si peu? Car, en toi, la tristesse
augmente. N'est-ce pas me séparer du compagnon de ma vie? Et n'est-ce point braver Dieu
que de trouver une douceur de miel dans la coupe
de son épreuve?

— Avec toi, répondait Pragnères, je sens la
tristesse; mais je peux la supporter. Sans toi,
je deviendrais fou!

Cependant Robertine se souvenait de cette
parole tombée d'une bouche vénérable : « Ma
fille, pour suppléer auprès de vous-même à
l'absence du prêtre, le meilleur moyen sera de
le remplacer, autant que possible, près des
autres. »

Jamais elle n'était plus d'un mois sans recevoir la visite du missionnaire chargé de ce district plus vaste que le Poitou. Chaque dimanche,
quand aucun office religieux ne pouvait être
célébré, elle réunissait la petite tribu indienne
restée au bord du lac Mistassini pour la prière
en commun et le chant des cantiques. Plusieurs
fois par semaine, devenue institutrice, elle
faisait aux enfants le catéchisme et l'école, tâche
ingrate, les Montagnais ne pouvant prononcer

plusieurs de nos consonnes. Encore moins peu-vent-ils faire abstraction du milieu où ils vivent, dans leur manière de comprendre les relations des objets. Robertine s'amusa fort d'entendre une de ses élèves lui demander si les fruits du Paradis terrestre avaient le goût de la mélasse, idéal unique de saveur exquise pour l'enfant, tandis qu'elle n'avait jamais tâté d'aucun fruit. De même un futur chasseur traita de « joli gi-bier » la colombe de l'Esprit-Saint, parce que, dans tout animal, déjà, il voyait une proie.

Admise aux leçons, la petite *Fleur-du-Ciel* ne pouvait en profiter beaucoup ; mais elle té-moignait un étrange plaisir au contact des en-fants de l'autre race. Robertine, fréquemment, se souvenait de cette parole de Joseph Napi : « Elle veut toujours rester avec pauvres In-diens. »

L'hiver s'était établi et, chose inattendue, la tranquillité absolue de l'atmosphère, en cette région, rendait le froid beaucoup plus suppor-table que dans la vallée du Saint-Laurent. Un jour, Robertine éprouva une grande émotion à ce cri d'Olivier :

—Maman ! un traîneau sur la baie ! C'est la

poste envoyée par nos amis de la Pointe-Bleue.
Je vois un drapeau.

Jamais, dans une petite ville d'autrefois, l'arrivée de la malle-poste ne produisit plus d'enthousiasme que l'apparition de l'équipage esquimau qui, relayé une seule fois, hommes et
chiens, avait parcouru cent vingt lieues en cinq
jours.

— Vraiment, dit Robertine en souriant, je ne
croyais pas que nous étions si près de la gare.

En dehors des journaux, le sac des dépêches
contenait peu de lettres. Les Pragnères, en
France, n'avaient plus de parents proches... et
pour la troisième fois depuis leur départ l'hiver
canadien les couvrait de son linceul.

— C'est ma faute, avoua Robertine en réponse aux plaintes de son mari. Je n'écris pas.
Quoi d'étonnant si l'on nous oublie !

Vers ce moment-là, on commença de voir
paraître les chasseurs paresseux qui, n'étant pas
allés loin, revenaient crier famine à la porte du
magasin. Ils arrivaient les mains vides, sour-
nois, la mine ennuyée et un peu hostile, assez
près de l'insolence tant que durait la discussion.

— Fais voir tes peaux.

— Moi pas capable de tuer aucune *bite*.

— Alors tu n'auras pas de « butin ».

— Moi pas manger deux jours.

— Tant pis! Reviens, quand tu auras des peaux.

Après de longs gémissements, des profondeurs du gros veston écarté sortait péniblement une fourrure de martre.

— Pas assez!

— Moi pas capable donner plus. Cherche sous ma chemise.

— Alors tu as vendu ta chasse au « peddlar » ?

L'homme se mettait à geindre et, voyant Pragnères inexorable, finissait par accoucher d'une seconde peau.

Cela durait ainsi des heures.

Mais un bon agent ne doit pas garder le coin du feu. Plusieurs fois pendant l'hiver il doit faire des tournées de surveillance. Le « peddlar » est l'ennemi; le « peddlar », marchand ambulant de pacotille, qui tente sur place la probité du chasseur et risque d'enlever au poste une pièce de grand prix.

Ce fut alors qu'Olivier entra véritablement
en scène. Il partit pour une inspection, accompagné de Luc Napane. Bien guéri de sa blessure, le jeune Indien était dévoué jusqu'à la
mort au fils de sa bienfaitrice. Leur traîneau,
attelé de cinq chiens, contenait une tente avec
son fourneau portatif, du poisson pour l'attelage, des boîtes de conserve et une pharmacie
de campagne pour les cas d'urgence.

Napane connaissait tous les territoires de
chasse. Parfois, arrivés dans un camp, une tombée de neige molle les obligeait à y laisser leur
traîneau et à chausser leurs raquettes sur les-
quelles, parfois, ils parcouraient cinquante kilomètres dans leur journée, faisant une police
active. Napane avait des ruses dignes de sa race
pour savoir que tel avait vendu au « peddlar »
ce qui devait revenir au poste, sur quoi Olivier
jurait au coupable que les portes du magasin,
au moment des comptes, lui seraient fermées.
Chemin faisant il baptisait un marmot, donnait
de la quinine à un fiévreux ou même — la
chose arriva — expédiait le missionnaire à
quelque pauvre diable agonisant à dix lieues.

Il aimait cette vie que l'habitude et sa forte

santé lui rendaient peu pénible. Arrivé au
gîte, pendant que son compagnon tendait les
collets pour le repas du soir, il avait promptement dressé la tente, allumé le feu. Quand Na-
pana revenait avec un ou deux lièvres, le thé
fumait dans les tasses et le lit de branchettes de
sapin était préparé pour la nuit.

Souvent un beau coup de fusil lui donnait de
l'émotion et augmentait les profits de la famille.
Après chacune de ses absences de deux ou trois
semaines, il revenait au poste avec des fourrures quelquefois précieuses dans son traîneau.
Mais le renard noir, selon la fâcheuse prophétie
de Paul, resta toujours un mythe.

Peu à peu la terre ôta son manteau de neige
et les premiers canots commencèrent d'arriver,
tantôt du Sud, par la rivière Desmeules, tantôt
du Nord, par le lac. C'était, pour l'agent, l'é-
poque décisive qui allait classer la production
de l'année. Sur les longues tables du magasin
les fourrures s'étalèrent, qu'il fallait vérifier
une à une pour fixer leur valeur : tant de *peaux*.
Car la « peau », dans un poste est l'unité abs-
traite qui sert à l'établissement des comptes.
Le renard argenté en vaut un grand nombre,

tandis qu'une « peau » est égale à des douzaines
de ces rats musqués dont un chasseur dédaigne
de connaître l'existence, et qui sont pris au
piège ou à l'hameçon par les enfants et les
femmes.

Quand Ropitel vint faire son inspection, il
trouva que le nombre et la qualité des fourrures dépassait la moyenne. Le pourcentage de
Pragnères, ajouté aux appointements, donnait
un chiffre tellement supérieur à son attente
qu'il n'hésita pas à renouveler son engagement
pour une année, à quoi d'ailleurs il était encou-
ragé par sa femme et son fils. Puis les canots
qui avaient ravitaillé le poste redescendirent à
Roberval chargés des ballots précieux, et l'existence, pour les exilés, recommença le parcours
de son cercle monotone.

Par le premier « cométique » remportant le
courrier au Sud peu après la Toussaint, Robertine écrivait à l'abbé Genestoux :

« Rien n'arrive comme nous l'attendons.
J'étais partie avec une superbe provision de courage, m'admirant beaucoup moi-même, prête à
souffrir de tout, du climat, de la nostalgie, de
la fatigue du travail, de l'humiliation de la ruine.

J'avais dit à Dieu — et à vous : « Quelle sainte
« je serai ! Vous allez voir ! » Mais Dieu s'est
moqué de mon orgueil. Il m'a dit : « Ah ! tu
» crois que tu vas gagner le Ciel dans la dou-
» leur ? Eh bien, je vais t'inonder de joie. » Et
il m'a envoyé ma fille.

» Probablement, si vous voyiez ma petite Céleste, vous diriez qu'elle est une enfant comme
les autres. C'est que la religion de l'amour maternel est un livre fermé pour vous. L'hostie
que vous venez de consacrer, devant laquelle
vous tombez à genoux, qu'est-ce qui la dis-
tingue d'une autre aux yeux des païens ?... Pardonnez-moi ces paroles : vous savez qu'elles ne
contiennent pas une idée sacrilège. Au point de
vue de l'adoration d'une mère pour sa fille,
laissez-moi vous dire que vous êtes un païen.

» J'entends votre réponse : « Mon enfant,
» c'est vous qui êtes une païenne. » Je vous
assure que non : au contraire, je convertis les
païens, car je suis un diminutif d'apôtre : c'est
un missionnaire qui me l'a dit. Je fais le catéchisme ; j'explique la faute originelle à des auditeurs qui n'ont jamais mangé de pomme, jamais
vu de serpent. Et, chose non moins difficile, je

leur dépeins l'étable de Bethléem, à eux qui
connaissent le bœuf et l'âne autant que vous
connaissez le castor. Cela donne un peu de mal.
Donc, j'espère que vous allez me donner l'abso-
lution de mes fautes, et je récite le *Konpiteor*,
avec la prononciation de mes Montagnais à qui
la nature, prévoyant l'abus qu'ils pourraient en
faire, a interdit l'usage des *f*.

» Nous sommes ici encore pour une année.
Si elle ressemble à la dernière comme résultat,
nous aurons gagné la somme qui *devait nous
rester*, les ventes finies. Que ferons-nous alors?
Moi je suis engourdie, sans volonté, tant qu'il
ne s'agira pas de l'éducation de Céleste. Elle
grandit trop vite. Mon Dieu ! Penser qu'un mari
me la prendra un jour !... »

Ce n'était pas un mari qui devait prendre la
petite *Fleur-du-Ciel*, et qui allait venir la chercher bientôt.

Quatre ou cinq semaines après l'envoi de
cette lettre, Olivier, en compagnie de Napane,
avait profité d'une neige tombée pendant la nuit
pour chasser en forêt. Tous deux sur leurs
chauds tricots portaient un vêtement blanc
afin d'échapper à l'œil perçant du renard. Plu-

sieurs bas de laine superposés, dans leurs bot-
tes-mocassins, les protégeaient à la fois contre
la congélation et les blessures que font les lanières des raquettes au cours d'une longue
marche. Las d'une journée sans résultats, ils
revinrent au poste longtemps après le coucher
du soleil ; mais la lune brillait dans un ciel très
bleu, réveillant partout des étincelles sur le
cristal des givres. En vue de la maison, Olivier
demanda, car il n'avait pas encore acheté sa
montre :

— Quelle heure est-il ?

Son compagnon regarda les planètes et répondit :

— Huit heures. Beaucoup fatigue et pas ca-
pables tuer un seul *quak sis*. Mauvaise chance
sur nous.

Rentré au poste sans avoir besoin de gravir
l'escalier du perron dont la neige atteignait le
niveau, le jeune chasseur enleva ses raquettes,
son pardessus et sa toque de laine blanche,
Puis il gagna la salle à manger, comptant trouver sa famille attardée à table pour l'attendre.
Mais le couvert n'avait pas été mis. Alors,
saisi d'angoisse, il entra chez sa mère, qu'il ne

13

reconnut pas d'abord, tant elle était changée.
Assise près du berceau vide elle tenait sur ses
genoux Céleste, dont les yeux, entourés d'un
cercle violet, seule coloration restée à son visage, demandaient grâce à un invisible bour-
reau.

Robertine parut ne point s'apercevoir du retour de son fils.

— La petite a des convulsions, dit Pragnères
à demi-voix. Et nous sommes à cent vingt
lieues d'un médecin !

— L'abbé Bouchard est en tournée vers le
lac Desmeules, répondit Olivier dominant son
trouble. Tous les missionnaires savent un peu
la médecine.

— Le lac Desmeules est à dix lieues !

— Pas tout à fait. Quand Luc Napane aura
mangé, il va se mettre en route. La neige est
bonne. Peu après minuit il sera au camp. Le
Missionnaire, qui marche aussi vite qu'un Indien sur ses raquettes, peut arriver au poste
avant le jour, si Luc le joint du premier coup.

Olivier sortit à ces mots, qui énonçaient
comme des prévisions toutes simples un tour
de force à accomplir, une preuve de dévoue-

ment surhumain à donner. Mais il savait que
Napane marcherait toute la nuit dans la neige,
à travers les bois, pour sauver la petite *Fleur-
du-Ciel*. Et il savait également que l'abbé Bouchard se mettrait en route au premier mot d'appel
venu du poste.

Les choses se passèrent comme il l'avait cal-
culé. Le prêtre éveillé au milieu de la nuit demanda : « Que veut-on? » sans quitter sa couche
en feuilles de sapin. Et quand Napane lui répondit que la petite *Fleur-du-Ciel* allait mourir,
l'homme de Dieu sortit de sa hutte où l'on ne
sentait pas trop le froid à cause des peaux dont
les sauvages l'avaient tendue à l'intérieur. Il
chaussa ses raquettes, prit son bréviaire et suivit son guide sans faire une plainte, car il devait
de la reconnaissance à la pieuse chrétienne du
Lac Mistassini.

Parvenu au poste, il prit à peine le temps de
quitter la pelisse qui couvrait sa soutane. Mais
quand il arriva près du berceau où reposait une
petite forme inerte, il fut effrayé d'entendre le
blasphème proféré par une créature qui semblait n'avoir plus sa raison :

—Elle est morte !... Pourquoi Dieu a-t-il fait

cela ! On m'avait appris à croire qu'il est juste
et bon !

Sans avoir recours à sa propre éloquence,
l'humble religieux s'était mis à genoux et réci-
tait l'office des funérailles enfantines, le disant
en français pour être compris de la mère tentée
contre Dieu par son désespoir.

*Louez le Seigneur, toutes choses, qui êtes ses
œuvres ; louez-le, exaltez sa gloire dans tous les
siècles.*

Louez-le, anges et cieux.

*Louez-le, soleil, lune, étoiles, fontaines, col-
lines, fleuves, océans...*

A chaque verset de louange et d'actions de
grâces, la chrétienne en révolte murmurait :
« Non ! Non ! » d'une voix traînante pareille à
la plainte d'un animal blessé. Mais le prêtre qui
venait de marcher la moitié d'une nuit dans la
neige oubliait sa fatigue et continuait le long
psaume. Avant qu'il eût fini, le gémissement
avait cessé. Alors fut dite la prière qui termine
le rite funèbre des enfants :

« *Mon Dieu, permettez que ces anges, du
ciel où ils sont, veillent sur nous qui sommes
restés ici-bas.* »

Robertine, vaincue, s'était agenouillée, la tête appuyée sur la petite poitrine déjà froide. Elle rompit le silence par ce dernier cri de rébellion :

—Des anges !... Il n'en avait donc pas assez sans celui-là !... Moi, que me reste-t-il ?

Tout à coup elle se releva, les yeux secs comme des coquillages ramassés sur une plage brûlante.

— Je suis une grande coupable, dit-elle... j'étais folle tout à l'heure !

—Non ! vous êtes une grande éprouvée, répondit le missionnaire. Jamais les paroles sorties de votre bouche n'ont été pensées par vous. Dieu vous a pardonné cette faiblesse.

— Hélas, soupira la mère, je ne pourrai jamais me pardonner le crime que j'ai commis en amenant dans ce désert de glace ma petite... ma pauvre petite... mon trésor...

Elle put enfin pleurer et, longtemps, ses larmes coulèrent. Puis elle resta silencieuse et immobile, le front plissé dans un grand effort, ainsi qu'il arrive quand on cherche à résoudre un problème très ardu. Parfois elle semblait sur le point de parler ; mais aussitôt, avec un

geste découragé, elle retombait dans le mutisme. Une fois on l'entendit s'exhorter elle-
même :

— Pourtant, *il le faut*... malgré tout ce qu'on
pourra dire... Seulement, si l'on allait m'en-
fermer...

Tout à coup les grelots d'un « cométique »
apportant le courrier se firent entendre. Elle
bondit avec une joie terrifiante en un pareil
moment :

— Ah! s'écria-t-elle. *Maintenant* Dieu est
bon !...

Son mari la regardait effrayé; elle prit ses
deux mains :

— Non! je ne suis pas folle, je t'assure...
Tout ira bien... tu verras... Je serai raisonnable.
Mais jamais, jamais, jamais, je ne permettrai
que les pauvres petits os de mon enfant restent
dans ce désert, au pied d'un sapin, comme le
corps d'une malheureuse bête sans âme...

— Je ne comprends pas, dit Pragnères...

— Tu vas comprendre. Ce traîneau repart
demain : il *nous* emmènera. Je sais maintenant
pourquoi j'ai entendu des voix si étranges dans
ce cimetière de la Pointe-Bleue, qui va contenir

mon trésor !... Et, quand je l'aurai mise là,
celle qui « ne voulait pas quitter les Indiens »,
sois tranquille, je reviendrai, car je vous aime
tous deux... Et je ne demanderai plus rien en
ce monde, plus jamais !

— Chère femme, dit Pragnères, si je te lais-
sais te mettre en route tu n'arriverais pas
vivante !

— Ah ! s'écria-t-elle en se tordant les mains,
vont-ils m'empêcher de partir ?... Mon Dieu !...
Que ferai-je ?... Que deviendrai-je ?... Comme
on voit qu'elle n'est pas sortie de vos entrailles,
cette petite chose qui est là... que vous êtes
pressés de faire disparaître !

Son agitation était effrayante.

—Mon père, dit Olivier, ne luttez pas contre
son désir. Vous lui feriez du mal. Je l'accom-
pagnerai. Peut-être que cela vaut mieux après
tout. Ce serait une chose si affreuse de penser
qu'une des nôtres ne repose pas en terre
sainte !

Pragnères cessa de résister, car, de plus en
plus, Olivier devenait l'influence dirigeante de
la famille.

— Va te reposer, lui dit-il, puisque tu te mets

en route demain. Et vous, mon Père, comment vous remercier ?...

— Oh ! répondit le Missionnaire, j'ai fait souvent plus de chemin pour assister à la dernière heure d'un pauvre sauvage. Certaines angoisses de la vie ont plus besoin de consolation que celles de la mort.

Le lendemain matin, Olivier surveilla le chargement des traîneaux : celui de la Pointe-Bleue, et un autre conduit par Luc Napane, où lui-même devait s'embarquer. Puis, avant d'ordonner l'attelage des chiens qui, déjà, criaient de joie, il s'assura que sa mère était prête, car l'équipage esquimau ne consent jamais à attendre. On finissait de harnacher « le guide » du premier traîneau quand Robertine parut sur le seuil. Son capuchon de fourrure permettait à peine de voir son visage et, sans doute, c'était mieux ainsi. Dans ses bras elle portait le petit corps, cousu dans une peau de renard blanc. Elle dit sans pleurer, d'une voix qui n'était pas sa voix ordinaire :

— A bientôt !

— Chère femme, ne m'oublie pas tout à fait ! répondit Pragnères en l'embrassant.

Olivier avait préparé pour sa mère une sorte de siège dans le traîneau des dépêches, plus commode. Le postillon fit entendre deux ou trois : *Pouïtte!* pour mettre au galop, seule allure connue, les six chiens qui, attachés aux traits l'un devant l'autre, occupaient une longueur de cinquante pieds avec le cométique. Olivier suivait conduit par Luc Napane. Il répéta en faisant un signe de la main :

— A bientôt, père. La glace est bonne sur les lacs. Nous irons vite.

Qui pourra décrire ce voyage, accompli en effet avec une rapidité vertigineuse qui ne fut jamais égalée depuis. Les chiens à jeun et ne devant manger que le soir, ainsi qu'il est de règle, dévoraient l'espace comme s'il se fût agi d'atteindre une proie. Et lorsque cette proie, sous forme d'un lièvre, s'offrait à eux réellement, la poursuite commençait avec des hurlements effroyables, sans égard à la direction tracée. Et quels efforts, quels cris de : *Hoc! hoc! râ! râ!* pour retrouver le droit chemin!

Robertine semblait ignorer tous ces incidents. On lui avait promis qu'elle ne resterait pas plus de trois jours en route ; elle n'avait

13.

compris qu'une chose, c'est que, pendant trois jours, elle serait avec « son trésor » en tête à tête, sans en perdre une minute. Elle se feignait à elle-même d'ignorer que sa petite Céleste fût morte ; elle lui parlait, la rassurant si les chiens hurlaient trop haut, ou si les secousses devenaient trop fortes :

— N'aie pas peur, mon enfant : ils ne te feront pas de mal. Je suis là !

Deux nuits de campement passèrent inaperçues pour Robertine que son fils, étonné, voyait dormir souriante, avec le léger ballot de fourrure blanche dans ses bras. Mais quand le drapeau du Poste de la Pointe-Bleue se distingua tranchant sur la neige, elle se mit à trembler de douleur, sachant ce qui allait se passer... le plus tard possible, sans doute demain, hélas !

Comment décrire l'étonnement navré de Bernetz et de sa femme, quand ils virent ce que leur traîneau ramenait du lac Mistassini ! Tous deux, sans se l'avouer, sentaient un grand remords. Leur conseil optimiste, ils le savaient bien, avait décidé les Pragnères à entreprendre un tel voyage.

« Du moins, se promirent-ils, nous ferons tout au monde pour réparer cette faute — si c'en est une. » Comme on le verra, ils tinrent parole.

Dans cette maison, Robertine trouva les soins et l'affection compatissante qu'elle n'aurait pu attendre que d'amis d'ancienne date. Le Père Oblat vint l'y voir peu d'instants après son arrivée.

— C'est vous, dit-elle, qui allez garder mon enfant désormais, en attendant que vous gardiez la mère. Je comprends à cette heure pourquoi j'ai senti dans ce lieu la plus étrange impression de ma vie.

— La vie est fort peu de chose, répondit le Missionnaire. Quand mes Indiens voient un de leurs petits enfants partir pour le Ciel, ils rendent gloire au Grand Esprit.

— Si leurs enfants ressemblaient à la mienne, fit Robertine, je vous assure qu'ils ne béniraient pas Dieu.

Le lendemain, dans le petit cimetière de la Mission, Céleste de Pragnères fut déposée. La mère étonna tout le monde par son calme. Elle dit à Olivier dont elle devinait le désir :

— Avant de m'emmener, laisse-moi un jour près d'*elle*. Ensuite nous ferons tout ce que tu voudras.

Plusieurs fois dans cette journée, madame Bernetz dut aller la chercher sur le banc où elle serait morte de froid, bien qu'on eût balayé la neige et accumulé les fourrures. Le lendemain, au moment de monter dans le traîneau de Napane avec son fils, elle eut un évanouissement, ce qui fit que le traîneau partit pour Roberval, d'où il ramena le médecin. Et quand Napane, vingt-quatre heures plus tard, se mit en route, il emmenait, au lieu d'Olivier et de sa mère, l'obligeant Bernetz qui avait arrangé cette combinaison : il remplacerait provisoirement, au lac Mistassini, Pragnères que la malade désirait voir. Le médecin n'avait pu préciser un diagnostic; mais il avait jugé que la présence du mari pouvait devenir très opportune. Conduit par Napane qui avait parcouru trois cent cinquante lieues en moins de trois semaines, Pragnères put arriver à temps pour de nouveaux adieux : cette fois le choc brisait sa vie. C'était un vieillard qui suivit le corps de Robertine jusqu'à la tombe où selon sa demande, elle allait reposer avec sa petite Céleste remise dans ses bras.

De Roberval nombre de personnes étaient venues ; plusieurs voulaient se charger du père et du fils ; madame Bernetz, de plus en plus dévouée à son rôle pieux, refusa de laisser partir les Pragnères.

— Dans le poste de Messieurs Révillon notre collègue est chez lui, dit-elle ; sans compter qu'il doit faire la besogne de notre agence, puisque mon mari le remplace dans la sienne.

Mais, en réalité, on devine par qui la besogne était faite. Le père d'Olivier, dans son âme et dans son corps, éprouvait cette menaçante lassitude que le repos augmente. L'hiver s'achevait. Il ne parlait pas plus de retourner à Mistassini que d'aller dans n'importe quel autre lieu. Ses jours se ressemblaient comme ceux d'un homme terrassé par la maladie, n'ayant plus la notion du temps.

Lorsque autour de la petite église le gazon apparut de nouveau, Olivier se souvint d'un dernier devoir qu'il avait à remplir. Et, parmi les croix portant des noms indiens, on en vit

une un peu moins pauvre, avec cette inscription composée par lui-même, car il eût craint
d'aviver la douleur de son père en le con-
sultant :

✝

ICI REPOSE EN DIEU,

AVEC SA PETITE CÉLESTE DANS LES BRAS,

ANNE-MARGUERITE-ROBERTINE

HERTEL DE LA FRESNIÈRE

BARONNE DE PRAGNÈRES,

NÉE EN FRANCE,

DÉCÉDÉE A LA POINTE-BLEUE.

POUR TOUJOURS ELLE A RETROUVÉ SA PATRIE.

XIII

Robertine de Pragnères avait quitté ce monde
à la fin de mars. Quand juin arriva, son mari
et son fils étaient encore à la Pointe-Bleue chez
madame Bernetz, tandis que le mari de cette
dernière les remplaçait au lac Mistassini. De
tels dévouements ne sont pas rares entre compatriotes sur la terre étrangère.

Il n'avait pas fallu longtemps à Olivier pour
se convaincre que l'état physique et moral de
son père s'était modifié d'une façon menaçante.
Une troisième campagne à cent vingt lieues de
tout établissement européen devenait hors de
question. Mais — ce détail était significatif —
Pragnères ne semblait pas se préoccuper de

l'avenir, non plus que de l'effroyable dérange-
ment qu'il causait aux Bernetz en séparant leur
ménage.

L'inspecteur Ropitel, mis au courant de la
situation par Olivier, ne se pressait pas d'intervenir, pour des raisons qu'il avait écrites confi-
dentiellement à madame Bernetz :

« Il faut absolument, dans l'intérêt de votre
collègue, lui laisser finir son année de contrat.
Ainsi nous lui assurons sa part dans le chiffre
des affaires, dont il a besoin, nous le devinons
tous. Votre mari a bon cœur, et vous êtes
Canadienne, ce qui vaut un certificat d'apti-
tude au dévouement. Là seule question est de
savoir si Pragnères fait bien marcher votre
poste. »

Madame Bernetz répondit :

« S'entr'aider est un devoir, même lorsque la
vie en souffre. Quant à la Pointe-Bleue, entre
nous, monsieur de Pragnères y donne peu d'attention. Par bonheur son fils est un jeune
homme des plus extraordinaires, connaissant la
chasse comme les Indiens, parlant leur langue,
se faisant adorer d'eux. S'il était plus âgé, ces
Messieurs pourraient lui donner un poste en

toute confiance. Mais il ne se fait pas d'illusion sur l'état de son père, et ne consentirait pas à l'abandonner. Seulement que feront-ils ? »

Par un beau jour d'été, Damasse Lefebvre parut à la Pointe-Bleue et visita la mission incognito, accompagné de sa fille. Antoinette qui venait de finir son éducation. Arbitre absolu des volontés de son père, cette jeune personne avait désiré connaître Roberval où deux choses l'attiraient : d'abord la fameuse *École ménagère* fondée par ses chères Ursulines, ensuite l'hôtel qui venait de s'ouvrir à l'extrémité Nord de la ville et dont on disait déjà merveilles. L'excursion de la Pointe-Bleue ne pouvait manquer d'être sur leur programme, d'ailleurs très court, l'habitation de la Malbaie réclamant leur présence.

Dans le petit cimetière de la Mission une croix plus haute que les autres attira l'attention du Surintendant, à qui rien n'échappait. Il lut l'épitaphe, la relut, médita quelques secondes et appela sa fille :

— Te souviens-tu de cette dame française qui voyageait sur le bateau du Saguenay, il y a quatre ans, avec son mari et son fils ? Eh bien,

ma chère, la pauvre femme est là, et Dieu sait
comment elle y est venue !

Antoinette lut l'inscription à son tour :

— Oh !... avec sa petite fille... Elle n'en avait
pas sur le bateau... Êtes-vous sûr que c'est elle ?

— Pas tout à fait. Je suis certain du nom de
Pragnères ; mais son mari ne m'a jamais dit
qu'il fût baron, ni que sa femme fût d'origine
canadienne. Tu vois ? « Hertel de la Fresnière. » Tout cela m'intrigue. Où diable me
renseigner ?... Pardi, chez les Oblats.

Au couvent, il apprit que, depuis trois mois,
le mari et le fils de la défunte vivaient au Poste
Révillon. Il y courut avec sa fille. Bientôt les
Pragnères furent devant lui et la reconnaissance
eut lieu. Après avoir chaudement exprimé sa
sympathie, Damasse Lefebvre désira savoir les
péripéties d'une existence achevée si tristement.

— Raconte, dit le pauvre veuf à Olivier. Monsieur, pardonnez-moi si je me retire. Je ne suis
pas encore tout à fait remis sur pied morale-
ment.

— Mon malheureux père ne le sera jamais,
soupira le jeune homme quand la porte fut re-
fermée.

Alors il commença le récit attendu.

Il parlait avec une extrême simplicité, presque sans inflexions de voix et sans gestes, surtout quand il s'agissait de lui-même. Son visage mêlait déjà une remarquable beauté virile à cette lueur tendre, qui persiste longtemps au regard du jeune homme préservé de tout contact avilissant. L'idée ne semblait pas lui venir qu'on pouvait le plaindre, ni qu'il pouvait se plaindre, ni qu'il aurait pu agir avec moins de courage, ni que le courage est une chose qui mérite l'éloge. Parfois, quand il dépeignait ces heures d'une tristesse infinie, on le voyait s'arrêter, comme un voyageur prudent qui craint de se laisser entraîner trop vite sur une pente dangereuse. A chacune de ces pauses, la main de la jeune fille, qui supportait sa jolie tête, glissait doucement vers les yeux qu'elle ne voulait pas laisser voir humides. Ce héros ne devait pas aimer les femmes qui pleurent. Le bon Damasse était le seul qui trahît ouvertement son émotion par un usage bruyant et répété du mouchoir qu'il tenait à la main.

— Excusez-moi, dit-il quand Olivier se tut. Moi aussi j'ai souffert... Mais savez-vous, jeune homme, que vous avez dans les veines du sang canadien par le côté maternel?

— Je ne le pense pas, répondit Olivier. J'ai connu bon papa de la Fresnière qui habitait l'Anjou. D'ailleurs mon père connaît sa généalogie sur le bout du doigt : il peut vous renseigner.

— S'il vous plaît, dit Lefebvre, demandez-lui si la famille de votre mère n'est pas canadienne. C'est fort intéressant pour nous, et même pour lui!

Olivier revint presque immédiatement avec son père, qui avait conservé le goût des provinciaux pour les dissertations ancestrales.

— Monsieur, exposa le Vendéen, il est vrai que les Hertel de la Fresnière ont passé par les colonies. Un aïeul maternel de mon fils a vécu à la Louisiane, que ses descendants ont quittée à la fin du dix-huitième siècle pour rentrer en France. Leur anoblissement date de Louis Quatorze. Mais dans tout cela, comme vous voyez, votre pays ne joue aucun rôle.

La main de Damasse, toujours armée de son mouchoir, s'agitait en signe de triomphe.

— Vous ne savez donc pas, cria-t-il, pourquoi

François Hertel, que nous appelons « le Héros »,
fut anobli en effet il y a deux siècles ? Eh
bien, c'est pour avoir fait lever le siège de
Québec par les Anglais, en seize cent quatre-
vingt-dix. L'année d'avant, à la tête de cinquante hommes canadiens et sauvages, votre
aïeul, mon ami, car c'est votre aïeul, était entré
chez les Anglais et leur avait pris un fort. Si
tous les parchemins que signa votre grand roi
avaient été aussi bien acquis !...

— Mais alors, la Louisiane ?...

— Hélas ! monsieur, le petit-fils du « Héros »
fut moins heureux que son grand-père. Il vit
le drapeau ennemi hissé sur la forteresse de
Québec. Jugeant qu'il se devait à la France, il
émigra en Louisiane, terre française à cette
époque... J'ai beaucoup travaillé notre histoire,
qui est admirable. Comment un nom historique
du Canada aurait-il pu m'échapper ? Toute ma
vie, ajouta-t-il plus bas, je regretterai de l'avoir
lu... sur une tombe !

Chez le père d'Olivier, pour un instant, l'intérêt sembla renaître. Il murmura doucement :

— Faut-il donc croire à l'atavisme ? Dès la
première minute, ma pauvre femme a été con-

quise par votre pays. Et c'est dans la terre canadienne qu'elle repose !

Lefebvre dit pour changer le cours de l'entretien :

— Votre fils semble marcher sur les traces de son héroïque ancêtre. Il serait un bon chef d'Indiens si le temps durait encore où les Hurons se battaient pour la France. Mais on pourra l'employer à des besognes plus pacifiques. Venez demain, jeune homme, à l'hôtel de Roberval où je serai jusqu'au soir. Nous causerons.

Olivier escorta poliment à leur voiture Damasse Lefebvre et sa fille, sans s'apercevoir que cette dernière le contemplait avec l'attention que mérite un héros de roman. Par contre, il admirait naïvement cette jolie personne, fraîche, rose, bien habillée et paraissant heureuse. Depuis le bateau du Saguenay, la beauté et le bonheur étaient pour lui des spectacles inconnus.

Le lendemain, Antoinette se promenait au bord du lac séparé en cet endroit par un parc accidenté de l'imposante construction de l'Hôtel de Roberval[1]. Au groupe, composé de quel-

1. Brûlé de fond en comble dans l'été de 1908. (*Note de l'Auteur.*)

ques jeunes filles canadiennes voire même américaines, sans aucun soupçon de chaperonnage, la contre-partie naturelle des jeunes gens s'était jointe. Parmi ceux-ci un Parisien que tout le monde savait à la poursuite de l'opulente Miss Cochrane, héritière d'un gros tisseur de Concord, New Hampshire. Quant au chasseur de dot, il se nommait le vicomte de Malefontaine.

Il avait quitté le costume du cow-boy pour les atours du Parisien en villégiature. Son élégance pouvait encore imposer aux Américaines qui n'ont pas voyagé ; mais une habituée de Monaco ou de Saint-Moritz ne s'y fût pas méprise : le vicomte de Malefontaine usait le fond de sa malle. D'ailleurs, à moitié converti, il continuait à ne pas vouloir épouser sa cousine Isabeau qui n'avait pas assez de fortune pour racheter sa laideur ; mais, guéri de sa faiblesse pour Raphaëla, il voulait bien de Miss Cochrane, belle et millionnaire — en dollars naturellement. Chez la jeune Yankee, rien n'indiquait jusqu'à ce jour une volonté réciproque ; néanmoins elle trouvait Malefontaine amusant, et pas gênant, vu son ignorance de la langue anglaise.

Un canot d'écorce venant du large et filant comme une flèche accosta au petit débarcadère. L'embarcation était conduite par un superbe garçon dont le visage n'offrait, Dieu merci! aucune ressemblance avec le type indien; mais il avait certaines attitudes des sauvages, avec leur calme majestueux qui le rendait absolument beau. Il était mal coiffé; les manches de sa veste, prise au magasin du poste, étaient trop courtes; sa cravate était d'un modèle connu seulement à l'Ouest du 70e degré de longitude. Ayant amarré son canot, il traversait le parc à longues enjambées sans faire attention au groupe de ces messieurs et de ces demoiselles.

— Mon Dieu! s'écria Malefontaine, qu'est-ce que c'est que ça?

Antoinette Lefebvre, bien qu'elle fût la plus jeune de la réunion, fit entendre cette riposte indignée :

— *Ça*, monsieur de Malefontaine, c'est un homme qui a tué des ours, campé dans les bois en plein hiver, sauté des rapides, parcouru des centaines de lieues en traîneau par amour pour sa mère, et qui sait conduire un canot comme nul ne le ferait au Canada, sauf les Indiens.

C'est, en plus, le descendant des héros de notre histoire, ce qui ne l'empêche pas d'être le fils d'un baron français.

Miss Cochrane, jusqu'à cette minute, avait accordé peu d'attention à la petite pensionnaire à peine libérée.

— Vous le connaissez ? demanda-t-elle en suivant des yeux le jeune homme dont chaque mouvement faisait paraître la vigueur souple.

— Beaucoup, répondit Antoinette. Il vient ici pour voir mon père. Et nous le garderons à déjeuner.

— Comment se nomme-t-il ?

— Olivier de Pragnères.

— Oh ! s'écria Malefontaine, il me semblait bien avoir rencontré ce type-là quelque part. Nous avons fait la traversée ensemble. Il a beaucoup grandi.

En même temps il songea que le baron savait ses histoires et pouvait le gêner outre mesure dans les circonstances présentes.

Olivier, pendant ces réflexions, subissait, dans l'appartement de Damasse Lefebvre, un examen qui dura une bonne heure.

— Mon jeune ami, conclut le Canadien, je

commence par vous dire — et vous n'en dou-
tiez pas — que mon pays ne laissera jamais
dans une situation pénible le mari et le fils
d'une des nôtres. La première chose à faire est
de trouver à Québec un emploi pour votre père.
Il va sans dire que cet emploi ne devra pas...
lui causer de fatigues sérieuses.

— Pourquoi Québec ? demanda Olivier tremblant à la perspective d'un tel changement de
vie.

— Pour deux raisons : parce que votre père
a besoin d'un bon médecin et que vous avez
besoin de quelques bons professeurs à l'Université Laval. C'est très bien de savoir la
langue des Indiens, et tout ce qui concerne
leur état. Mais on vous demandera un jour
d'autres connaissances, que vous n'avez pu
acquérir en courant les bois.

— Cette période de ma vie en restera la plus
heureuse.

— J'espère bien que non ; quoi qu'il en soit,
vous vous devez à votre père pour le moment,
à vous-même pour plus tard...

Damasse Lefebvre s'interrompit et frappa du
poing sur la table :

— Hum ! quand je pense à tout ce que nous aurions évité si le baron de Pragnères avait été plus loquace, quand il est venu dans mon cabinet il y a quatre ans !

Un coup léger à la porte interrompit la séance.

— C'est moi, dit Antoinette. Je viens vous prévenir que le déjeuner commence en bas.

— Eh bien, fit gaiement Lefebvre, il commencera pour nous en haut. Ce jeune homme, à cause de son deuil, aimera mieux ne pas se montrer dans la salle commune. Va donner des ordres.

Peu après, ils furent servis dans l'appartement, ce qui permit à Antoinette de causer beaucoup avec Olivier, lequel ne demandait pas autre chose. Car, entre eux, la connaissance renouvelée marchait vite.

— Au couvent, dit la jeune fille, je voyais presque tous les jours le portrait de votre arrière-grand'tante, la sainte Mère Hertel, qui fut une des premières novices canadiennes, et mourut à près de cent ans. Et, dans la classe des Louise, vous aviez une autre tante.

— Qu'est-ce que c'est que la classe des Louise, mademoiselle ?

— Nos chroniques en parlent souvent. Elle comprenait seize élèves portant le prénom de Louise, presque toutes jolies et de grande famille : cela se passait avant la conquête. Celles d'entre nous qui descendent d'une de ces Louise en sont très fières.

— C'est le cas de ma fille, précisa Lefebvre, avec son sourire simple de brave homme qui trouve qu'il est permis, par-ci, par-là, d'oublier un peu la modestie.

Ainsi, très amicalement ils causaient. L'heure passa vite. Olivier demanda la permission de retourner près de son père.

— Donc, répéta l'amphitryon, nous allons nous revoir à Québec. Ce sera le plus tôt que je pourrai, car il ne faut pas laisser votre père longtemps replié sur lui-même. D'ailleurs il ne peut pas rester toujours chez les Bernetz. Préparez-le à son changement de vie. Je pense qu'il lui sera moins pénible qu'à vous.

Antoinette et Olivier se quittaient les meilleurs amis du monde. Accoudée à la fenêtre ouverte, elle le regardait se diriger vers le lac

où l'attendait son canot. Même, en le voyant
approcher d'un groupe stationné au bord de
l'eau, elle prit ses jumelles pour suivre les incidents qui pouvaient se produire.

Ce groupe était composé de quelques Canadiens des deux sexes, mais d'un seul âge qui
était la jeunesse, auxquels il faut joindre Malefontaine et Miss Cochrane. Celle-ci, voyant
venir Olivier, interpella le vicomte :

— Alors, puisque vous connaissez ce grand
garçon, il faut me le présenter. Ce sera amusant de faire du sport avec lui.

Malefontaine, obéissant, arrêta le jeune Pragnères qui gagnait son canot aussi tranquillement que s'il eût été sur les bords solitaires du
lac Mistassini. Les présentations se firent au
milieu de la curiosité générale et, pour commencer le sport sans perdre de temps, Miss
Cochrane pria le nouveau de « la ramer » un
peu sur le lac dans son canot d'écorce. Il
accepta, étant de ceux qui, d'instinct, ne peuvent refuser le plaisir demandé par un enfant ou
par une femme. Otant sa veste, il la fit asseoir
comme dans une gondole sur ce coussin impro-
visé. Malefontaine voulait s'embarquer aussi.

14.

— Non, dit l'Américaine. Vous seriez trop lourd.

Et la galerie, une fois de plus, admira la désinvolture de Miss Cochrane.

— Quel âge avez-vous ? demanda-t-elle quand, par quelques coups de pagaye, ils furent éloignés du rivage.

Olivier répondit, ne voulant pas avouer qu'il avait dix-sept ans :

— Mes amis les Indiens prétendent que j'ai la sagesse d'un vieillard.

— Et que disent vos amies les Visages-Pâles ?

— Là où j'étais, on n'a pas l'occasion de faire des amies de cette couleur.

— Cependant vous en avez une, très enthousiaste, avec qui vous venez de déjeuner?

— J'ai déjeuné avec une enfant et son père.

— Est-ce que vous n'aimez pas les enfants... qui ont grandi?

Pour lui faire cette question, elle se penchait en avant, ses jolis bras, nus jusqu'au coude, appuyés au léger bordage du canot. De sa jupe de flanelle blanche on voyait sortir deux pieds coquettement chaussés de daim blanc, et deux chevilles qui faisaient miroiter au soleil la soie

un peu transparente. Jamais Olivier, dans son
coin austère du Bocage, n'avait rencontré cette
recherche de luxe. Il admirait le visage souriant
et hardi, les broderies de la blouse qui se détachaient sur le fond rose des épaules, les bracelets trop nombreux, les bagues trop précieuses,
les ongles presque aussi brillants que les opales
des chatons...

— M'avez-vous assez regardée ? questionna-
t-elle sans colère, après un moment de silence.

— Pardon ! Je n'ai jamais vu de femme qui
vous ressemble, répondit-il avec la franchise
d'un gamin. Et maintenant, il faut que je vous
ramène au quai. Mon père n'aime pas rester
trop longtemps seul.

— Décidément, songea Miss Cochrane, sa
taille doit tromper. Ce garçon-là est vraiment
trop jeune.

Au même instant, sur l'ivoire de ses jumelles,
Antoinette restée en observation crispait ses
doigts roses.

« Sale coquette ! » murmurait-elle entre ses
dents.

Le soir, Damasse Lefebvre monta en wagon
pour se rendre à Chicoutimi d'où le bateau par-

tait le lendemain de bonne heure. En traversant
le hall de l'hôtel, Antoinette qui, manifestement, n'était pas trop jeune pour être jalouse,
fit semblant de ne pas voir la main que lui tendait Miss Cochrane.

Le lendemain, le vicomte de Malefontaine,
toujours sous l'empire de la crainte des indis-
crétions de Pragnères, alla voir celui-ci à la
Pointe-Bleue. Il demanda des nouvelles de « la
baronne », s'excusa d'ignorer qu'elle fût morte
et bafouilla un peu, ce qui, pendant quelques
minutes, fit languir l'entretien.

— Mais vous, monsieur, dit enfin Pragnères.
peut-on vous demander comment, parti pour
le Manitoba, on vous retrouve sur le lac Saint-
Jean qui est à six cents lieues de Winnipeg?

— Monsieur, répondit Malefontaine, j'ignore
ce que vous avez fait depuis notre dernière
entrevue, mais, pour le bien que je vous
souhaite, j'espère que vous n'avez pas essayé
l'industrie des haras.

— Je vous croyais grand homme de cheval.

— Autrefois je l'étais. Maintenant je ne peux
plus voir une selle. Trop souvent on m'a fait
lever au milieu de la nuit pour galoper, avec un

paquet de sandwiches dans mes fontes, à la poursuite d'une bande de poulains emmenés par les sauvages ou partis tout seuls. Or, quand on a parcouru quatre-vingts kilomètres dans la Prairie, c'est exactement comme si l'on n'avait pas bougé, vu les dimensions de ce terrain d'élevage. Sans boussole, je n'aurais jamais pu retrouver la maison, d'autant plus qu'elle ressemblait à un wagon de marchandises enlevé de ses roues et posé par terre. Je me suis séparé de mon ami, lequel d'ailleurs est retourné en France.

— Vous n'avez pas eu envie de l'accompagner?

— Non. Pour certains motifs, je ne me presse pas de rentrer au pays. Du Manitoba, je suis venu au lac Témiscamingue. Là, plus d'équitation. J'étais associé, pour la forme, à un Jurassien qui avait imaginé de fabriquer le gruyère. Nous étions presque dans la banlieue de Montréal : douze heures de chemin de fer seulement. Ce qui m'a forcé à partir, c'est le café au lait. On s'en abreuvait aux repas ; on s'en nourrissait au premier déjeuner ; on s'en rafraîchissait dans l'après-midi. Or le café au lait m'épuise...

A Montréal, j'ai mis au service d'un directeur l'expérience du théâtre que je possède...

— Grâce à mademoiselle Raphaëla?

Sur le visage du vicomte l'angoisse parut soudain.

— Monsieur, dit-il, en oubliant certaines confidences, vous me rendrez un service véritable. Je suis revenu de mes erreurs sur la vie en général, et sur le Canada en particulier. Un homme de mon âge, en Amérique, n'a qu'une chose à faire : c'est d'épouser une Américaine.

— Et c'est pourquoi vous êtes au lac Saint-Jean?

— Oui. Dans la Nouvelle-Angleterre j'ai mis la main sur une jeune personne curieuse de la villégiature de Roberval, qui est relativement bon marché. Entre nous, l'état de mes finances ne m'eût pas permis de suivre mon enchanteresse à Newport. J'ai pu l'escorter au lac Saint-Jean. Si l'on ne s'attache à ces demoiselles comme leur ombre, où qu'elles aillent, autant déclarer forfait.

— Tous mes vœux, dit Pragnères, pour que vous passiez en tête le poteau d'arrivée.

—Merci; on fera de son mieux. Mais l'avoine

coûte cher. Et si vous êtes d'avis qu'on doit
s'aider entre compatriotes...

— Voyons, vicomte, vous vous répétez :
non bis in idem. Je n'ai pas d'argent à prêter ;
mais ma discrétion la plus absolue vous est promise.

Un instant le père d'Olivier s'était laissé
distraire par cette odyssée qui ressemblait fort
peu à la sienne. Son état ordinaire était une
indifférence à toutes choses, montrant l'usure
générale des ressorts de la vie. Au premier
abord, l'idée de quitter le promontoire désert
où dormaient sa femme et sa fille l'avait attristé.
Il comprit bientôt que son fils, en restant éloigné de la civilisation, s'ôtait toute chance d'y
rentrer comme il convenait à un homme de sa
race. Alors, passant à l'opposé, il craignit que
Damasse Lefebvre n'oubliât sa promesse.

Il n'en était rien. Au mois de septembre Olivier reçut un mot très court l'informant que lui
et son père étaient attendus à Québec. Tous
deux se mirent en route promptement.

XIV

Au Canada français, le souvenir des liens
d'autrefois, si vif chez les particuliers, n'est pas
une lettre morte au cœur de la nation. Il semble
qu'aucun anniversaire de leur histoire glorieuse
ne peut être dignement fêté, sans la présence de
quelques membres de nos familles incorporées,
si l'on peut parler ainsi, à cette histoire. Un
intérêt plus vif encore — et c'est ainsi que Damasse Lefebvre avait présenté la question à qui
de droit — s'attachait à Olivier et à son père.

— Nous avons en face de nous, avait-il fait
observer, l'allié et le descendant d'une vieille
famille canadienne, rejetés par le naufrage loin
de leur patrie.

En peu de jours, quand la vie publique eut recommencé au sortir des vacances, on découvrit que la Bibliothèque du Parlement demandait la création d'un emploi nouveau, dont Pragnères fut investi. En même temps Olivier avait une bourse à l'Université Laval, où l'on attendait sa venue avec une impatience, à vrai dire, peu réciproque.

L'écolier qui, à treize ans, rêvait aux perdrix de la plaine en traduisant Virgile, n'était pas devenu plus ami de l'étude pour avoir, pendant quatre années, connu toutes les aventures qui guettent le chasseur dans les forêts du Nouveau Monde. Il comprit toutefois la nécessité pressante d'augmenter son instruction, s'il ne voulait pas devenir un *outcast*. Et, chose qui n'étonnera pas les expérimentés, ce fut l'influence féminine qui lui ouvrit les yeux.

Chez Lefebvre, où il allait chaque semaine, Olivier rencontrait de nombreuses amies d'Antoinette. Celle-ci lui avait pardonné d'avoir promené dans son bateau Miss Cochrane, alors qu'elle mourait d'envie de s'y embarquer elle-même. Plus encore elle s'était parée de lui aux yeux de ses compagnes, dont elle avait chauffé

à blanc la curiosité et, à son tour, excité la
jalousie : car elle était la seule qui comptât dans
sa collection un pareil héros de roman. Damasse
Lefebvre avait tenu à conduire son protégé au
parloir des Ursulines. Madame la Supérieure
s'était laissé présenter, à travers la grille, le
très-arrière-petit-neveu d'une des gloires de la
maison. Aperçu de quelques pensionnaires, ce
superbe garçon, décrit ensuite par elles avec
enthousiasme, fit travailler beaucoup de jeunes
têtes. Il était beau, courageux, et il avait souffert. Ce sont encore là, Dieu merci ! les meilleurs
titres que puisse avoir un homme à l'intérêt
féminin.

Plus heureuses que leurs compagnes cloî-
trées, des externes amies d'Antoinette voyaient
de près, chaque dimanche, ce jeune homme en
train de devenir illustre. Dans quelques occasions, il se montra un peu trop pareil aux pala-
dins d'autrefois même par l'étendue bornée de
ses connaissances. Antoinette en rougit et le
laissa voir ; c'était le meilleur moyen de ne pas
rougir longtemps. De fait, Olivier se mit au
travail avec une ardeur d'autant plus méritoire
que sa vie présente était contraire à ses habi-

tudes. Que de fois on l'aperçut, dans la galerie
d'Histoire naturelle, soupirant en face des caribous, des orignaux et des ours qui, de leurs
yeux de verre, semblaient lui dire : Souviens-
toi !

Il se consola et se dépensa le mieux qu'il put
en se livrant au sport, copie plus ou moins fidèle
des exploits passés. Très vite il fut champion d'un
club ayant pour objet le divertissement natio-
nal de Lacrosse, où les joueurs semblent ramasser par terre, avec un morceau de harpe, une
balle que l'adversaire leur dispute infatigable-
ment. On devine que la chasse dans la banlieue
de Québec le laissa froid ; mais il put faire du
canotage à la voile et à l'aviron, voire du campement pour rire dans les « parties en forêt »
qui, grâce à lui, prenaient un air de réalité
vécue.

L'hiver lui fit découvrir un Québec nouveau,
dont l'étrange fascination s'empara de lui dès
le premier jour. Alors que sa mère avait tant
aimé le panorama de la Terrasse Dufferin dans
la pompe joyeuse de l'été, lui le préféra en hiver
quand les puissantes solitudes boréales, qu'il
avait bravées à deux cents lieues, semblèrent se

rapprocher, entourant la ville de leur désolation comme d'un blocus. Les murailles de la citadelle n'étaient plus que des pentes de neige aux contours mous. Des falaises pendait une frange de stalactites et, dans le port sans vie, le seul bruit entendu était celui des glaçons énormes que le Saint-Laurent, impassible et dédaigneux, broyait.

Pour lui, chaque tableau avait une séduction incomparable. Le samedi on était sûr de le voir au marché Champlain pour contempler l'amusant coup d'œil, la viande, le gibier, la volaille épars sur la neige, les paysannes toutes rondes dans leurs peaux de mouton, les chevaux pareils à des paquets de couvertures posés sur quatre montants immobiles. Mais son grand plaisir était de remonter vers la Haute-Ville, tard dans la soirée, après une visite à ses amis de l'Hôtel du Sauvage, qu'il ne dédaignait pas pour être devenu lui-même un habitant de l'aristocratique rue Saint-Louis. Dans les quartiers inférieurs, les cheminées, les pignons, les lucarnes des demeures peu élevées émergeaient seuls de l'amoncellement neigeux. La rue morte lui rappelait la grande tristesse des rivages du Mistas-

sini. Puis, tout à coup, les lumières d'un intérieur éclairé le contemplaient comme des yeux
caressants, et il sentait près de lui le battement
du cœur de la vieille cité.

Quand il arrivait au sommet de l'escalier
Champlain, la lumière de la lune rendait le
spectacle enchanteur. Tantôt la ligne brisée des
toits, les hautes masses des grands édifices publics se détachaient sur le ciel bleu sombre ;
tantôt l'éclat d'un réverbère électrique, la lampe
encore allumée d'un porche, éclairaient vivement le trottoir de bois qui craquait avec un
bruit sec de gelée sous son pas rapide.

Les cloches d'un traîneau tintaient pendant
quelques secondes ; des formes engoncées dans
les fourrures traversaient la rue et soulevaient
en causant des échos bizarres. Les voix mou-
raient dans le lointain. Une porte battait,
chassée par son ressort, et le silence, de nouveau, régnait en maître.

Dans une petite maison en bois de la rue
Saint-Louis, l'une des rares survivantes du
siège de 1760, Olivier retrouvait son père en
face d'une table où s'étalaient les cartes d'une
éternelle patience.

— Te voilà! disait Pragnères. Comment, par ce froid, peux-tu sortir sans y être obligé?

— C'est vous qui n'avez pas voulu que je vous tienne compagnie.

— Causer me fatigue ; ne pas causer est maussade quand tu es près de moi. La compagnie de ce poêle à deux ponts suffit à un vieillard.

— Mais, mon père, vous avez à peine cinquante ans !

— J'ai un siècle. Quand je pense où j'étais, ce que je souffrais l'année dernière à pareille époque, une terreur me prend. Tu ne crois pas, dis, qu'un homme soit exposé à voir deux fois dans sa vie... ce que j'ai vu ? Je m'imaginais que la guerre avait été quelque chose. Mon ami, ce n'était rien. Oh! ces hivers, ce pays, ce... ! »

Pragnères ne parlait jamais de la mort de sa femme, ni de la France, ni de Courmenault. Il ne sortait pas de chez lui, peu soucieux de savoir si la bibliothèque du Parlement avait besoin de lui, ou, dans le cas contraire, comment ses appointements étaient motivés. Olivier, tout au contraire, avait articulé ses scrupules au Surintendant qui avait calmé de son mieux les froissements d'orgueil du jeune homme :

— Croyez-vous, cher ami, que tous vos biblio-
thécaires parisiens se considèrent comme tenus
d'épousseter leurs livres ? Les gentilshommes
à qui Louis Quatorze donnait des pensions —
et, à Québec, nous en sommes encore à Louis
Quatorze — les acceptaient sans arrière-pensée.
Faites de même, et préparez-nous de bons exa-
mens.

A sa fille, Damasse Lefebvre confia un jour
son inquiétude :

— Le baron de Pragnères marche droit à la
paralysie. Un homme ne peut résister aux dé-
chirements qu'il a soufferts.

— Papa ! quel malheur que vous n'ayez pas
su plus tôt ce qu'était cette famille !

— Ah ! ma chère, ce n'est peut-être pas un
malheur pour Olivier. Il a passé par un fier apprentissage ! Quand je pense que ce gamin connaît des choses que j'ignorerai toute ma vie !

Le gamin en question mesurait six pieds canadiens qui valent presque les nôtres. Mais il
n'avait que dix-huit ans, et à peine l'ombre d'un
duvet sous le nez. On pouvait donc le prendre,
au choix, pour un homme dont la moustache
retarde, ou, comme faisait Damasse Lefebvre,

pour un jouvenceau qui a grandi trop vite. C'est
ainsi, d'ailleurs, qu'Antoinette et ses compagnes
eurent soin de trancher la question. Il était
commode de traiter Olivier en écolier non
compromettant aux goûters du dimanche ou
aux réunions du soir, exemptes de tout luxe et
de toute cérémonie, vu l'âge de ces demoiselles
qui variait.entre douze et quinze ans.

Dès le premier jour, à cause de sa douceur
très simple, elles avaient cessé d'être timides
avec lui. Bientôt, se fondant sur des alliances
qui remontaient au Grand Règne, quelques-unes
l'appelèrent « cousin Olivier ». Mais, par droit
de conquête ou de naissance, toutes le considéraient comme une sorte d'esclave public dont
elles pouvaient disposer pour leur utilité ou leur
plaisir. Un amusant contraste était de voir les
jeunes gens lui témoigner une considération
quasi respectueuse. Il était le plus grand, le
plus fort de la bande. A l'Université, il passait
pour un des travailleurs les plus sérieux. Mais
c'était surtout dans les parties qu'il n'avait pas
son égal.

Grâce à lui, ce premier hiver de son séjour à
Québec fut le témoin d'une recrudescence dans

les sports de la saison. Il avait entraîné ses
camarades, et son club avait battu un club de
Montréal aux courses en raquettes. Mais ce qui
acheva de le rendre extrêmement populaire chez
les vieux Canadiens, c'est qu'il se faisait gloire
d'ignorer l'anglais, exigeant même qu'on pût
comprendre sa langue dans les magasins et
autres lieux publics. Quand il se heurtait au
courant contraire, déjà trop bien dessiné quelquefois, il s'emportait en bon patriote :

— Sommes-nous, oui ou non, au Canada français ? demandait-il.

Pour Antoinette et ses amies, un grand plaisir
était les parties de traîneau, sous la direction
d'Olivier. Ayant vu les Indiens fabriquer leurs
toboggans pendant deux étés, sous le hangar du
poste, il avait construit lui-même le sien, long
de six pieds, large de deux, fait de planchettes
presque aussi minces que celle d'une boîte de
cigares, et cependant très solide grâce à l'arma-
ture des baguettes d'érable et des cordelettes en
boyaux de caribou.

Comme il est d'usage quand il s'agit d'un
toboggan de sport, il lui avait donné un nom :
Matagus, qui veut dire lièvre en langue in

15.

dienne. Antoinette avait fourni les coussins et,
dans cet équipage bien nommé, elle aimait à
bondir du haut en bas d'une colline avec une
amie assise devant elle, sous la conduite d'Olivier dont la hardiesse aurait pu donner prise à
la critique, s'il n'eût été fort et adroit en proportion. Dans la descente vertigineuse, on avait
des surprises. Tout à coup on escaladait un roc
dissimulé sous la couche blanche, et, après un
saut dans l'espace, on reprenait terre avec une
secousse à briser les reins. Quelquefois un cahot
terrible faisait lâcher les baguettes des côtés, et
l'on était déposé sur la neige, le toboggan dé-
barrassé de son poids s'envolant comme un
oiseau. Par une distraction légère du pilote, on
se trouvait sur le toit d'une maison, ou en face
d'un arbre qu'un effort herculéen pouvait seul
faire éviter. Mais tout cela n'était qu'un assai-
sonnement au plaisir. Quand la jolie Canadienne toute blanche de neige, les joues roses,
les yeux brillants, remontait la pente au bras
d'Olivier halant son traîneau, tous deux avaient
le cœur et les poumons remplis de la joie de
vivre.

On devine que le beau « cousin » ne manquait

pas d'amoureuses parmi ces très jeunes personnes, douées pour la plupart d'imaginations
romanesques. Damasse Lefebvre s'en amusait
un jour avec le père de ce Don Juan inoffensif,
qu'il allait voir et qu'il prenait une peine charitable à faire causer.

— Je suis sûr, disait-il, que les portraits de
votre fils, produits détestables des kodaks de
ces demoiselles, se trouvent dans toutes les
poches. Quelle charmante jeunesse ! Comme
c'est joli de les voir ensemble ! Venez donc quelquefois vous donner ce plaisir !

D'une moue, Pragnères montra qu'il n'y avait
plus de plaisir pour lui.

— J'aime à croire, dit-il, qu'Olivier ne trahira
jamais la confiance qu'on lui témoigne.

— Vous parlez en homme né sous le ciel
latin. J'ai habité Paris, assez jeune pour sentir les tentations, assez sérieux pour les analy-
ser. Vos fils ne sont pas plus mauvais que les
nôtres ; ceux-ci ne sont pas d'une argile moins
terrestre. Mais l'idée d'une *trahison* ne leur
vient pas. C'est beaucoup une question d'air.
Chez nous l'air est naturel : chez vous il est
chauffé, parfumé, coloré, malsain en un mot.

Unum est necessarium : telle est votre devise.
L'*unum* en question hante votre cerveau et vos
nerfs, soit que vous buviez, soit que vous man-
giez, soit que vous travailliez — et vous tra-
vaillez bien plus que nous. Moi, quand j'étais à
Paris, on m'a connu bon compagnon, de quoi je
n'ai pas la bêtise d'être fier. N'empêche que dès
le golfe du Saint-Laurent, au retour, la pureté
unique au monde de notre atmosphère et de
son éclairage m'envahissait d'un repos chaste.
Et si vous saviez comme il est plus facile d'être
chaste dans une ville où il n'y a pas de théâtres,
pas de cafés-concerts, pas de romans décolletés,
pas de dessins où une femme montre sa jambe
plus haut que la cheville, pas même de devan-
tures où les mystères délicieux de la soie et de
la batiste font l'œil aux passants!

— Et puis vous êtes religieux, compléta Pragnères. Mon fils le devient beaucoup. A vrai dire,
son éducation l'y préparait. S'il entre dans les
ordres, je m'en réjouirai; car, après le champ
de bataille, c'est la meilleure fin pour une race
de gentilshommes.

—Je pense comme vous, dit Lefebvre en se
levant. Mais votre fils n'a pas la tournure d'un

homme créé et mis au monde pour éteindre le flambeau de sa race.

Pendant le carême qui, à Québec, n'est pas un mot vide de sens, Olivier vécut dans une retraite relative. L'extrême dévotion des fidèles pendant les cérémonies de la cathédrale fit sur lui une profonde impression. Dans le chœur, les longues files de séminaristes en surplis nuageux l'attiraient par la grande sérénité peinte sur tous ces visages. Au bas des marches, les élèves du petit séminaire, un peu étranges dans les larges ceintures vertes qui serraient leurs redingotes, semblaient attendre avec impatience l'heure où ils pourraient, eux aussi, franchir ces degrés, occuper ces stalles.

Mais, pour Olivier, la sublime vocation était l'existence de ces hommes qu'il avait rencontrés quelquefois, à deux cents lieues de la cathédrale brillante de lumières, foulant de leurs raquettes la neige des terrains de chasse, partageant la hutte des Indiens, sans autre bagage qu'un bréviaire et un crucifix. Dans son souvenir, il revoyait sa dernière matinée au lac Mistassini, la grande chambre où sa petite sœur venait de mourir. Lui-même, interrogeant l'horizon blanc du côté de la rivière Desmeules, découvrait deux points noirs : Napane escortant le Père Bouchard qui, la soutane relevée, avait marché la moitié de la nuit pour répondre à l'appel d'une mère dans l'angoisse.

Jusqu'ici, le prêtre investi de sa confiance était la seule personne à qui Olivier eût dit quelque chose de son idéal. Mais, comme on l'a vu, son père l'avait deviné et s'en était ouvert à Damasse Lefebvre. Celui-ci en ayant parlé à sa fille sans y attacher plus d'importance qu'il ne convenait, on put découvrir une recrudescence de piété même dans la vie extérieure d'Antoinette. Ses visites au couvent devinrent plus fréquentes et plus longues. Et bientôt la Supérieure ajouta cette rubrique aux prières en commun :

— Nous allons dire un *Ave* pour que Dieu éclaire une âme qui se croit appelée à la vie religieuse.

Pendant les vacances de Pâques, le courrier apporta l'annonce d'une mort qui attrista beaucoup Olivier et son père. Leur cousin Bérisal n'était plus ; avec lui disparaissait le membre le plus rapproché de la famille.

Olivier fut surpris de voir une trace de rancune dans l'esprit du malade, chez qui l'anémie
mentale suivait une progression marquée.

— Je me demande, fit Pragnères, ce que le
défunt aura bien pu dire à ma pauvre femme
quand il l'a rencontrée là-haut. C'est bien lui
qui l'y a envoyée, en nous envoyant ici !

Probablement, de son côté, Bérisal avait eu
des remords, car un large pli de Foligné arriva
la semaine suivante : le défunt léguait cent mille
francs à son filleul.

— Allons ! grommela son père, toi, au moins,
tu es sûr de ne pas mourir de faim.

— Aucun de nous n'en a jamais souffert,
répondit Olivier. Et moi j'ai toujours aimé le
travail qui nous faisait vivre...

Il s'interrompit, le front coloré d'une rougeur
soudaine, car, en ce moment, ce n'était pas son
travail qui nourrissait son père. Prenant un chapeau, le jeune homme monta la rue Saint-Louis
à grands pas.

Il trouva Damasse Lefebvre à son bureau du
Parlement.

— Je viens, dit-il, vous apporter la démission
de votre aide-bibliothécaire.

Comme son protecteur le considérait avec surprise, il continua :

— J'ai fait un petit héritage. Désormais, nous pouvons vivre sans... la bienveillance du gouvernement de Québec.

— Hum !... grommela Lefebvre quand il connut le chiffre modeste auquel se montait la fortune tombée du Ciel. Laissez donc aller les choses comme elles vont.

Mais Olivier insista d'un air qui montrait une résolution inébranlable.

Pendant une minute, sans rien dire, Lefebvre considéra ce jeune homme qu'il aimait de plus en plus, à mesure qu'il le connaissait mieux.

Il répondit simplement :

— C'est bien !

Puis s'étant serré la main, ils se quittèrent. Mais, soit dans les bureaux avec ses collègues, soit à la maison avec sa fille, l'excellent homme, longuement, parla de la conversation qu'il venait d'avoir.

— Quand nous serons à la Pointe-au-Pic, annonça-t-il, je l'inviterai. Mais pourra-t-il laisser son père ?

Il faut croire qu'Antoinette avait prévu l'objection, car elle répondit :

— Je connais une très digne femme en qui l'on peut avoir confiance comme garde-malade.

Lefebvre eut un bon rire :

— Allons ! je vois que tu sais sortir des difficultés.

XV

Par une belle matinée de juin, Olivier partit
pour la Tourelle avec le Surintendant et sa fille.
En posant le pied sur le bateau du Saguenay,
il se rappela cet autre matin où il se mettait en
route, six ans plus tôt, pour un voyage vers
l'inconnu qui, à vrai dire, durait encore. Ce
jour-là, pauvre lui-même, il voyageait avec les
pauvres. Mais son père et sa mère étaient près
de lui. En ce moment, l'une dormait sous les
pins du cimetière des sauvages, à la Pointe-
Bleue ; l'autre mourait du chagrin d'avoir quitté
la France, et d'une autre peine qui l'avait
achevé.

Leur fils, à cette heure, voyageait avec les

riches, parce qu'il était l'invité d'un grand personnage. Mais, bien qu'il eût serré beaucoup de
mains finement gantées sur ce pont élégant, le
souvenir de ce qui n'était plus lui causait une
mélancolie qui, pendant la première demi-
heure, lui donna le désir, compris et respecté,
d'une solitude relative.

Tout à coup il en fut tiré par une voix que la
sympathie rendait *prenante* comme un chant
de violoncelle :

— Je pourrais dire quelles pensées vous rem-
plissent le cœur en ce moment !

Il regardait Antoinette qui s'était approchée
de lui après avoir louvoyé de groupe en groupe.

— Eh bien, dites, pria-t-il, déjà consolé.

— Vous pensez à votre mère qui repose là-
bas derrière ces montagnes violettes ? Ma pensée
suit la vôtre vers sa tombe où j'ai prié. Vous
en souvient-il ?

— Certes, je m'en souviens ! Si vous n'étiez
pas entrée dans ce cimetière, que serais-je maintenant ? Un métis intellectuel, comme disait
quelqu'un. Mais à quoi encore supposez-vous
que je songe ?

— A votre père...

— Dieu me garde de l'oublier !

— A votre pays...

— Non. J'y penserai quand il me sera possible d'aller le revoir. Jusque-là, il vaut mieux
ne pas m'affaiblir par ce regret ajouté à d'autres.

— Cela vaut mieux, en effet, approuva Antoinette.

Voyant qu'elle prolongeait le silence :

— Questionnez-moi encore, demanda Olivier.

— Je ne sais plus.

— Alors je vais répondre sans qu'on m'inter-
roge, comme les bons élèves qui veulent gagner
des points. Je pense à une autre compagne de
voyage, disparue, elle aussi. C'était une petite
fille de douze ans, dont les cheveux blonds
volaient au vent de la vitesse. Elle avait de
grands yeux qui brillèrent quand elle parla de
ses deux petits ours... A propos, que sont-ils
devenus ?

— Hélas ! ils ont eu la fâcheuse idée de
grandir...

— Et ils sont empaillés, dans le hall, près de
l'orignal sous lequel vous passiez sans vous
baisser ? N'est-ce pas que je devine juste ?
Croyez-vous que nous grandissions pour nous

amuser, nous autres bêtes, oursons ou garçons,
qu'on ne trouve gentils que quand nous sommes
tout jeunes?

— Vous savez, dit-elle redevenant gaie : il y
a encore de la place dans le hall.

— Ce serait mon avenir assuré. Mais, sur
mon socle en bois, je regretterais le bon jeune
temps, alors que les petites filles partageaient
avec moi leurs bonbons.

Elle le quitta, jugeant qu'une conversation
plus longue serait contraire aux bonnes manières. Aussi bien, il n'était plus mélancolique.
Des camarades l'interpellèrent.

— C'est vrai que Roberval devient tellement
chic pendant la saison? Tu l'as vu l'année dernière?

— Oui; mais, pour plusieurs causes différentes, je n'étais pas à même de mesurer le
niveau du chic.

— Allons donc! fit un jeune politicien du
nom de Daniel Simard qui courait le pays pour
son élection future. Vous promeniez des Américaines sur le lac, dans votre bateau !... Si Damasse Lefebvre vous avait pincé, lui qui croit
au péril yankee!

— A propos, demanda Olivier, qu'est devenu le vicomte de Malefontaine, à qui j'ai dû l'honneur de cette promenade ? Le péril yankee en jupons ne lui causait aucune frayeur, si j'ai bonne mémoire.

— Quoi ! Vous ne savez pas l'histoire du vicomte ? Eh bien, il est marié.

— A Miss... je ne sais plus qui ?

— Hélas, non ! Quand vous l'avez vu, il venait d'apprendre que son père ne pouvait plus lui payer sa pension, parce que lui-même était nettoyé à la Bourse de fond en comble. Si bien que Miss Cochrane était sa dernière cartouche. L'amorce n'ayant pas pris, c'était la misère noire, la malle confisquée à l'hôtel, enfin, dans l'argot du vicomte, la purée complète.

— C'est pour cela, dit Olivier, qu'il est venu voir mon père à la Pointe-Bleue et négocier un emprunt qu'il ne put obtenir, à ce que j'ai su.

— Il ne fut pas plus heureux avec moi et quelques autres. Mais, un jour qu'il confiait ses ennuis à la brise du lac, il tomba sur un autre Parisien qui débarquait du bateau de la Péribonka, rivière poissonneuse mais plutôt triste pour un enfant du boulevard. S'étant reconnus

à première vue pour des gens du même monde,
ils causèrent. Le Péribonkien avoua qu'il mourait de spleen, et qu'il était décidé à tout, plutôt qu'à passer un second hiver dans sa ferme.
Cependant il ne pouvait partir sans y laisser
quelqu'un. La maison était bonne, chaude, bien
pourvue de provisions, de chevaux, de voitures,
contiguë à une autre où vivait l'intendant...
« Mais alors, puisque vous en avez un ? — Mon
intendant est un sauvage converti. Peut-être
que l'idée lui prendrait un beau matin de retourner aux territoires de chasse de sa tribu.
On ne sait jamais. Et alors les chevaux mour-
raient de faim. »

— Quelle calomnie ! protesta Olivier. J'ai
connu des Indiens à qui j'aurais confié une
ferme en Beauce.

— Possible. Mais ce n'était pas l'avis du *gent-
leman farmer* atteint de nostalgie. Malefontaine l'écoute et dresse l'oreille. L'autre, voyant
une lueur d'espérance, propose une visite des
lieux. On prend le bateau qui repartait pour
l'autre rive du lac. En effet, la maison est jolie,
quelque chose comme un chalet d'Asnières ;
pays charmant ; cave bien garnie ; armoires

pleines de conserves : le colon était venu avec
un bon sac. Malefontaine veut bien rester. Seulement il faudra dégager cette satanée malle.
Qu'à cela ne tienne ! Également dégagés, le
colon désenchanté et la malle partent le même
jour ; celle-ci et son propriétaire Malefontaine
pour la Peribonka ; l'autre pour Québec, New
York et la France. Tout est pour le mieux sur
ce point.

— Mais, demanda Olivier, n'allez-vous pas
nous dire l'histoire du mariage de Malefontaine ?

— Nous y sommes. Tout d'abord figurez-vous
décembre venu, le chalet d'Asnières enfoui sous
la neige, toute communication fermée...

— Je connais ça pour avoir passé deux hivers
au lac Mistassini.

— Alors, connaissant aussi Malefontaine,
vous prévoyez que la solitude le rendra fou.
Comme voisinage, l'intendant montagnais...
J'oubliais de vous dire que l'intendant possède
une fille...

— Oh !

Cette exclamation poussée d'une seule voix
par les auditeurs fit approcher quelques curieux :
Damasse Lefebvre parmi ceux-ci.

— La jeune sauvage n'est pas laide, continua le narrateur. Elle n'est pas sotte ; elle a reçu de l'instruction chez les Sœurs de Chicoutimi. Bref, elle peut causer. Malefontaine causa... Un jour le Montagnais lui annonça qu'il aurait le chagrin extrême de le tuer s'il n'épousait pas la jeune personne. En pareil cas on a vu le débiteur s'esquiver. Ici, pas moyen. Pour comble de disgrâce, la vengeance paternelle étant satisfaite, l'Indien regagnait tranquillement son territoire de chasse, et il se passait des mois avant que le cadavre de Malefontaine fût découvert. Voilà de ces situations que les romans des plus profonds psychologues n'avaient pas fait soupçonner au malheureux vicomte. Que pouvait-il faire ?

— Tuer le sauvage, dit quelqu'un.

— Oui ; mais alors il fallait tuer la fille, pour ne pas être scalpé par elle. Ainsi resté seul, Malefontaine était condamné à mourir de faim avec ses chevaux. Il tenait à la vie. Un matin, le traîneau du sauvage les emmena tous trois au couvent des Pères Trappistes de Dolbeau, qui n'est guère qu'à vingt-cinq kilomètres. Quand ils revinrent à la ferme, c'était un jeune

couple qui pénétra dans la maison. Jamais lune
de miel n'eut moins de chances d'être dérangée.

— Et quand le colon voulut rentrer chez lui
après ses vacances ? demanda Lefebvre que l'histoire avait intéressé.

— Il ne rentrera jamais. Lui a fait un riche
mariage en France. La ferme est à vendre. Si
quelqu'un l'achète, voilà une nouvelle migration
imposée à Malefontaine, qui, en attendant, continue sa gérance avec son beau-père le sauvage.

— Je peux vous dire comment les choses
vont se passer, prophétisa le Surintendant. Cet
imbécile retournera en France et joindra son
témoignage à tant d'autres de la même valeur,
qui nous démolissent...

— Pas sûr ! fit Daniel Simard. Les traversées
coûtent cher. Quoi qu'il en soit, le mariage du
vicomte, qui lui avait procuré de la compagnie
pendant l'hiver, l'isole pendant l'été. Juste au
moment où l'on pourrait voisiner, les voisins
se dérobent : la vicomtesse leur jette un froid.

— Eh bien, affirma le jeune Pragnères, si
j'habitais près d'eux, je les verrais souvent.

Et, comme des protestations s'élevaient autour de lui :

— Connaissez-vous les Indiens ? demanda-t-il.
Moi j'ai vécu longtemps parmi eux, avec eux.
Je leur ai fait du bien, moi et ma famille ; ils
nous ont appris ce que c'est que la reconnaissance et le dévouement. Je les aime ; je plains
cette race qui s'est battue contre nous d'abord,
à côté de nous ensuite, et qui, maintenant que
nous n'avons plus besoin d'elle, disparaît de la
surface du globe, résignée, consolée par la
prière que nous leur avons apprise.

— Cela ne vaut-il pas mieux que de leur
avoir donné le droit de vote, comme feraient
vos compatriotes du temps présent ? demanda
Lefebvre.

Olivier répondit, ce qui montre combien il
était en retard sur son époque :

— Monsieur le Surintendant, je pense que cela
vaut mieux. Et j'ajoute qu'il y a au fond de vos
solitudes un certain nombre de mes compatriotes qui, précisément, sont là pour enseigner
aux Indiens comment on prie. J'estime que leur
carrière est la plus belle qu'un homme puisse
embrasser.

Pour les auditeurs, ces mots étaient simplement le tribut d'une admiration méritée envers

les missionnaires. Antoinette, qui rejoignait son père afin d'aller à table avec lui, interpréta dans un sens moins général ces paroles vibrantes d'enthousiasme. Quelques jours plus tôt, Damasse Lefebvre avait dit devant elle que le baron de Pragnères soupçonnait son fils d'avoir la vocation de l'apostolat. Ce qu'elle venait d'entendre ne lui laissa aucun doute ; mais le Surintendant, toujours de bonne humeur, n'avait paru frappé ni du discours d'Olivier, ni de l'émotion soudaine d'Antoinette.

— L'air du Saint-Laurent creuse l'estomac, fit-il observer. Messieurs, déjeunons.

Le repas fini, les hommes fumèrent en causant politique, sujet qui parut engourdir Olivier. Pris à partie par Daniel Simard sur cette indifférence, il répondit :

— La discussion, chez vous, semble d'une fadeur écœurante pour peu qu'on ait ouvert les journaux français. Vous remuez des idées depuis vingt minutes, et il n'a pas même été question de détrôner la reine Victoria ou de mettre en accusation le Gouverneur. De quoi diable se compose la politique dans un pays qui est libre, qui est heureux et qui en convient ?

— Attendez, conseilla Daniel. Quand vous aurez fait connaissance avec mademoiselle de la Colombière, vous ne demanderez plus de quoi se compose, chez nous, la politique.

Voyant qu'il n'était pas compris d'Olivier, il ajouta, moitié plaisant, moitié sérieux :

— Vous ne savez donc pas que le Surintendant possède une tante, que vous allez trouver à la Pointe-au-Pic? En ce cas, faites-vous renseigner, sans quoi vous commettrez des gaffes dangereuses. Elle fait trembler tout le monde.

Olivier se mit à la recherche d'Antoinette et lui demanda :

— Comment se fait-il que je n'aie jamais entendu parler de mademoiselle de la Colombière ?

— Parce que, répondit la jeune personne, ma grand'tante, qui est trop vieille pour habiter seule sa seigneurie du comté de Saint-Yacinthe, passe l'hiver aux Sœurs Grises de Québec comme grande pensionnaire, et les trois mois d'été seulement avec nous.

— D'après la peinture qu'on vient de m'en faire, j'ai presque envie de ne pas débarquer.

— Soyez moins peureux. Ma tante vous connaît. On lui a fait votre éloge... de plusieurs côtés. N'êtes-vous pas l'arrière-petit-neveu de la sainte Mère Hertel? Tout ira bien si vous prenez certaines précautions que je résume : ne jamais dire un mot d'anglais, pas même *wagon* ou *sport;* éviter toute allusion au mariage de ma sœur avec un Américain... ou à votre politesse pour les Américaines.

— Moi? Je suis poli pour les...?

— Dame! vous les promenez dans votre bateau. Mais n'interrompez pas : nous arrivons. N'ayez pas l'air de savoir que le siège du gouvernement est transféré à Ottawa, ou qu'il y a des tramways à Québec, ou qu'il a existé un roi de France du nom de Louis Quinze...

— Mon Dieu! mademoiselle, laissez-moi prendre des notes!

— J'ai fini pour l'instant, sauf une dernière recommandation : ne pas laisser croire que j'ai bientôt seize ans, et vous bientôt vingt.

— Bon! Mais alors quel âge avons-nous?

— L'âge ingrat : cette période indécise où l'on mange encore les pilons des volailles, mais où, déjà, l'on reste au dessert.

— Faudra-t-il embrasser mademoiselle votre

tante quand ma bonne viendra me chercher pour me mettre au lit?

— Je vous en laisse juge.

Ils rirent de bon cœur. Le bateau ralentissait pour accoster le ponton de la Pointe-au-Pic.

— Allons-nous voir Tienniche, Castor et Bijou? demanda Olivier.

— Vous avez bonne mémoire. Tienniche et Castor seront là. Quant à Bijou, il n'a pu continuer, comme ma tante, à croire que j'ai toujours dix ans. Mon poids lui prouvait le contraire. Pauvre Bijou! On l'a vendu.

Au lieu du poney, on trouva un léger fourgon attelé d'un bon cheval et conduit par Tienniche, à qui le « bonjour » d'Olivier, en langage montagnais, fit oublier pendant une minute qu'il fallait s'occuper des bagages. Tandis qu'il les voiturait en suivant les lacets de la montée, son maître s'engageait à pied, en compagnie d'Antoinette et de leur hôte, sur les rampes à escaliers rejoignant le sommet de la colline.

Damasse Lefebvre avait donné lui-même les plans de son habitation, construite à l'époque de son premier mariage. Ne prévoyant pas que la faux de la Mort s'abattrait deux fois sur des

existences toutes jeunes, il avait proportionné
sa demeure à l'espoir de ces nombreuses pos-
térités qui sont la gloire des Canadiens. Et, par
cette modestie qui est dans leur nature mais
s'attend, comme le fichu d'une coquette, à être
chiffonnée quelquefois, il l'avait nommée *La
Tourelle*, ce qui, véritablement, donnait de l'endroit une idée insuffisante.

La tourelle, qui était une vraie tour, cou-
ronnait une demeure imposante, qu'on eût
appelée château si elle n'eût été construite de
madriers de six pouces d'épaisseur, à l'ancienne
mode canadienne, oubliée aujourd'hui pour le
déploiement plus architectural du granit ou
de la brique. L'ensemble, d'une irrégularité
voulue, même dans la toiture de cuivre rouge
aux arêtes contrariées, produisait l'impression
la plus heureuse de simplicité hospitalière et
de confort dédaigneux de l'ostentation.

L'un des premiers Damasse Lefebvre avait
découvert le site merveilleux de la Pointe-au-
Pic, ce qui lui avait permis de choisir l'un des
meilleurs emplacements et de tailler en plein
drap sur un terrain sans valeur à cette époque.
Un petit parc, naturellement vallonné, entou-

rait sa demeure flanquée de dépendances considérables. En approchant de la façade gaiement
défendue contre le soleil par des stores aux
nuances vives, Olivier, sans exagération de com-
mande, put déclarer qu'il n'avait jamais vu de
séjour plus admirable. Il s'attardait à jouir du
coup d'œil, mais Antoinette le rappela aux exi-
gences de la situation.

— Tout d'abord, dit-elle, je dois vous présenter à ma tante de la Colombière.

Dans une longue galerie ouverte au Nord-
Ouest, baignée à souhait de lumière, un peintre,
assis en face d'une dame, s'efforçait d'en
reproduire l'image — grandeur naturelle mais
sans les mains — sur une toile placée devant
lui.

La scène avait un parfum XVIIIe siècle qui
augmentera encore si l'on ajoute que le peintre
était un abbé; seulement ce n'était pas un
abbé Louis Quinze, et la dame n'était pas, tant
s'en faut, une habituée des petits appartements
de madame de Pompadour. Même il eût été bon
de prévenir Olivier, déjà si prévenu, que le nom
impur de la favorite n'avait jamais souillé les
lèvres du modèle, moins par respect pour la mo-

rale que par rancune, trop justifiée, contre celle
qui avait causé la perte du Canada.

Mademoiselle de la Colombière — on a deviné
son nom — était petite, un peu replète, vêtue
d'étoffes coûteuses de couleur sombre qui, à
cause de la façon et de la personne, avaient
perdu toute apparence de richesse. Aucune trace
de beauté ne distinguait son visage rond. Il était
en revanche rosé et dépourvu de rides, bien
que de nombreux hivers eussent glissé sur lui.
A peine distinguait-on les cheveux blancs sous
le bonnet forme « baigneuse » qui emprisonnait
toute la tête, lui donnant l'aspect d'une grosse
boule de neige entourant une pivoine. Olivier
se souvint d'avoir vu au salon de Courmenault
un portrait d'aïeule portant cette coiffure. Il
pouvait, en ce moment, contempler quatre ou
cinq portraits de mademoiselle de la Colombière, commencés, mais arrêtés tous au même
point, comme si la main du peintre eût hésité
en présence de la même séduction, impossible
à reproduire.

Le peintre était l'abbé Bellehumeur, chargé
du cours d'Histoire au séminaire de Chicoutimi, où il cumulait l'érudition avec un talent

réputé — dans l'établissement — de peintre et de musicien. Petit et gros, il était le pendant masculin de l'effigie dont il travaillait les yeux, beaux et intelligents dans leur sévérité pure. La redingote droite de l'ecclésiastique canadien le boutonnait jusqu'aux mentons — il faut les écrire au pluriel — qui s'appuyaient sur son col blanc de prêtre romain. La bouche, grande et retombante aux commissures des lèvres, était celle d'un homme qui parle volontiers plutôt que celle d'un gourmand. Son regard avait la force assurée et tranquille de l'autorité que nul ne discuta jamais. Ses cheveux noirs, abondants, intacts, étaient plantés bas sur son front intelligent. D'ailleurs il inspirait la sympathie et semblait mériter son nom qu'il tenait, selon lui, du sergent Bellehumeur resté, par force ou volontairement, au Canada quand la flotte française s'était retirée après la conquête.

Mademoiselle de la Colombière, embrassée par son neveu et sa petite-nièce, fit à Olivier un de ces sourires par lesquels on encourage un garçonnet timide.

— Mon ami, je suis très contente de vous voir. Je sais que vous êtes un bon élève et que vos

professeurs fondent sur vous de grandes espérances, — oui, de grandes espérances — pour
l'avenir.

Olivier se souvint qu'il avait l'âge ingrat.

— Oh! mademoiselle, balbutia-t-il... Mon
avenir...

— Ne dites pas que vous êtes encore trop
jeune pour songer sérieusement à une vocation.
Dieu nous parle quelquefois dès l'enfance :
n'est-ce pas, monsieur l'abbé?

— Nous en voyons des cas, mademoiselle.
D'autres fois, il nous laisse nous engager dans
une voie fausse. Puis la lumière éclate. Croiriez-vous, jeune homme, que, jusqu'à vingt-
deux ans, j'ai voulu être artiste?

Olivier s'inclina devant la toile comme pour
dire : « Il y avait de quoi s'y tromper. » A ce
moment il aperçut les autres chevalets avec leurs
châssis, et sa stupéfaction fit fuir Antoinette, qui
craignait d'éclater.

— Ma tante, expliqua Lefebvre, a la bonté
d'offrir son portrait à plusieurs personnes, en
commençant par moi, naturellement. L'abbé Bellehumeur trouve plus commode pour son travail
de faire marcher de front les différentes toiles.

— Plus commode et plus rapide. Quand j'ai
préparé ma couleur pour les lèvres, par exemple,
je fais toutes les bouches... et ainsi de suite.
Comme vous pouvez voir, monsieur Lefebvre,
c'est enlevé plutôt que léché. Autrement, je ne
pourrais pas avoir fini ces toiles quand se termi-
neront les vacances. Peut-être, mademoiselle,
pourrions-nous reprendre la pose.

— Venez voir votre chambre, dit le maître
de maison à Olivier.

Par un large escalier de cèdre ils gagnèrent
l'étage supérieur. Puis, avec des détours nombreux, un long corridor les conduisit au plus
confortable appartement de jeune homme que
pût rêver un hôte même difficile. Ce n'était
point le cas d'Olivier : pour la première fois
de sa vie on le mettait en contact avec le
luxe.

Il admira son bureau où rien ne manquait,
sa table à fumer près d'une fenêtre, sa chaise
longue en face de l'autre, son cabinet de bain
où l'eau chaude et l'eau froide coulaient jour
et nuit. Pour lire il avait des lampes électriques.
Lui désignant un téléphone :

— Vous causerez avec votre père quand cela

vous fera plaisir, dit le propriétaire flatté de l'impression qu'il voyait.

Modestement il ajouta :

— Ne trouvez-vous pas que ces maisons de bois, comparées à vos vieux châteaux de France, donnent la sensation pénible d'une chose provisoire et sans durée ?

Olivier rêva un instant, les yeux perdus sur le fleuve qu'il dominait d'une hauteur de deux cents pieds et dont l'autre rive se voyait à peine, distante de six lieues. Puis, obéissant à une réaction soudaine, il fit cette réponse mélancolique :

— En peu d'années j'ai eu tant de sensations diverses, que j'éprouve parfois, en ce moment par exemple, une fatigue douloureuse. Qu'y a-t-il de durable? Nos anciens manoirs de pierre? Chez nous la terre est couverte de leurs ruines. Le bonheur? J'ai quitté le pays où j'étais heureux; ma mère qui m'adorait n'est plus; bientôt je me trouverai seul au monde. Je suis très jeune et cependant j'ai vu des choses que vous-même ignorez, que, selon toute probabilité humaine, je ne devais jamais voir. Et tout cela n'est qu'un apprentissage de la vie, une prépa-

ration à l'avenir mystérieux... qui sera peut-
être encore plus dur.

— Prenez confiance. Maintenant vous avez
des amis.

— J'en ai un, surtout, dont la bonté est si
grande que je cherche en vain...

Le tremblement de sa voix l'obligea de s'arrêter. Bientôt, redevenu maître de lui-même :

— Jamais, dit-il, je n'oublierai l'heure présente.

Sur ses traits, on pouvait lire une extase,
bien justifiée à coup sûr par la magnificence du
tableau déroulé devant lui.

— Alors, conclut le maître de la Tourelle,
vous êtes de ceux qui m'approuvent d'avoir
choisi ce lieu pour y bâtir ma maisonnette ?

Tout en parlant il s'aperçut que les yeux de
son jeune hôte n'embrassaient plus le panorama
immense du fleuve. Au pied de la fenêtre, sur
la terrasse qu'une claire-voie peinte en blanc
séparait de l'abîme, Antoinette jouait avec son
chien Castor. Et, pour éviter les bonds du Terre-
Neuve, elle courbait sa taille en d'harmonieuses
ondulations.

— Je vous laisse déballer votre valise, dit

Lefebvre en se retirant. Pas de frais de toilette : vous êtes mon seul convive ce soir. L'abbé Bellehumeur, notre aumônier, fait partie de la famille.

XVI

Au dîner, qui fut excellent et copieux,
Damasse Lefebvre avait sa tante en face de lui,
le rôle de maîtresse de maison ne pouvant conve-
nir à une enfant de l'âge d'Antoinette. Celle-ci
montra sa bonne éducation en parlant peu, et
seulement quand les grandes personnes voulaient
bien lui parler. Olivier de Pragnères suivit ce
sage exemple. L'abbé, selon son habitude, fit
passer un examen à l'élève des Ursulines ; puis
ce fut le tour de l'écolier.

— Vous font-ils un bon cours d'Histoire ?
demanda-t-il. Nous autres, à Chicoutimi, nous
n'avons pas la gloire d'enseigner dans un palais
qui a coûté des millions. Mais, quand même,

nous ne sommes pas des ânes. J'aime à croire,
mon jeune ami, que vous étudiez assidument.

— Plût au Ciel, souhaita imprudemment
Olivier, que l'histoire de France fût aussi courte
que celle du Canada !

— Monsieur, gémit le savant Bellehumeur,
je suis fâché de vous entendre parler ainsi. On
pourrait croire que vous n'avez jamais lu Park-
man qui a publié huit ouvrages différents sur
notre histoire, ni William Kingston dont le
dixième volume vient d'être édité. Malheureusement ces auteurs sont Anglais ainsi qu'une
demi-douzaine d'autres, ce qui vous excuse de
ne pas les connaître. Mais faut-il donc vous citer
nos amis, les écrivains de notre langue et de
notre religion : Clément, Garneau, l'abbé Foil-
lon, l'abbé Ferland, l'abbé Casgrain, Réveil-
laud, et tant d'autres dont, moi-même, j'ai suivi
de loin la trace dans quelques brochures modestes ! Je me demande de quoi, de qui, vous parlent vos maîtres à l'Université Laval, si notre
Histoire ne vous paraît pas assez longue.

Olivier chancelait sous les attaques de cette
érudition formidable. Mademoiselle de la Colombière l'acheva par des coups plus directs :

— Je m'étonne de trouver ce dédain pour notre histoire chez un descendant du glorieux Hertel. Ce n'est pas que cette famille soit à l'abri de tout blâme. Un d'eux, colonel des milices du comté des Deux Montagnes, fut contre nous lors de l'insurrection de 1837, ce que je ne lui pardonnerai jamais. Quant au fameux Français, que Louis Quatorze anoblit, je trouve qu'il eut tort de s'allier avec les sauvages, qui sont des monstres. Mon arrière-grand'-mère, non moins illustre, en agissait autrement avec eux. Vous a-t-on jamais enseigné comment cette femme héroïque défendit son château, seule, contre une nuée d'Indiens qui en faisaient le siège ? L'Histoire de France n'a rien de plus beau, sauf peut-être Jeanne d'Arc dont il faut envier la bonne fortune, puisque ceux qui tombèrent sous ses coups étaient Anglais.

— L'héroïne dont nous descendons n'en avait pas alors sous la main, fit observer Damasse avec un grand sérieux. Mais, si les Indiens l'avaient prise vivante, sa mort eût été plus affreuse encore que celle de la vierge lorraine.

Mademoiselle de la Colombière en convint

par une pantomime expressive. Puis, regardant Olivier :

— Peut-être que vous connaîtrez un jour le poteau de la torture, la danse du scalp et les outrages des bourreaux. Déjà, m'a-t-on dit, vous êtes préparé à votre existence future par l'étude des langues indigènes.

Le professeur eut un léger mouvement d'épaules.

— Les Indiens ne martyrisent plus, mademoiselle.

— Qu'en savez-vous, monsieur l'abbé ?

Ce reproche indirect fut suivi d'une discussion sur l'utilité respective du missionnaire et du clergé de paroisse. Mademoiselle de la Colombière l'arrêta bientôt en montrant Olivier du bout de son menton.

— Laissons, dit-elle, parler la voix de Dieu.

Damasse Lefebvre désira changer de conversation. Il voyait l'ennui de son jeune hôte, qui gardait le silence pendant qu'on lui essayait tour à tour le bonnet du recteur et la couronne du martyr, comme une modiste essaye des chapeaux à une cliente.

— Ce jeune homme, dit-il, compte aussi des

héros dans la ligne paternelle. Au nombre des chefs de la Chouannerie on compte plusieurs Pragnères. ·

La tante, peu intéressée, déclara qu'elle ne savait pas grand'chose de l'Histoire de France ˑdepuis le traité d'Aix-la-Chapelle, dernier effort de Louis Quinze en faveur du Canada

— Nous regagnions Louisbourg, « le *Dunkerque* de l'Amérique »; mais, dès le lendemain, une infâme créature — elle ne doit pas être nommée dans cette maison — régnait sur la France. Nous lui devons l'intendant Bigot, l'homme qui vendit le Canada aux Anglais. La France lui doit la Révolution.

Lefebvre se pencha vers l'abbé Bellehumeur.

— Ma tante oublie la Du Barry, lui souffla-t-il à l'oreille.

— Et le général Wolfe, ajouta le chapelain qui, à ce moment, fut prié de dire les Grâces.

La soirée fut courte au salon, du moins pour Antoinette : les enfants doivent se coucher de bonne heure.

— Petite, lui demanda mademoiselle de la Colombière, pensez-vous qu'il y ait à la sacristie de la chapelle un vêtement de chœur assez grand

17.

pour notre jeune ami ? Monsieur l'abbé lui ferait l'honneur de le prendre pour acolyte.

Le gigantesque Olivier ne put avoir cet honneur, vu les dimensions insuffisantes de la soutane et du rochet. Il entendit la messe comme un simple fidèle dans l'édicule, fort élégant d'architecture, que Damasse Lefebvre avait érigé depuis peu. Les voisins de campagne l'adoptaient pour y faire leurs dévotions le dimanche matin, plutôt que de gagner la Malbaie située à une lieue. Le jeune Vendéen trouva qu'on y priait fort mal. Cependant l'une des paroissiennes, tout au moins, lui donnait l'exemple de la ferveur. Devant lui, inclinée sur sa chaise, Antoinette élevait son cœur à Dieu et montrait aux hommes une légère partie de sa nuque blanche où s'égaraient des frisons d'or. Olivier, quoi qu'il pût faire, chercha en vain les élans de la piété qui lui transportaient l'âme dans la cathédrale de Québec, tandis que ses yeux se perdaient dans l'horizon des camails et des surplis. « A certains moments, pensa-t-il, la voix de la grâce paraît moins distincte. Mais, avant trois jours, la cathédrale m'aura repris, et j'aurai oublié la chapelle. »

Au sortir de la messe, il y eut, sur la plate-
forme dominant la baie, une copie en réduction
de la parade du dimanche qui, à la même heure,
donnait à la Terrasse Dufferin un joli mouvement de toilettes et de bavardage. Olivier
retrouva des compagnes de voyage de la veille,
plus Daniel Simard, amené par des voisins dont
il était l'hôte pour la journée. L'étudiant s'étonnait de ne pas aimer ce jeune homme déjà très
en vue dans le monde politique, reçu avec une
faveur marquée dans le monde féminin qui le
considérait, au gré des circonstances, soit
comme un séducteur de profession, soit comme
un aspirant aux joies conjugales. Plus expérimenté dans la matière, Olivier eût admiré l'aisance de son flirt, où l'on pouvait discerner, à
doses variables, tantôt la marque française, tantôt la marque américaine si curieusement mê-
lées au Canada, ailleurs que dans le flirt. Antoinette l'écoutait sans émotion, mais avec un
plaisir qu'elle ne cherchait pas à dissimuler.
Quand il fut parti, Olivier respira mieux.

Après midi, Lefebvre, qui était grand marcheur, entraîna sa fille et son hôte dans une
longue promenade. Alors, loin de toute repré-

sentation, et surtout loin de sa tante, il se
montra plus intime et plus jeune que son ami
vendéen ne l'avait jamais vu. Ce dernier, à vrai
dire, supporta le poids de la conversation, car on
lui fit raconter maint épisode de son enfance
ou de sa jeunesse. Lefebvre l'écoutait avec une
attention extraordinaire, sans l'interrompre ni
le ramener à la question s'il divaguait un peu,
ne le quittant guère du regard. Antoinette
marchait de l'autre côté de son père, toujours
agréablement intéressée, souvent émue.

— En deux heures, notre amitié vient de faire
un grand pas, dit Damasse quand le narrateur
eut achevé.

On s'arrêta dans un village pour goûter chez
la maîtresse d'école, protégée du Surintendant.
Au milieu de la grand'place, après leur avoir
chanté les vêpres, le curé jouait aux boules
avec ses paroissiens : on fit un léger détour
afin de ne pas les déranger.

— Ce qui m'amuse toujours, dit Lefebvre,
c'est de lire dans les volumes publiés en France
que nous vivons sous la tyrannie du clergé.

— Pourquoi ne répondez-vous rien à la
France ?

— On est toujours un peu gêné pour répondre
à sa mère qu'elle se trompe.

— Je croyais que votre mère se nomme Victoria? dit Olivier en riant.

— Sa Majesté est notre belle-mère, fit Damasse avec un grand sérieux. Comme elle ne se
mêle pas plus qu'il ne faut de notre ménage,
nous l'aimons beaucoup. Mais ne l'avouez pas à
mademoiselle de la Colombière.

Au dîner, plusieurs invités parurent. Daniel
Simard était du nombre ; il fut le lion de la
soirée qui sembla aussi longue à Olivier que
l'après-midi lui avait semblé courte. Le lendemain il devait repartir avec Lefebvre ; mais
l'excellent homme refusa de l'emmener.

— J'ai téléphoné à Québec, annonça-t-il.
Votre père va bien et prolonge la permission de
vingt-quatre heures. Tantôt vous irez faire du
paysage avec l'abbé Bellehumeur, à qui son
modèle donne congé pour cause de lessive dans
la maison. Tâchez de rapporter quelques truites.

Olivier accepta la proposition, très désireux
de savoir, mais n'osant pas demander, si son
hôte le livrait à l'abbé Bellehumeur comme
compagnon unique. Antoinette, pendant le

déjeuner, le tira de peine en s'informant si le jour était bon pour la pêche :

— Car, pendant que l'abbé peindra, nous pourrons jeter nos mouches.

Donc, Lefebvre étant parti pour son bureau, et la tante occupée à la surveillance des lavandières, une petite caravane s'éloigna dans la direction des grands bois moins fréquentés qu'aujourd'hui par les humains. Olivier portait le matériel de la peinture, celui de la pêche et le goûter de tout le monde. Bientôt — car le voisinage de la forêt combiné avec celui du fleuve est un des charmes de la Pointe-au-Pic — l'abbé Bellehumeur eut trouvé le site qu'il prétendait reproduire sur sa toile.

C'était l'embouchure d'une petite rivière. A peine calmé du tourbillon de la chute voisine, l'humble cours d'eau rejoignait le Saint-Laurent qui le recevait avec dédain, comme une offrande venue trop tard.

Jusqu'à la zone stérile du gravier et des rocs semés sur la rive, des touffes de gazon maigre et pauvre, d'épais lichens gris, des mousses rudes, échevelées, mourant de faim, cherchaient à recouvrir le sable peu disposé aux joies de la

végétation. Mais en quelques pas on était sous
les grands arbres. La forêt, en cet endroit,
n'avait pas la monotonie austère des pins
droits et raides, étalant jusqu'à l'horizon les
masses épaisses de leur verdure éteinte. Ici
la nature les mélangeait à l'érable et au
saule, avec la touche argentée du tronc des
bouleaux, que couronne le plus charmant de
tous les feuillages. Cette variété heureuse, le
contraste de la lumière du soleil avec l'ombre
changeante, reposait l'œil et excitait la curiosité.

— Voilà un bon sujet d'étude, fit l'abbé Bellehumeur en posant un châssis sur le chevalet
de campagne.

Près de lui les jeunes gens déployaient leurs
cannes à pêche, visitaient leurs moulinets, discutaient le choix de telle ou telle mouche artifi-
cielle. Tout en « fouettant », ils remontèrent le
courant d'une centaine de pas. Les truites
étaient peu gourmandes. Olivier, au surplus,
était d'avis qu'on ne peut faire deux choses à
la fois : pêcher et jouir de la nature. Il la connaissait à la façon des sauvages ; mais il lui
sembla que, jusqu'à ce jour, il ne l'avait pas

admirée en poète. Très simplement, il en fit
l'aveu.

— Comment est-ce possible ? demanda Antoinette avec une simplicité égale.

— Jusqu'ici, quand je courais les bois, la
question n'était pas dè savoir si la nature était
admirable, mais si elle me fournirait de quoi
manger. Aujourd'hui, même si nous ne prenons rien — ce qui est probable — nous
n'irons pas dormir l'estomac creux.

— Ce qu'on nomme « le sport » doit vous
sembler fade, après la vie que vous avez menée.

— Patience ! Ma vie ne sera pas toujours
inutile. Un jour viendra, s'il plaît à Dieu, où je
chausserai mes raquettes pour gagner mieux
qu'une médaille de concours.

Elle se tut, hésitant à poser une question.
Enfin elle demanda :

— Ainsi donc, vous vous croyez appelé à la
vie du missionnaire ?

Puis, craignant d'avoir déplu :

— Vous permettez qu'on en parle ?

— Comme vous avez pu voir, on n'attend pas
toujours mon autorisation. Mais je permets que
vous en parliez, si cela vous intéresse.

— Il m'intéresse de savoir à quel signe on reconnaît une vocation.

— Dans mon cas les signes furent nombreux. Ne voyez-vous pas que la Providence me conduit par la main ? Elle m'a ôté la fortune, m'a poussé hors de France où je ne laisse pas de famille. Elle m'a privé de ma mère bien-aimée. Quant à mon père, on m'annonce que ses jours sont comptés. Après lui, je serai tellement seul au monde que les sauvages seront les meilleurs amis que je possède : encore une raison pour aller près d'eux, vous l'avouerez.

— Je ne consentirai jamais à admettre que vos meilleurs amis sont chez des Indiens. C'est une insulte pour mon père — et pour moi.

— Votre père a ses fonctions ; vous aurez un mari, une famille. Ainsi des autres.

— Mais ne regretterez-vous pas le monde, même le peu que vous avez connu de son luxe et de ses plaisirs ? D'après ce que vous avez dit à mon père, en nous promenant ensemble, il vous reste beaucoup à connaître ?

— Quoi ! s'écria-t-il en riant. Pouvez-vous dire qu'on ne connaît pas le luxe quand on a été l'hôte de la Tourelle ?

Comme elle ne semblait pas vouloir parler,
il continua :

— Pourtant, lorsqu'il m'arrivera de songer à
cette visite, savez-vous ce que je verrai dans
mon souvenir ? Ce n'est pas la galerie avec les
petits ours qui ont cessé leurs jeux, l'orignal
sous lequel vous ne passez plus. Ce n'est pas
le salon avec ses beaux meubles, son panorama
presque unique au monde. C'est l'endroit où
nous sommes, parce que la nature seule contri-
bue à l'embellir. Écoutez ce ruisseau. Ne fait-il
pas entendre une chanson véritable, dont les
oiseaux comprennent les paroles, puisqu'ils
y répondent ? Et ne distinguez-vous pas l'accom-
pagnement qu'il se joue à lui-même en se bri-
sant aux rochers de la cascade en miniature ?
Moi je pourrais noter cette harmonie métal-
lique, pareille au bruit perlé de mille timbres
de cristal choqués l'un contre l'autre.

Les yeux noirs d'Antoinette brillaient de
plaisir pendant qu'elle buvait les mots de son
compagnon. Elle s'écria :

— Quel bonheur que vous compreniez si bien
la nature canadienne ! Vous me faites souvenir
de ces paroles qu'écrivit un de nos meilleurs

poètes sur les bruits mystérieux de la forêt
vierge : « D'abord des centaines de servantes
affairées balayent le sol, faisant voler bruyam-
ment les feuilles jaunies, mettant tout en ordre
pour l'arrivée d'un visiteur de haut rang. Puis
cela devient le murmure d'une hâte qu'on veut
garder silencieuse. Prêtez l'oreille à ce froisse-
ment imperceptible. Ce sont les aiguilles d'un
million de fées cousant le tapis neuf qui va couvrir la terre, le velours fraîchement tissé qui va
tendre la voûte des arbres. »

— Ce que je viens d'entendre ne sortira plus
de ma mémoire, promit Olivier. Quelquefois je
me répéterai ces paroles pendant une halte au
bord de la clairière égayée par le printemps. Et
s'il arrive, l'hiver venu, que la tempête de neige
soit plus forte que moi, si vous apprenez que
mes sauvages ont creusé au pied d'un sapin la
fosse de leur missionnaire, même si vous êtes
chaudement assise près du feu, entourée de
votre famille, ne direz-vous pas une prière pour
l'âme délivrée des maux de cette vie?

Antoinette avait les yeux humides et le cœur
tellement serré qu'elle ne put répondre aussitôt.

— Puisque vous me parlez comme à une amie

dit-elle enfin, soyez mon confident à votre tour.
Dieu m'appelle, moi aussi, hors du monde qui,
chaque jour, m'apparaît plus vide et moins fait
pour contenter mon cœur. Vous gagnerez des
âmes au prix de mille fatigues, au danger de
votre vie. Moi, du fond de ma cellule, j'espère
en sauver par la mortification et la prière. Ainsi
nous travaillerons ensemble, séparés par les
moyens, réunis par le but, comme deux ouvriers qui, sans se voir, moissonnent le même
champ.

— Mais, objecta le prudent Olivier, n'êtes-
vous pas bien jeune pour prendre une résolution aussi grave?

— Mon confesseur dit comme vous. Il me
défend de prononcer le mot vocation jusqu'à
ma vingtième année. Il exige que je partage
l'existence des jeunes filles de mon rang social.
Mais vous, seul soutien d'un père malade?...

— Je sais que mon devoir est près de lui
tant qu'il vivra. Sa présence me retient seule
dans le monde, et je donnerais ma vie pour prolonger la sienne. Mais quand Dieu m'aura
envoyé une dernière douleur, quand j'aurai
conduit un dernier cercueil à la Pointe-Bleue,

je n'attendrai pas une heure pour commencer le
saint apprentissage.

L'enthousiasme du sacrifice, peut-être aussi
un dernier regret du monde soulevait la poitrine de la future servante de Dieu.

— Je voudrais, dit-elle, obtenir de vous une
promesse. Ne m'accorderez-vous pas une joie
en souvenir de cette heure inoubliable ?

— Inoubliable, répéta Olivier. Que faut-il
promettre ?

— Où que vous soyez, même s'il faut par-
courir cent lieues, quittez tout pour assister à
ma prise d'habit. Mon père dispose des meilleurs moyens de vous prévenir. Soyez exact au
rendez-vous. Avant la cérémonie, au parloir,
vous me verrez dans ma robe de mariée et nous
nous dirons adieu. Puis, quand on m'aura
coupé les cheveux, quand je me coucherai sur
les dalles dans ma tunique de laine, quand le
drap funèbre s'étendra sur moi, quand l'orgue
accompagnera la prière des morts, quand les
cloches tinteront mon glas, vous penserez à ce
ruisseau qui nous voit ensemble, à ce chant de
cascatelle accompagné du bruit des clochettes
de cristal. Et vous serez heureux en songeant

que les épreuves et les chagrins du monde ne m'atteignent plus.

— Oui, soupira Olivier, je serai heureux. Comment ne le serais-je pas ?

Antoinette, malgré ce bonheur mystique, ne pouvait se tenir de sangloter ; car elle sentait le froid des ciseaux sur sa nuque et voyait, pêle-mêle sur le plancher, un amas de cheveux blonds, de satin crème, de fleurs et de mousse-line.

Olivier, encore qu'incapable de se peindre à lui-même ce tableau désastreux, avait besoin de tout son courage pour ne pas donner des signes de faiblesse indignes d'un homme. Quand les sanglots furent calmés, Antoinette acheva son oraison funèbre :

— Et alors, nous ne nous verrons plus sur cette terre ; mais nous serons réunis un jour aux pieds du trône céleste...

— Comme les membres d'une même famille...

— Comme un frère et une sœur...

— Nous sommes déjà un frère et une sœur, affirma le jeune homme.

Elle eut un beau sourire de foi et lui tendit la main :

— Mon frère Olivier !

— Ma sœur Antoinette !

Ils avaient oublié la présence de l'abbé Bellehumeur, qui, à leur insu, se hâtait de les cro-
quer sur sa toile, au dernier plan.

Ce geste fraternel lui fit pousser une exclamation : ils dérangeaient la pose. Croyant qu'on
les rappelait à l'ordre, ils revinrent près de lui.

— Nous n'avons pas pris de poisson, dit Antoinette : nous avons fait mieux.

— Et quoi donc ? demanda le peintre.

— Nous avons parlé de nos vocations qui
nous poussent dans la même voie : le salut des
âmes, par l'apostolat et la prière.

— C'est une faveur dont il faut humblement
vous rendre dignes, conseilla le ministre de
Dieu. En attendant nous pourrions colla-
tionner.

Obéissants, ils vaquèrent aux préparatifs.
Bientôt la bouilloire chanta sur le feu du campement. Puis le thé fuma dans les tasses du
lunch basket. Ainsi cette partie de pêche n'eut
d'autre résultat matériel qu'un tableau « jeté,
non léché », qu'Antoinette réclama en souvenir
de cette journée.

Le lendemain Olivier regagna Québec. Il avait, de bonne heure, assisté à la messe à côté d'Antoinette. Pendant que mademoiselle de la Colombière posait pour ses portraits, elle dit à l'abbé :

— Ces enfants priaient comme deux anges. Toute ma frayeur est que mon neveu mette des obstacles à la vocation de sa fille. A la première occasion, je lui parlerai.

XVII

La visite suivante de Lefebvre à sa maison
de campagne fut moins courte; on entrait en
vacances, parlementaires et administratives.
Cette fois il arrivait sans Olivier. Mademoiselle de la Colombière en profita pour « lui
parler » en présence de l'abbé Bellehumeur
que l'onction sacerdotale indiquait comme l'auteur compétent d'un tel entretien.

— Mon neveu, dit-elle, je crains que la Providence ne vous envoie bientôt une pénible
épreuve. Mais vous êtes bon chrétien, et vous
saurez vous soumettre.

Il répondit, un peu ému par l'exorde :

— Ce ne sera pas la première fois. Mais
qu'arrive-t-il?

— Tout nous fait croire que la vocation d'Antoinette se dessine.

Chose inattendue, le père sembla rassuré.

— Elle se dessine tant que ça? La petite en parle-t-elle?

— Pendant une heure, témoigna l'abbé, elle en a parlé, non pas à moi, mais en ma présence.

— A qui donc?

— A Olivier de Pragnières.

Damasse ferma les yeux et gonfla les joues, ce qui était son habitude quand son esprit travaillait.

— Comment fut-elle amenée à cette confidence? demanda-t-il.

— Ce brave jeune homme venait de lui apprendre qu'il compte aller aux Missions Indiennes. Ce sont deux belles âmes.

— Très belles, mais dans des corps très jeunes. Les Indiens seront obligés d'attendre et les Ursulines pas moins.

— Rien ne presse, convint mademoiselle de la Colombière, mais, dès maintenant, il faut nous faire à cette séparation.

— Quand il s'agit d'une fille, la séparation

est toujours à prévoir. Cependant je n'aurais jamais cru que l'air de la Pointe-au-Pic fût à ce point favorable aux vocations.

— Je vous assure, dit la tante, que c'est un beau spectacle de voir ces deux enfants prier côte à côte.

— Vraiment? dit le neveu. Eh bien, nous l'aurons assez souvent. Ce pauvre monsieur de Pragnières, qui ne veut pas quitter Québec, m'a promis de nous envoyer son fils plusieurs fois pendant les vacances.

De fait Olivier ne manqua pas de venir à la Tourelle chaque deux semaines. On s'y amusait fort. Les invitations entre voisins, les *gypsy-parties*, le *boating*, le *fishing* étaient en honneur parmi la jeunesse qui s'oubliait parfois, en présence de mademoiselle de la Colombière, à employer ces termes d'un exotisme prohibé.

Un jour elle tança vertement Daniel Simard, qui fut même flétri par elle de l'épithète injurieuse d'*anglificateur*.

— De mon temps, affirma-t-elle, un homme bien élevé et bien instruit ne parlait pas une langue étrangère devant des personnes qui ne la comprennent pas, et surtout qui ne veulent

pas la comprendre. Vous oubliez sans doute
que plusieurs membres de ma famille se firent
tuer à Saint-Charles en 1837, pour nous garder
notre langue, notre religion et nos lois.

Elle se marqua un point à elle-même en aspirant une prise. Rencontrant alors les yeux
d'Olivier devenus brillants :

— Oui, jeune homme, à cette époque j'étais
une petite fille. J'ai entendu la fusillade et la
canonnade. J'ai vu enterrer bien des morts
tombés sous les balles anglaises : car les Canadiens aussi ont eu leur Chouannerie et, sans
dire du mal de la vôtre, nous avons fait ce que
vous n'avez pu faire : nous avons gardé ce que
nous aimons.

Olivier s'inclina sans répondre, voyant bien
que mademoiselle de la Colombière n'avait pas
fini. En effet, elle se retourna, pour l'achever,
contre le malheureux Daniel Simard :

— D'après cela, mon cher monsieur, vous
comprendrez ce que j'éprouve quand j'entends
les anglificateurs débaptiser même les lieux
que j'habite, si bien que je ne m'y reconnais
plus. Ainsi la Malbaie devient *Murray bay*, afin
que l'on oublie qu'elle a été découverte et nom-

mée par un Français. De grâce, ménagez mes
oreilles et ma susceptibilité.

Olivier, au fond de lui-même, s'humilia d'é-
prouver un plaisir très peu charitable à voir le
beau Daniel ainsi rabroué. Et ce plaisir s'augmenta de celui que laissait deviner Antoinette,
produit par la même cause.

Pourtant ces deux « anges », comme les
appelait mademoiselle de la Colombière, dési-
raient avancer dans les voies de la perfection
et s'y aidaient l'un l'autre. Souvent, au milieu
d'une partie bruyante, leurs regards se touchaient
dans une rencontre fugitive, et cela voulait
dire : « Le monde n'est que vanité. » Parfois
même, au moment du départ, ils murmuraient
sans qu'on pût les entendre :

— Au revoir, ma sœur Antoinette.

— A bientôt, mon frère Olivier.

Ainsi l'été s'acheva, sans qu'on puisse relater
aucun fait notable, sauf les fréquentes appari-
tions de Daniel Simard à la Tourelle. On en
parla bientôt. Un voisin, n'osant pas questionner Damasse Lefebvre qui remettait les gens à
leur place, fit causer mademoiselle de la Colombière. Celle-ci éclata de rire à l'idée que le

jeune politicien pouvait en vouloir à la main de
sa nièce :

— D'abord elle est trop jeune ; ensuite son
père ne la donnerait jamais à un homme qui
fait des mamours à la coterie anglaise pour en
obtenir son élection.

— Qui sait ? répondit le voisin. Ce que vous
appelez la coterie anglaise est, en somme, le
Gouvernement du Dominion. Simard, soutenu
de ce côté, peut aller loin, car il est intelligent.
Et votre neveu ? Croyez-vous qu'il serait bien
fâché d'être ministre ? Sa fille est jeune ; mais
enfin, à dix-sept ans, avec son éducation, son
esprit, sa fortune, on commence à être un parti
en vue.

Mademoiselle de la Colombière jugea qu'il
valait mieux en finir une fois pour toutes, avec
la curiosité publique déjà en éveil. Elle répondit :

— Je ne sais pas si ma nièce est un parti en
vue ; mais je sais que les ambitieux et les cou-
reurs de dot perdent leur temps près d'elle. Sa
vocation religieuse paraît décidée.

Alors on plaignit tout bas Lefebvre d'avoir
« si peu de chance avec ses filles ». Lui, con-

servait toute sa tranquillité, comme s'il n'eût jamais entendu parler des projets d'Antoinette. Celle-ci, à bien voir les choses, gardait envers Simard une attitude moins qu'encourageante. Son favori et celui de son père était Olivier. Mais, outre que ce jeune homme dépassait à peine vingt ans, il était étranger au pays, n'avait pas de fortune, et l'idée de faire la cour à Antoinette n'était jamais entrée dans son esprit.

Lorsque tout le monde fut rentré à Québec, ils se virent plus souvent. Rien, dans leurs façons, ne les distinguait des jeunes gens de leur âge. Tous deux avaient reçu le même avis des prêtres qui dirigeaient leur conscience : « Allez beaucoup dans le monde, et édifiez-le par vos bons exemples. Puis, le carême venu, vous vous interrogerez sérieusement? »

Ils obéirent, fréquentèrent les réunions, et l'on aurait pu croire, si la supposition eût été acceptable, qu'on leur faisait un devoir de conscience de s'y rencontrer autant que possible. Même, le cardinal n'étant plus là pour défendre la valse, Olivier valsait avec Antoinette. Quand il avait respiré le parfum indéfinissable de cette jolie blonde aux yeux noirs que tous admiraient,

son sommeil était moins calme qu'autrefois,
sur les bords du lac Mistassini.

Au lendemain de ces rencontres, qui lui donnaient l'impression du rapide franchi en canot
dans la lutte triomphante avec le tourbillon
dangereux, il aimait à causer une heure avec
son ami Narcisse Léveillé. Celui-ci, toujours
installé chez ses parents, à l'Hôtel du Sauvage,
travaillait dans une banque et se donnait corps
et âme à la besogne, pressé d'avoir un poste qui
lui permît de se marier. Car il était amoureux,
et c'était plaisir de l'entendre parler de son
amour. Ainsi du moins pensait Olivier, qui in-
terrogeait longuement son ancien camarade sur
les symptômes et l'évolution de la maladie.

Léveillé, comme bien on pense, ne demandait qu'à mettre à jour son cœur « où ardait
la douce peine ». C'étaient des conversations
longues et tranquilles dans une petite chambre
où, de la rue matelassée de neige, aucun bruit
ne montait. Cependant, rentré chez lui après
avoir gravi les rampes presque désertes, Olivier
ne dormait pas mieux qu'il n'avait dormi la
veille, en quittant le bal où la taille souple
d'Antoinette s'était abandonnée à son bras. Et

lorsque, dans la journée, il la retrouvait avec
un battement de cœur si grand qu'on aurait pu
croire qu'elle avait été perdue, la comparaison
de ses propres « symptômes » avec ceux de Narcisse le rendait fort troublé.

Antoinette, au contraire, était toujours la
même, aussi sereine, aussi confiante, seulement
plus raffinée dans sa toilette. Le temps manquait
pour causer vocation. Toutefois elle n'avait pas
perdu la pieuse habitude, et, quand nul ne pouvait les entendre, elle disait encore : « A bientôt, mon frère. »

Un dimanche, il était resté après tout le
monde chez le Surintendant où le thé avait
réuni le cercle habituel.

— Je sors avec vous ; laissez-moi le temps de
prendre ma pelisse et mes galoches, demanda
Lefebvre.

Olivier quittait le salon pour aller s'équiper
dans le vestibule. Antoinette lui donna congé
de sa voix très douce :

— Quand vous reverrai-je, mon frère Olivier ?

Il la regarda, luttant contre une hésitation,
ainsi que fait un pauvre avant de restituer hon-

nêtement la pièce d'or donnée par mégarde.
Mais il n'était pas de ceux qui jouent avec leur
propre conscience ou avec celles des autres.

— Il ne faut plus m'appeler votre frère, dit-il
enfin d'un ton presque rude. Nos chemins se séparent. Plaignez-moi, car je souffre cruellement.

— Grand Dieu ! s'écria-t-elle. Vous avez
perdu la foi ?

— Non, mais j'ai perdu l'orgueil. Je croyais
être un homme supérieur aux autres, déjà sorti
de ce monde par l'espoir d'une vie future, tellement brûlé de l'amour divin que tout autre
amour n'était qu'une ombre sans chaleur. Illusion enfantine ! Je suis un homme quelconque :
ce qui fait pleurer mon voisin me torture ; ce
qui le réjouit me transporte ; ce qui l'empêche
de dormir me tient éveillé. Donc je ne suis plus
un frère pour vous qui, par le désir, êtes déjà
une novice. Rien ne peut vous dire la peine que
j'éprouve. Ne l'augmentez pas en m'ôtant votre
amitié puisque je me montre loyal et respectueux.
Permettez que je continue à vous voir... tant
qu'on pourra vous voir.

Elle baissa les yeux et, sur son visage, Olivier crut voir passer une ombre rapide comme

celle du vol d'un oiseau. Elle mourait d'envie
de poser une question. Mais dans certains cas,
un homme seul peut demander qu'on s'explique.

— J'ai confiance en vous, dit-elle d'une voix
tremblante. Si vous n'êtes plus mon frère, vous
êtes toujours mon ami.

— Eh bien, jeune homme? fit Damasse en
allongeant sa tête par la porte entre-bâillée...

Le lendemain on distribua le courrier de
France, qui apportait à Pragnères un pli de
tournure officielle. De l'enveloppe, il tira un
bulletin constatant que son fils, représenté par
le maire de Courmenault, avait obtenu le nu-
méro 37 lors des opérations du recrutement de
sa classe. Olivier, tout d'abord, ne fit pas grande
attention à cet imprimé venu de quinze cents
lieues. Son père, ému davantage, resta une
minute sans parler.

— Pardieu oui! s'écria-t-il enfin avec tant
d'animation qu'Olivier ne le reconnaissait plus.
J'ai un fils soldat! Parole d'honneur, je l'avais
oublié, tant il me semble que j'ai quitté la France
depuis un siècle. Est-il possible que tu n'aies
que vingt ans !

— Mademoiselle de la Colombière ne pense pas comme vous, plaisanta Olivier. Aux vacances passées, elle voulait me faire servir la messe.

— Il s'agit maintenant de servir une messe plus longue, dans une chapelle plus éloignée.

— J'ai peur qu'on ne la dise sans moi, fit Olivier qui ne prenait pas encore la chose sérieusement.

— Qu'entends-tu par là? demanda Pragnères, les sourcils froncés.

— Rien, sauf que je suis absent de France... et pas pour mon plaisir.

— Ce n'est pas pour ton plaisir que tu y retourneras.

— En France?

— Voyons, mon ami! Est-ce que tu crois que je vais permettre que ton nom figure l'an prochain au rôle des conscrits, avec la mention : *déserteur ?*

Olivier tombait de surprise en voyant son père prendre ce ton d'autorité. Était-ce le même homme qui, une heure plus tôt, indifférent, se laissait guider en toutes choses. Voyant le désarroi où tombait son fils, l'ancien zouave de

Charette l'excusa indulgemment à ses propres yeux.

— Pauvre garçon ! Toi aussi, tu oubliais. Quoi d'étonnant? Tu étais si jeune quand tous nos liens avec la patrie ont été rompus ! Mais tu les renoueras très vite.

— Ah! rien au monde ne me ferait vous laisser seul !...

— Oui, ce sera une difficulté. Mais on en voit qui s'aplanissent d'elles-mêmes. S'il le fallait, d'ailleurs, je me ferais porter sur le bateau pour partir avec toi.

Olivier crut à un accès d'agitation fébrile, symptôme nouveau chez le malade anéanti de plus en plus par le mutisme et l'inertie.

Toutefois, le mot *déserteur* lui laissait dans les oreilles un écho désagréable. Comment n'avait-on pas pensé plus tôt qu'il serait appelé un jour? Voulant calmer son père, il demanda :

— Quand faut-il répondre à l'appel?

— En novembre.

— Oh! bien, nous avons le temps d'y songer.

— Sois tranquille, tu y songeras : c'est mon affaire. Je n'en aurai pas beaucoup d'autres pour m'occuper, désormais.

La promesse n'était pas vaine, en dépit des
apparences. On fut un mois sans aborder le
sujet, remplacé par d'autres soucis dans le cœur
d'Olivier. Selon la parole dite un jour, Antoinette ne le traitait plus en frère, mais toujours
en ami. Cependant il n'était pas plus son ami
que son frère : l'amitié n'eut jamais pour symptômes l'insomnie et la tristesse. Il était malheureux et il ne dormait plus. A cette heure, Narcisse n'avait pas besoin de lui en expliquer la
cause.

Le mercredi des Cendres, son père tira de sa
poche une lettre qu'il gardait depuis peu de
jours.

— Tu me rendras, dit-il, cette justice que j'ai
respecté ton carnaval, d'autant plus que ce sera
sans doute le dernier d'ici à quelque temps.
Soit dit sans te faire un reproche, tu sembles te
réconcilier avec le monde. Cela tombe à point.

Olivier rougit, ne voulant pas dévoiler certains mystères. Mais, avant qu'il eût le temps
d'être embarrassé, son père continua :

— J'ai écrit en France pour me renseigner sur
ta position. Tu es traité par la loi mieux que je
ne croyais. Si tu manques à l'appel, étant hors

de l'Europe tu ne subis aucune condamnation
directe : on te ferme simplement la porte au nez,
comme à un monsieur douteux qui n'a pas agi
en galant homme. Mais ne commets pas l'im-
prudence de revoir ton pays avant ta trentième
année, car alors les gendarmes mettront la main
à ton collet. Qu'en penses-tu?

— Je pense qu'il en faudrait un certain
nombre, dit Olivier en étirant ses muscles.

— Ah! fils de Chouan!

Pragnères admira pendant quelques secondes
la haute taille et la vigueur superbe d'Olivier.
Puis il parla de nouveau :

— Moi, mon ami, je sais très bien que je ne
reverrai pas la France pour une foule de raisons : mais du moins pas pour celle-là. Être un
banni, un homme dont le signalement est à la
police !... Morbleu! je partirais plutôt ce soir
pour l'Europe !... Mais on m'attend à la Pointe-
Bleue.

— Et vous voulez que je vous laisse!

— Tout s'arrangera. L'appel se fait en novembre; à cause de l'éloignement, tu obtiens
six mois de grâce avant d'être déclaré insoumis.
Je serais bien étonné — et le médecin encore

plus — si, en mai prochain, tu n'étais pas...
tout à fait libre de partir.

— Qu'irais-je faire en France ? Mon avenir est
ici.

Pragnères mit la tête dans ses mains, comme
pour examiner sa conscience.

—Ah ! s'écria-t-il enfin, j'ai eu tort d'émigrer !
C'est moi qui fus un déserteur en face de cet
ennemi qui se nomme la ruine ! Et voici le résultat, que je n'ai pas eu l'intelligence de prévoir : la France, pour toi qui l'as quittée trop
jeune, est un pays comme un autre. « Qu'irais-
je faire en France ? » Mon Dieu ! C'est mon fils
qui dit cela !

Inquiet de l'exaltation où il voyait son père,
Olivier chercha une excuse :

— Vous ne m'aviez jamais parlé ainsi.

— Non. Au début, je ne pensais qu'à vous
dissimuler mon chagrin, Puis il a fallu vivre.
Tu sais quelles luttes nous avons soutenues
puisque tu as lutté avec nous, en brave. Et
le dernier coup de massue !... Je ne m'en suis
pas relevé : tout m'était égal. C'est toi qui m'as
amené ici. T'ai-je fait une question ? N'est-ce
pas toi, en quelque sorte, qui coupes mes mor-

ceaux et me les mets dans la bouche? Mais
tout à coup je me suis réveillé en lisant une
lettre...

— Ah! quel dommage que vous l'ayez reçue!

— Tais-toi... Elle m'a rajeuni de trente ans:
j'ai un fils soldat. En route, conscrit!

Jamais Olivier n'avait vu son père dans cet
état d'exaltation. Il était effrayé par cette voix
devenue forte et vibrante. Pragnères s'en aperçut :

— Non; je ne délire pas encore. Mais si tu
savais quel soldat j'ai été! Il faut bien que je le
dise moi-même, n'ayant personne pour me rendre
témoignage. En France, tu t'informeras : « Vous
avez connu Pragnères le compagnon de Charette? Comment s'est-il battu à Patay?... » Ah!
mon cher, si tu nous avais vus! Si tu avais entendu le général: « Hardi! les zouaves, pour
Dieu et pour la France!... » Et le drapeau, qui
tombait toujours, et se relevait tout de suite!...
On a fait son devoir. Et quand viendra le second Patay, bien plus à l'Est, qui sera la revanche du premier, il ne faut pas que le général
demande : « Est-ce qu'Henri de Pragnères n'a-
vait pas un fils? » Me vois-tu, moi, au Paradis

où j'espère bien être alors, obligé de répondre :
« Pardon, mon général : ses affaires le retien-
nent au Canada ! »

— Si l'on se battait, dit Olivier en souriant,
mes affaires m'appelleraient en France. Repo-
sez-vous, mon père, et calmez-vous. On n'apprend pas tout le catéchisme à un sauvage le
même jour. Moi, sous certains rapports, je suis
un peu Indien : vous l'avez dit quelquefois.
Mais je ne demande qu'à m'instruire. Ce matin,
en m'imposant les cendres, on m'a fait souvenir
que je suis poussière : ce soir vous me faites
souvenir que je suis Français : là journée n'est
pas perdue.

Ce fut, dès lors, le dernier et le grand intérêt
de la vie de cet homme dont les moments étaient
comptés. Souvent il retombait dans son indifférence quasi léthargique ; puis, tout à coup, il se
réveillait pour la besogne entreprise :

— Viens prendre ta leçon, disait-il gaiement.

Il était facile de voir que la leçon avait été
bien préparée pendant les longs silences de ces
après-midi où il semblait dormir. Ce Vendéen,
qui n'avait jamais été orateur, atteignait parfois
à la véritable éloquence. Tantôt, s'inspirant des

actes d'héroïsme dont fourmille l'Histoire canadienne, il remontait à la source d'un courage
qui ne fut jamais dépassé.

— Admire, disait-il, ce que notre sang fait encore après deux siècles ! Ces gens sont fiers
d'eux-mêmes — pas assez suivant moi. Et,
comme ils ont l'esprit très juste, ils cherchent
la cause de leur valeur là où elle existe. C'est
pourquoi ils aiment la France, et ont voulu en
conserver ce qui est compatible avec leur atta-
chement au nouveau suzerain. Tu vois ce qu'elle
est encore pour eux. Pour toi qui en es le fils,
et qui ne l'as pas quittée sous Louis Quatorze,
sera-t-elle moins ?

D'autres jours, c'étaient les objections d'Olivier qu'il combattait :

— Certainement tu rejoindrais ton poste en
cas de guerre. Mais vas-tu prétendre que le soldat n'est utile à côté du drapeau qu'à l'heure où
il faut quitter la caserne ? Alors, tu te rallies à
l'opinion de ceux qui veulent perdre l'armée.
D'ailleurs une famille comme la nôtre doit
payer l'impôt du sang. Vois quel exemple tu
donnes, par ton retour, à ceux qui geignent
parce qu'il faut sortir des jupons maternels. Ah !

si tu avais un frère aîné, ce ne serait pas la même chose. Mais tu es mon seul fils, et le seul Pragnères !

La question de l'intérêt personnel ne fut pas oubliée.

— Tu dis que ton avenir est ici ? Où le vois-tu, cet avenir ? A quoi sommes-nous parvenus ? Où serions-nous si un homme de cœur n'avait lu par hasard un nom sur une tombe ? Que pourront-ils faire de toi : un prêtre ?

— Non, mon père, annonça Olivier. Avec un peu plus d'âge, il m'a été donné plus de lumière. Je ne suis pas fait pour le sacerdoce.

— Ceci est une grande nouvelle, mon ami ! J'allais te dire : « Sois soldat pour commencer. Tous ceux que j'ai vus déposer leur épée sur l'autel sont d'admirables ministres de Dieu. » Mais alors, ayant ceint l'épée, vis par elle et meurs en la serrant dans ta main. Peut-être qu'un jour elle te rendra ce rang dans le monde que je n'ai pu te conserver. Capitaine, on est quelque chose ; colonel beaucoup ; général !...

— ... On est vieux alors, dit ce réfractaire à l'ambition. Et c'est un bonheur. Il me tarde de n'être plus jeune !

Depuis quelques jours, un motif se joignait à d'autres pour lui conseiller de partir : la pensée d'Antoinette séparée de lui pour jamais.

Au surplus, cette semence d'héroïsme jetée par son père germait en lui. Olivier, depuis qu'il était au monde, s'était passionné pour le but immédiat. D'abord, ç'avait été son premier lièvre dans les sillons de Courmenault ; puis son premier orignal dans les forêts canadiennes ; puis la vie aventureuse du trappeur indien ; puis le dévouement du missionnaire ; puis... Antoinette — but qu'il ne pouvait atteindre. A cette heure, les leçons qu'il recevait dans la petite maison de bois de la rue Saint-Louis échauffaient son imagination. Souvent il voyait son père dans la mêlée, « le drapeau qui tombait toujours et se relevait tout de suite ». Déjà il entendait sonner la charge du « second Patay, bien plus à l'Est que le premier ».

D'un œil attentif et heureux, l'ancien zouave de Charette suivait l'évolution qu'il espérait voir achevée avant de mourir. Damasse Lefebvre étant venu le voir un jour et l'ayant trouvé seul, Pragnères lui fit part de sa joie :

— Le temps marche ; me voilà père d'un cons-

crit ; mais vous l'avez gâté si bien qu'il se faisait un peu tirer l'oreille pour aller rejoindre.
Cependant, je l'ai décidé. Il ne vous en a rien
dit ?

— Non, fit le Surintendant qui ne parut point
partager cette satisfaction. Depuis le carême
nous le voyons beaucoup moins... Êtes-vous
sûr qu'il consentirait à vous laisser seul ?

Voyant que sa phrase risquait d'être mal com-
prise, il ajouta :

— Nous vous soignerions avec le dévouement
le plus chaleureux, cela va sans dire. Toutefois,
rien ne remplace un fils.

— Je sais, répondit Pragnères, ce qu'on peut
attendre de la générosité canadienne. Mais nous
avons encore une grande année devant nous.
D'ici là j'aurai cessé d'avoir besoin des autres.

Ce qu'on répond en pareil cas fut répondu
par le visiteur qui changea le cours des idées
par cette question :

— Ne supposiez-vous pas que votre fils tournait à la vocation sacerdotale ?

— En effet, je vous l'avais confié. Sur ce point,
la lumière est faite. Olivier ne sera pas prêtre :
je le tiens de sa bouche.

Damasse Lefebvre ne manifesta aucune surprise ; il dit seulement :

— A cet âge, les manières de voir se modi-
fient. C'est pourquoi le départ d'Olivier pour
la France...

Il fut arrêté par une interruption dont la vio-
lence le fit tressaillir :

— Ne dites pas que mon fils pourrait oublier
son devoir ! J'ai connu assez de chagrins dans
ma vie pour que Dieu ne m'envoie pas celui-
ci comme couronnement.

« Cette agitation est un bien mauvais symptôme », songeait Lefebvre en remontant vers la
Grande Allée où se trouvait sa maison.

Rentré chez lui un peu avant l'heure du dîner,
il appela sa fille :

— Je quitte le baron de Pagnères dont l'état
m'afflige beaucoup, d'autant plus qu'il va se
trouver seul... Non : pas pour la raison que tu
crois. Il ne s'agit plus pour son fils d'entrer au
séminaire. Le savais-tu ?

— Oui, convint Antoinette qui ne mentait
jamais.

— Sais-tu aussi qu'il retourne en France ?

— En France !

— Il veut accomplir son service militaire. C'est dommage. Mon amitié pour lui s'augmentait chaque jour. Enfin, nous devons l'approuver, puisqu'il estime que le devoir l'oblige.

— Mais son premier devoir est envers son père! objecta Antoinette qui semblait fort émue.

— Est-ce toi qui parles, toi qui veux me quitter pour une autre caserne?

Il sortit à ces mots. Quand il revit sa fille, à table en face de lui, elle avait les yeux très rouges.

« Bon! pensa Lefebvre en caressant son favori gauche. Voilà encore une vocation qui ne me paraît pas du meilleur teint. »

XVIII

Quand vint la Semaine Sainte, Pragnères, dont l'état semblait meilleur, voulut aller à la cathédrale quoi qu'on fît pour l'en empêcher. En sortant, bien que le soleil fût déjà beau — on commençait la deuxième quinzaine d'avril — son fils fut étonné de voir qu'il se dirigeait vers la Terrasse Dufferin.

— Ce n'est pas loin, répondit-il aux remontrances de son compagnon; aucune brise fâcheuse; température de printemps. Je me sens très heureux après ce que je viens de faire : prenons un congé de vingt minutes. Le Saint-Laurent existe-t-il encore? Allons lui dire bonjour.

Il marchait d'un pas ferme, et bientôt ils eurent devant eux le vaste horizon des plaines déjà vertes. Sur le fleuve, où, depuis plusieurs jours, le brise-glace avait achevé son œuvre, on n'entendait plus les chocs de la débâcle. Partout les toits des maisons montraient leurs ardoises; mais, dans les rues, la neige était encore en monceaux. L'hiver battait en retraite, retraite forcément longue pour une si grosse armée; cependant la victoire du printemps était visible.

Pragnères s'approcha d'un banc qu'il caressa de la main, en lui parlant ainsi qu'à une chose animée :

— Toi, tu es encore là : je te reconnais !

Puis, s'adressant à Olivier après un court silence :

— Te souviens-tu? Un soir, au coucher du soleil, *elle* était à cette place, entre nous deux. Elle a pris nos mains, et j'entends encore ses paroles : « Mes chéris, je ne serai jamais plus heureuse que je ne le suis en ce moment... »

— Je me souviens, dit Olivier en serrant le bras de son père qui s'appuyait sur lui.

Alors, ne pouvant plus parler, tous deux

s'approchèrent de la balustrade, et leurs yeux cherchèrent, dans la direction du Nord-Ouest, l'endroit où *elle* dormait avec la petite Céleste dans ses bras.

Montrant, comme si on avait pu l'apercevoir, le lieu sacré auquel il pensait de plus en plus, le père se retourna vers son fils. Achevant son geste, du même doigt il se toucha lui-même.

— Tu promets, n'est-ce pas? J'irai la rejoindre? dit-il simplement.

Olivier promit par un signe de tête, n'osant disjoindre ses lèvres serrées.

Dans un silence recueilli, tous deux regagnèrent la maison. Une seule fois, Pragnères ouvrit la bouche en passant au pied d'un édifice où les armes de la ville montraient les fleurs de lis.

— Salut, vieux souvenir de France! dit-il en ôtant son chapeau.

Cette vue semblait l'avoir inspiré. A peine assis dans son fauteuil, il remit l'entretien sur la patrie.

— Tout à l'heure, avoua-t-il, j'aurais dû me confesser de l'avoir un peu trop oubliée. C'est

étrange! On dirait que sa voix m'appelle!...
Non : ce n'est pas moi qu'elle réclame; c'est
mon fils !

Pendant une minute, son rêve l'emporta bien
loin. Ses yeux brillants, ses lèvres agitées faisaient voir son émotion.

— Tu la reverras, dit-il enfin. Que tu es
heureux! Quel beau pays ! Quel grand peuple !
Quelle noble armée ! Comme elle nous vengera
un jour, nous les vaincus d'il y a trente ans !
Ah! tu verras de fières batailles. Toi aussi,
peut-être, tu auras ta fosse creusée hors des
frontières. Mais, en ce qui te concerne, ce sera
pour un motif glorieux.

Il sourit presque gaiement et retomba dans
sa rêverie. Tout à coup, Olivier sentit sa main
serrée avec force.

— Écoute, mon ami. Ce matin j'ai eu de
grandes joies chrétiennes. Veux-tu me donner
la seule chose qui me manque pour partir heureux? Dis que tu feras ton service militaire.

— Il y a des promesses qu'on ne peut exiger
d'un être humain, répondit le jeune homme.
Qui donc me pardonnerait de vous avoir abandonné sur l'autre rive de l'Océan?

— Ne t'inquiète pas, dit Pragnières. Il se passera des événements d'ici à l'année prochaine.

— De grâce, mon père, triomphez de cette idée fixe. Dans un an vous serez là. Voyez comme vous avez été plus fort ce matin.

— Bon, dit Pragnères en haussant les épaules. Je vais beaucoup mieux : c'est convenu. Au fond, j'admets qu'il serait dur pour toi de me laisser mourir seul. Mais enfin, si par hasard, par le plus grand des hasards, je n'étais pas là dans un an?... Partirais-tu?. Cela, tu peux le promettre.

— Bien, mon père, *si vous n'êtes pas là*, je partirai.

— Ce n'est pas la promesse qu'on donne pour se débarrasser d'un fou?

— Non; sur la mémoire de ma mère, je m'engage. D'ailleurs, si je ne vous avais plus, c'est moi qui voudrais partir.

— Ah! je t'ai converti! Je remercie Dieu. Maintenant, laisse-moi seul.

Dans la soirée, bien qu'il eût été aussi sobre que d'habitude, Pragnères eut les symptômes d'une indigestion. Le médecin appelé fit des

questions sur l'emploi de la journée. Il prescrivit
des remèdes, puis il prit Olivier à part :

— L'église, c'était déjà trop. Mais lui permettre d'aller sur la Terrasse !...

— Je le trouvais tellement mieux.

— Oui, le « mieux » des maladies de cœur.
Avec sa faiblesse cardiaque, je ne peux pas mettre
une sangsue. Or il en faudrait vingt pour dégager les poumons.

— Les poumons?

— Congestionnés gravement... La Terrasse,
au milieu du dégel, pour un homme qui n'a pas
quitté sa chambre depuis six mois !... Je reviendrai demain matin.

Et le docteur sortit furieux.

La nuit avait paru bonne à Olivier; mais le
médecin en jugea autrement :

— Voici la fièvre, d'ailleurs inévitable. Si
c'était vous, jeune homme, on pourrait se défendre. Mais lui !... Ça peut aller vite. Le premier
étouffement risque de causer l'arrêt du cœur.

Dans la soirée le malade eut de l'exaltation
plutôt que du délire. C'était comme une revue
rétrospective de son existence, qui acheva de le
faire connaître à son fils sous un jour nouveau.

— On me prend pour un sot, disait-il, parce
que je fais des dettes! Je voudrais bien *les* y
voir! Je ne fume plus par économie. Devrais-je
ne plus manger?... Oui, vendre Courmenault : c'est cela qu'ils veulent. J'attends trop?
Hum! Quand il faut se faire couper la jambe
nul n'est pressé !... Si ce n'était qu'une
jambe!... Mais il s'agit de m'arracher le cœur!...
Enfin ils sont contents : je ne suis plus sur leur
dos. Je n'ai plus de dettes; n'est-ce pas, Olivier,
nous n'avons plus de dettes?

— Non, mon père, pas un sou,

— Pas un sou : l'honneur est sauf! Vous en-
tendez, général? Pragnères ne fait pas honte au
bataillon. Pour Dieu et pour la France! Attention! voilà Bérisal qui tombe. Relevez le drapeau. Tu n'es pas tué, Bérisal! Quelle chance!
Mais nous y passerons tous. Et alors, qui portera
l'étendard?... Mon fils! Le voilà qui vient. Ah!
ah! Lui non plus n'a pas peur. Vous pensiez
peut-être qu'il allait rester à l'abri, caché au
fond des bois? Non, grand-père; il a promis. Les
Chouans sortent des bois quand il faut : égaillez-
vous, les gas!...

Aux premières blancheurs de l'aube, il parut

sortir d'un long assoupissement. Son front était baigné de sueur et ses mains brûlantes. Cependant il se plaignit du froid.

— Olivier, demanda-t-il, crois-tu que le poêle n'est pas éteint? La charpente craque sous la neige. Elles vont avoir froid... et si la petite mourait!... De ma mort, Robertine se consolerait plus vite car, maintenant, c'est son enfant qu'elle aime le mieux... Pourvu qu'Olivier ne s'en aperçoive pas! N'importe : aucune femme n'a été aimée comme Robertine. Mais son âme avait des secrets pour moi : une âme de créole! Non, pas créole : Canadienne. Cet homme a lu son nom sur... Ah! la Pointe-Bleue!... Olivier, n'oublie pas!... Mais c'est la petite qu'elle embrasse encore...

De nouveau le malade sembla dormir; puis, tout à coup, il ouvrit ses yeux où la raison pouvait se lire. Dès que le jour avait paru, Olivier comprenant que l'heure était proche, avait envoyé un message à ses deux meilleurs amis : Narcisse Léveillé et le prêtre qui, vingt-quatre heures plus tôt, avait reçu à la cathédrale cette visite, cause probable de la fin plus prompte.

— Maintenant, dit Pragnères à son fils, tu vas pouvoir partir. Tu l'as juré. Tu as dit : « sur la mémoire de ma mère. »

— Et sur la vôtre, qui sera éternelle, ajouta Olivier en contenant ses larmes.

— Bien. Alors je suis content de m'en aller. Pour Dieu et la France !...

Le prêtre, sur un signe du Vendéen, avait commencé « le doux chant de la mort » auquel répondait l'agonisant. Un moment vint où il oublia de répondre...

— Comme un soldat et comme un saint ! dit le confesseur. Puissions-nous finir de même !

Olivier resta seul avec le dévoué Narcisse qui, en l'occasion fut son unique soutien. Il avait défendu que l'on prévînt personne. Son ami l'en ayant blâmé :

— Non, il quittera Québec de même qu'il est arrivé, inconnu et pauvre, aidé seulement par les pauvres. C'est vous et votre famille qui l'avez accueilli ; c'est vous qui l'escorterez à son départ. Je ne demande rien de plus.

Cependant, le lundi de Pâques au matin, parmi la foule joyeuse qui encombrait la petite gare, Damasse Lefebvre, salué par tout le monde,

s'approcha d'Olivier avec un amical reproche
aux lèvres :

— Comme c'est mal de m'avoir laissé dans
l'ignorance !

— Tout a été si prompt! balbutia le jeune
homme.

— Venez, commanda le Surintendant. J'ai
tout appris il y a une heure, et j'ai fait de mon
mieux pour vous adoucir cet affreux voyage

Le train pour Roberval emportant le funèbre
dépôt allait partir, bondé d'excursionnistes.
Mais un compartiment était réservé pour Lefebvre et ses deux compagnons. Quand ils s'y
furent assis :

— Antoinette voulait venir, annonça l'excellent Canadien; mais je l'en ai empêchée. Elle
vous fait dire qu'elle prie et pleure avec vous.

— Que puis-je répondre? fit Olivier dont le
chagrin morne et contenu faisait mal à voir.
Qu'ai-je fait pour mériter sa sympathie et la
vôtre ?

— Vous avez été un bon fils et un homme de
cœur. Cela mérite bien des choses : prenez courage !

Pendant le long trajet, Damasse Lefebvre

tâcha de distraire son jeune ami, lui parlant de
son enfance, de sa famille, du passé disparu. Il
sut même le forcer à prendre quelque nourriture, puis à dormir un peu, quand le but du
voyage fut atteint. Et, le matin suivant, sous
les arbres du cimetière de la Pointe-Bleue, il
soutint les pas du fils qui, désormais n'avait plus
rien à donner à la mort, sauf lui-même. Narcisse Léveillé et sa mère, Bernetz et sa femme,
venaient derrière. Après la cérémonie, Olivier
s'entretint avec eux à voix basse. Alors, il
s'approcha du Surintendant.

— Permettez, demanda-t-il, que je vous laisse
retourner seuls à Québec, vous et mes amis
Léveillé. Monsieur et madame Bernetz veulent
bien me garder quelques jours. Au fond, ils le
savent bien, ce n'est pas pour eux que je reste.
Mais je serai... longtemps sans revoir la Pointe-
Bleue...

Avec un sourire mêlé de larmes, il ajouta :

— Ce seront mes dernières vacances de
Pâques entre mon père et ma mère. Je désire
en profiter.

— Bien, dit son protecteur ému sincèrement.
Je vous laisse ; mais promettez-moi que je vous

reverrai le jour même de votre retour à
Québec.

Cette semaine de « vacances » ressembla
beaucoup plus à une semaine de retraite. Sur le
banc de sapin, au pied de la croix rustique,
Olivier passa des heures recueillies, demandant
qu'un peu de lumière vînt éclairer son chaos.
A l'âge où l'existence d'un homme est tracée, il
n'avait devant lui que des portes closes. La
maison de ses pères appartenait à des inconnus ;
dans son pays où il ne possédait rien, il
allait trouver soit d'autres tombes, soit l'oubli
des vivants ; sa vocation sacerdotale n'avait été
qu'un mirage, dissipé aux rayons de l'amour
terrestre ; et, deux fois pour une, cet amour
avait été une chimère. Non seulement la fille
d'un riche Canadien échappait au rêve du pauvre
diable qui n'avait pas même su bâtir une ferme
modeste ; mais, impossibilité plus grande et
suprême consolation ! elle échappait à tous les
hommes puisqu'elle se destinait au cloître.

« Je n'ai pas grand mérite, songeait-il, à exécuter la promesse faite à mon père. Du moins,
là-bas, je trouverai un toit, un fusil, un uniforme... et un drapeau. »

Alors il croyait entendre les paroles enthou-
siastes de celui qui venait de le quitter pour toujours. Il se voyait acclamé par ses camarades
l'accueillant avec joie, le louant d'être venu de
l'autre bout du monde pour se battre à côté
d'eux. « Un second Patay, bien plus à l'Est que le
premier !... » On devait s'impatienter en France !

« Comme je me battrai, le moment venu ! se
dit-il. Si bien qu'on ne pourra me refuser le
galon d'or. L'armée sera ma famille, à moi qui
n'en aurai pas d'autre ».

Lorsqu'il entra quelques jours plus tard, dans
le cabinet du Surintendant, celui-ci fut étonné
de le voir non pas consolé, mais singulièrement
raffermi. Questionné sur ses plans d'avenir, il
ne montra nulle hésitation :

— Je mets tout en ordre ici, et je pars pour
la France. On ne m'y attend pas si tôt ; mais,
par le devancement d'appel, j'acquiers le droit
de choisir ma garnison. Pas besoin de vous dire
qu'elle ne sera pas loin des Vosges.

Damasse, resté froid, conseilla un départ
moins précipité.

— Que gagnerais-je à ce retard ? demanda le
jeune homme. Au point où j'en suis, mes études

20

ne m'intéressent plus guère et, à cause de mon deuil, le chapitre des plaisirs est fermé. D'ailleurs — il eut ce sourire attristé qui avait chez lui un grand charme — on est nourri et logé pour rien au régiment. La dernière semaine m'a coûté gros, et celle qui va suivre sera désastreuse. Pour un temps, l'économie devient nécessaire.

— Voyons, vous n'allez pas faire à vos amis l'injure d'être gêné quand ils sont à vos ordres ?

— Merci ! Je sais à quoi m'en tenir sur leur bonté. Soyez sans inquiétude.

Tout au contraire on aurait pu croire que le Surintendant n'avait pas l'esprit en repos. Pour mieux dire, il semblait agacé de la résolution du jeune Pragnères.

— On a toujours le temps de faire une bêtise, posa-t-il en axiome. Selon moi, vous allez en faire une, dont votre vie entière se ressentira. Mettons les points sur les i : vous n'avez pas de fortune. Votre nom, en France, vous fera plus de mal que de bien. Quant à la garnison dans les Vosges pour être à l'avant-garde... Mais Dieu me préserve de vous dire des choses pénibles. Admettons que vous voilà officier. J'ai entendu affirmer bien des fois, qu'un officier, chez vous, reste endetté jusqu'au grade de capitaine — inclusivement. Or, si je ne me trompe, c'est parce qu'il ne voulait plus avoir de dettes que votre regretté père s'est exilé.

— Mon père avait une famille, des relations, un rang à soutenir. Moi je n'aurai pas toutes ces... causes de dépense. D'ailleurs je possède une petite rente, pouvant suffire à un célibataire.

— Vous comptez vivre et mourir dans la solitude ?

— Oui, à moins qu'une fée ne m'ouvre le palais du Roi, et le cœur de la jeune princesse.

— Pourquoi chercher une princesse ? J'ai le regret de vous apprendre qu'il n'en reste plus... j'entends celles des contes de fées.

— La femme que l'on aime est toujours fille de roi ; et je ne veux pas d'un mariage sans amour. Ce qui manque, ce n'est pas la princesse, monsieur le Surintendant, c'est la fée.

— Mon ami, vous arrivez juste à mes conclusions. Les jeunes filles de votre pays veulent trouver de la fortune chez leur époux. Au Canada, l'on est plus romanesque. Dans deux ou trois ans, avec de l'aide, vous aurez une

position. D'ici là qui vous empêche de vous
faire aimer d'une brave et bonne Québec-
quoise ?

Olivier fit un geste auquel on pouvait se mé-
·prendre. Damasse coupa court à l'entretien :

— N'en parlons plus ! Chez nous on ne retient jamais les gens par force — et pas toujours par les bontés qu'on a pour eux.

— Monsieur, répondit Olivier, mon père a
entendu ma promesse. Il me commandait de
partir, même s'il fallait le laisser mourir seul,
pour aller faire mon devoir de bon Français.

— Auriez-vous obéi ?

— Non ; mais je n'ai plus de père... plus
rien !...

Ils se quittèrent avec une froideur qui avoi-
sinait la brouille. L'amour-propre du Canadien
était-il froissé du résultat négatif de ses conseils ? Avait-il d'autres motifs d'amertume ?
L'appel du drapeau était-il bien compris par ce
citoyen d'une nation pour qui l'armée n'existe
qu'en temps de guerre, et qui ne prévoit aucune
guerre ? Ce qui est certain c'est qu'il considérait ce départ comme un mauvais procédé. Toutefois il fut convenu qu'ils se reverraient encore,

et qu'Antoinette recevrait les adieux d'Olivier.

Celui-ci, alors, s'en fut trouver son ami Narcisse, dont les conseils lui étaient urgents. Car, contrairement aux assurances qu'il venait de faire entendre, il savait que, ses notes réglées, il n'aurait pas de quoi payer son passage. Tout d'abord le brave Léveillé offrit sa bourse, qui fut refusée avec une gratitude affectueuse.

— Dans ce cas, je ne vois guère qu'un moyen, dit celui-ci.

Et Pragnères, ayant eu connaissance du « moyen », l'accepta, jugeant que l'épreuve la plus dure vaut mieux qu'une dette.

— John Rankine peut nous arranger cela, conclut Narcisse. Par le courrier de ce soir je vais lui poser la question.

Nul ne sera surpris de savoir que John Rankine avait fait son chemin depuis l'époque où, par son entremise, Olivier savourait des puddings clandestins à bord du transatlantique. John était, en ce moment, commis de courtage maritime à Montréal. Sa réponse, qui fut immédiate, donnait l'espoir du succès.

Pendant une semaine, le Vendéen activa ses

20.

préparatifs, brûlant des papiers, liquidant sa
garde-robe, payant des factures, vendant quelques meubles, prenant congé de ses camarades
et de ses maîtres qui, en cette occasion, lui
témoignèrent leur sympathie. Un jour enfin, il
reçut une dépêche : « *Soyez à Montréal après-
demain*. — JOHN. »

Il poussa un soupir et, s'étant habillé du seul
costume tant soit peu élégant qui fût encore
en sa possession, il se rendit chez Lefebvre pour
la dernière visite. Le père et la fille sortaient
de table ; on pouvait deviner que Daniel Simard, assis près d'une tasse vide, avait déjeuné
avec eux. Pour celui qui partait, le cœur brisé
de regrets, la vue de cet homme qui allait rester,
qui occuperait souvent cette même place, était
un raffinement dans l'amertume. Olivier se demanda si cette visite suprême aurait lieu en présence d'un témoin trop bien fait pour en gâter
le souvenir. Pendant quelques minutes il s'en
voulut à lui-même d'être banal en parlant de
son père à Antoinette, qu'il n'avait pas aperçue
depuis son deuil. Il pensait constamment : « Je
ne la verrai plus ! Et je lui parle comme un
touriste de passage dans une ville, qui doit une

politesse, avant d'aller plus loin, aux gens qui
l'ont bien reçu. »

L'entretien roula sur son voyage et sur son
départ fixé au lendemain.

— Il n'y a pas de bateau demain, fit observer
Daniel.

— Oh! je passe par Montréal.

— Et New York? C'est plus cher, mais plus
agréable. Déjà, en mai, les bateaux sont pleins
de jolies Américaines toujours prêtes à flirter...

Olivier l'interrompit en montrant son costume :

— Je suis en deuil, monsieur, — et je le porte
ailleurs que sur mes habits.

— Oh! pardon...

Un regard d'Antoinette où brillait l'éclair du
reproche déconcerta le beau Daniel en flagrant
délit d'étourderie. Se souvenant qu'une question
intéressante venait au Parlement, il se leva,
souhaita bonne chance au conscrit et serra la
main d'Antoinette.

— Je descends l'avenue avec vous, lui dit
Lefebvre. Allons, mon cher Pragnères, embrassons-nous, et sans rancune. Si, un jour, vous
regrettez d'être parti, ce ne sera pas ma faute.

Ne nous disons pas adieu. Paris est le centre du monde, le lieu où l'on se trouve toujours. N'oubliez pas trop vite les Canadiens.

Il sortit avec Simard après cet au revoir très bref.

— Mon père vous en veut, dit la jeune fille au visiteur resté debout.

— Je le sais, répondit-il. Je suis étonné qu'il ne comprenne pas certaines choses. Mais vous, mademoiselle ?

— Moi ? Je vous approuve d'obéir à votre père.

— Comme vous dites cela froidement !

— Il faut bien que je m'habitue aux séparations.

— Alors... vos idées sur votre vocation persistent.

— Oh ! plus que jamais.

— Votre père fera de son mieux pour vous en détourner.

— Je m'y attends. Mais je serai patiente et il finira par consentir.

Olivier avait les raffinements sublimes d'un amoureux jeune, et d'un amoureux croyant. Il frémissait de douleur à l'idée de perdre Antoinette, mais il serait mort s'il eût pensé qu'elle appartiendrait à un autre qu'à Dieu. Voulant s'ôter cette crainte autant qu'il était possible :

— Peut-être aussi aurez-vous à lutter... contre Daniel Simard ?

— J'ai en moi, affirma-t-elle, de quoi triompher dans des luttes plus difficiles. Quant à vous, au milieu des combats qui vous attendent, c'est le corps seulement qui reçoit des blessures.

— Je ne crains pas la mort.

— Moi non plus. Un jour, mon ami, nous nous retrouverons. De grands saints ont été soldats. Ne faites jamais rien qui nous empêche d'être ensemble, tels que nous sommes maintenant, tout près l'un de l'autre, la main dans la main.

La douce étreinte monta au cœur d'Olivier et lui ôta sa force. Antoinette vit au mouvement convulsif de ses lèvres quelle douleur sincère il éprouvait.

— Allez maintenant, dit-elle, ayant pitié de lui.

Sans répondre il gagna la porte, accompagné par la jeune fille. Comme ils passaient, dans

leur marche lente, près d'un petit cadre pendu
au mur, elle s'arrêta un instant, lui montrant
l'esquisse d'un certain paysage, œuvre de l'abbé
Bellehumeur.

— Vous reconnaissez l'endroit? demanda-
t-elle. C'est là que, pour la première fois, je
vous ai appelé « mon frère Olivier ».

C'en était trop pour le malheureux. Détournant la tête, il s'enfuit.

Antoinette restée seule considéra la toile,
tandis que, sur le trottoir de planches, le bruit
sonore d'un pas précipité s'éloignait. « La veille
du grand jour, décida-t-elle, je lui enverrai ce
tableau. »

Le peintre ne sut jamais qu'Antoinette avait
sangloté longtemps devant son œuvre.

Quelques jours après, Narcisse Léveillé observait un vapeur français chargé de bois, qui
mouillait dans le port, venant de Montréal à
destination de Dunkerque. Au signal convenu
d'avance qu'il aperçut enfin, il prit un canot et
rama vigoureusement dans la direction du
cargo-boat. Il pleuvait depuis la veille. Sur
l'étroit espace de pont que n'encombraient pas
les madriers et les solives, Olivier de Pragnères,

engoncé dans ses toiles cirées comme jadis un de ses aïeux sous l'armure de bataille, tendit la main à son ami.

— Venez-vous à terre ? demanda Narcisse.

— Non, camarade. Pour commencer, je ne suis pas en toilette ; en second lieu je ne voudrais pas repasser dans certaines rues pour dix mille francs. D'ailleurs je suis de quart et à peu près seul sur ce bateau. Le capitaine a remis la garde au second, qui l'a passée au quartier-maître, qui l'a déléguée au plus ancien matelot. Ainsi de suite, jusqu'à moi, qui paye mon passage en travaillant. Cette position modeste m'interdit de manger la consigne et de chercher les plaisirs du rivage.

Ils se mirent à causer ; on devine ce que put être la conversation de ces deux hommes dévoués l'un à l'autre, qui savaient ne plus devoir se rencontrer ici-bas.

Quand l'heure fut venue de se quitter, Pragnères dit au jeune Canadien :

— Il faudra m'écrire, et surtout *continuer* à m'écrire. Les autres m'enverront quelques lettres, puis des cartes postales, puis plus rien. Tenez-moi au courant de votre mariage, de la

santé de vos parents, des nouvelles de ceux que
j'ai connus, mes professeurs, mes camarades...
Parlez-moi de Damasse Lefebvre, dont la bonté
pour mon père et pour moi fut très grande.

— Il paraît que sa fille veut entrer au couvent, rappela Narcisse d'un air très naturel ; je
vous annoncerai sa prise de voile.

— J'allais vous le demander, répondit Pragnères.

Ce fut le dernier mot prononcé entre eux.

XIX

Le meilleur moyen de sentir la dévotion au pèlerinage est d'avoir fait la route à pied, sous le soleil, dans la poussière, en supportant les privations et la fatigue. Telles étaient les conditions où se trouvait Pragnères quand il toucha la France, au bout d'un voyage de deux semaines qui avait rudement éprouvé sa force morale et physique. Chacun de ses pas vers la patrie avait été une souffrance qui rendait à ses yeux la patrie plus belle, l'honneur de la servir plus enviable.

Sur le bateau, l'équipage connaissait son histoire et le considérait comme un fou méritant l'estime. Le capitaine, qui s'était battu jadis

comme marin de l'État, fut séduit par le zèle de
ce jeune homme et, parvenu à Dunkerque, ne
négligea rien pour le faire réussir dans les dé-
marches nécessaires à son engagement. Olivier,
dont chaque nouveau retard ne servait qu'à irri-
ter les désirs, finit enfin par franchir le seuil
du dépôt d'habillement dans une caserne de
l'Est. Quand il en sortit, vêtu de l'uniforme de
la ligne, il songea que son père eût été heureux
de le voir sous cette noble livrée. Son colonel,
rien qu'en apercevant ce superbe garçon au visage martial, fut attiré vers lui et l'interrogea
sur sa vie antérieure. D'emblée Pragnères reçut
la désignation d'élève-caporal.

Il trouva du plaisir à l'exercice et du charme
à la théorie. Dès le premier tir à la cible, son
adresse le rendit fameux. On l'aima pour sa
bonne humeur inépuisable ; mais, quand le cou-
pon trimestriel de sa petite rente vint ravitailler sa poche dégarnie au départ de Québec, ce
fut dans la chambrée un culte envers ce camarade qui dépensait son argent pour tout le
monde, sauf pour lui-même.

Bientôt le ciel se brouilla, comme il arrive
souvent après la lune de miel dans les mé-

nages pourvus d'une belle-mère. En l'occasion,
la belle-mère fut un capitaine qui arrivait au
régiment avec la réputation d'un officier d'avenir. On entend par là qu'il était l'un des plus
jeunes de son grade et visiblement « appuyé »,
n'ayant eu que des postes enviables. Pécheroux, c'était son nom, avait passé par l'école
de Saint-Maixent et le faisait connaître volontiers avec un accent ultra-méridional. Son intelligence était réelle, non moins que son activité
dans le service qu'il comprenait « à la façon moderne », autre déclaration souvent répétée. Joli
brun, agile et nerveux, il avait le désavantage
d'une taille insuffisante, d'où résultait chez lui,
symptôme ordinaire, une antipathie instinctive
à l'égard des hommes grands. Telle fut la première cause de la défaveur d'Olivier, dont la
haute stature frappa les yeux de Pécheroux
quand il inspecta ses hommes. Le conscrit fut
interrogé :

— Comment vous appelez-vous?

— De Pragnères.

— Ah! Ah! un noble. Quelle fichue idée
d'avoir mis dans les fantassins un homme co-
losse, fait pour l'artillerie !

— Je me suis engagé.

— Quelle raison vous a fait choisir ce régiment ?

— Il est à la frontière.

— De quel pays êtes-vous ?

— Vendéen.

A chacune de ces réponses, la figure de Pécheroux était devenue plus froide. Il dévisagea son subordonné qui se tenait dans le rang, comme les autres, « à la position ».

— Vous savez, dit-il enfin : parce que vous vous appelez *de* Pragnères, ce ne sera pas une raison pour qu'on vous traite mieux que les autres. Dans la compagnie tous sont égaux. D'ailleurs un pauvre diable venu ici parce qu'il ne pouvait pas faire autrement mérite plus de pitié qu'un amateur qui s'engage.

« Donc, nous ne sommes pas égaux! » pensa l'amateur. Mais, ainsi qu'il convenait, il garda pour lui cette remarque.

Promptement dégrossi au métier, modèle de tenue, de conduite et de discipline, tout paraissait lui promettre ses galons de caporal au jour de l'an. Un soir, dans l'intimité de la chambrée, on discutait ses chances.

— Tu vas trop à la messe, opina la forte tête de la réunion.

— Le colonel n'y manque pas, fit observer un autre.

— C'est justement pourquoi, maintint le premier, il aura sa retraite avant ses étoiles. Ce sera tant pis pour le régiment; mais moi je m'en moque : je suis de la classe.

« Voilà une chose drôle! se dit Olivier qui lisait peu les journaux, même quand il avait le temps de lire. Chez nous, aller à la messe le dimanche paraît être un obstacle aux dignités. Là-bas, dans sa maison de la Pointe-au-Pic, le surintendant Lefebvre a une chapelle où il entend la messe tous les jours. »

Parvenue à la Pointe-au-Pic, sa pensée y resta, et son esprit fut détourné de la politique intérieure de la France.

Il fut pourtant nommé caporal, à quoi il dut de faire connaissance avec les punitions. C'était un des principes du service à la façon moderne, tel que le voyait Pécheroux. Celui-ci disait, assez haut pour que ses hommes pussent l'entendre :

— Le simple soldat est un enfant, à l'égard

de qui la sévérité serait odieuse. Le gradé, à
tous les échelons de la hiérarchie, est un pri-
vilégié du sort, qui doit payer son élévation.

Naturellement les théories du capitaine trouvaient des contradicteurs parmi ses camarades
et ses chefs. Mais on put très vite s'apercevoir
qu'avec lui, ou même en sa présence, toute
discussion était évitée au Cercle militaire. Il n'y
paraissait d'ailleurs qu'assez rarement. Il s'était
fait très vite « dans le civil » des connaissances
qu'il semblait trouver plus agréables. Bientôt
il fut un des familiers de la Sous-Préfecture, ce
qui était son droit indéniable. Ces détails in-
fimes n'empêchaient pas le régiment d'être un
des plus beaux de la frontière de l'Est.

Vers l'époque des grandes manœuvres de sa
deuxième année au corps, Olivier passa sergent,
mais resta dans sa compagnie, bien qu'il eût
espéré le contraire. Il éprouva, en se voyant
sous-officier, une joie si grande qu'il fut bien
près d'être heureux. Puis vinrent les manœuvres, les nuits en plein air, les charges de cava-
lerie, le tonnerre des canons. Cette image de la
guerre porta au comble son jeune enthousiasme.

Souvent, au milieu de la fusillade, une voix murmurait à son oreille ces paroles d'un mourant bien-aimé : « Pour Dieu et la France ! » Quand il voyait, à l'étape, les fronts se découvrir devant le drapeau il frémissait d'orgueil, remerciant son père d'avoir exigé qu'il fût soldat. Et lorsque, « chez l'habitant », il causait à la veillée, le même sujet de conversation revenait sur ses lèvres :

— Nous voilà bien préparés à la revanche, N'est-ce pas que le temps vous paraît long ?

Et si le « oui » tardait à venir, il s'indignait, s'étonnait encore plus, comme d'un bouleversement de l'ordre naturel des choses.

« N'importe : nous sommes prêts, se disait-il comme consolation. Le jour viendra où les cartouches seront moins légères, où l'on entendra siffler les balles ! »

Les balles sifflèrent un peu plus tôt que ne l'attendait Olivier : seulement c'était du plomb d'origine nationale.

Dans une grande usine de l'arrondissement, la plus forte partie des hommes était en grève. Quelques-uns, pères de famille, voulant que les petits pussent manger, refusèrent de quitter leur

travail. Les grévistes furieux mirent le siège
devant la fabrique avec des menaces de mort.
Un bataillon accourut. La consigne était : « Ne
faire usage des armes sous aucun prétexte. »
Mais il parut bientôt que, chez l'ennemi, on
craignait moins de faire parler la poudre. Des
coups de feu éclatèrent, soutenus d'une grêle
de projectiles variés mais dangereux. Olivier,
atteint d'une pierre à la tempe, fut transporté à
l'hôpital où les religieuses prirent soin de lui.
Quand il se sentit mieux, on lui permit de lire
les journaux où il apprit que la révolte avait
pris fin par la soumission... du directeur de la
fabrique.

« Décidément, songea-t-il, mes notions sur
la liberté et l'autorité sont inexactes. Nul n'est
libre de travailler si le voisin s'y oppose. Et, si
le voisin en question tire sur la troupe, l'armée
bat en retraite, l'arme au bras, emportant ses
blessés et faisant des excuses. Après quoi l'on
ne travaille plus. Mon pauvre père ne se doutait
pas que le baptême du feu me serait donné avec
des moellons d'ailleurs très durs. Ne suis-je pas
un peu ridicule ? »

Son colonel était venu le voir, il lui fit part

de ces réflexions. Le vieux chef le regarda tristement.

— Jeune homme, dit-il pour toute réponse,
un soldat n'est jamais ridicule, même quand il
obéit à un ordre ridicule. Si, comme je l'espère,
vous vieillissez dans notre métier, souvenez-
vous que deux choses le rendent magnifique :
le mépris de la mort et l'obéissance coûte que
coûte. A bientôt. Votre capitaine est-il venu
vous voir?

— Non, mon colonel.

— Tant pis pour lui!

Olivier, depuis son retour en France, n'avait
pas prêté beaucoup d'attention à la politique,
d'abord parce qu'il n'en avait pas le temps, puis
parce que les hommes de son espèce aiment
trop l'action pour s'attacher aux paroles. Son
repos forcé lui donna le loisir de pénétrer par
la lecture dans des régions qu'il connaissait à
peine. Pour lui la désillusion fut amère. Du haut
en bas, c'était la lutte des idées et la haine des
classes. Partout on lui donnait à choisir entre
des ennemis du genre le plus varié : juifs ou
chrétiens, francs-maçons ou curés, capitalistes
ou travailleurs. Le seul ennemi auquel personne

21.

ne songeât était celui qu'il était venu combattre, faisant pour cela deux semaines de traversée dans un hamac de matelot. Une femme l'empêcha d'être ébranlé dans sa foi patriotique.

Sœur Antoinette, supérieure des Hospitalières, qui, trente ans plus tôt, ramassait les blessés sur des champs de bataille presque visibles des fenêtres de l'infirmerie, devint très vite sa confidente. Il fut tout d'abord attiré vers la bonne religieuse par le nom qu'elle portait.

— De l'autre côté de l'Océan, lui dit-il un jour, j'ai connu une jeune fille qui est en ce moment « sœur Antoinette », ou bien près de le devenir.

La servante des pauvres, qui se qualifiait « mère des soldats », lui répondit gaillardement :

— Je suis jalouse, car, à cette minute, vous regrettez qu'elle ne vous soigne pas à ma place.

— Non, soupira Olivier, je regrette simplement de l'avoir connue.

— Attendez d'avoir vu deux ou trois batailles. Vous serez guéri.

— Le remède peut avoir du bon. Est-ce dans votre pharmacie qu'on le prépare ?

— Non, sergent, c'est dans la vôtre.

Sœur Antoinette, la véritable, aimait la France avec la passion d'une Lorraine et la confiance dans l'avenir d'une sainte qui croit aux miracles.

— Patience ! assurait-elle ; vous verrez cela. J'ai peur qu'à ce moment nous ne soyons plus ici, nous autres, car on veut des laïques. Mais quand les balles soulèveront la poussière des mottes et couperont les bourgeons des haies, on tolérera le crucifix et la coiffe blanche.

Toujours souriante comme si tout allait le mieux du monde, jamais on ne l'entendait critiquer les puissants. Une seule fois Olivier la vit hors d'elle :

— Savez-vous ce qu'on m'écrit ? Quand nos religieuses passent la frontière — vous devinez pourquoi — et descendent dans une gare allemande avec leurs pauvres nippes, *ils* font le salut militaire et *leurs* douaniers ne touchent pas les malles. Tenez, il vaut mieux pour *votre* sœur Antoinette... !

Elle s'interrompit, frappant sa cornette du poing :

— Tais-toi, vieille sotte : rien ne vaut mieux que d'être Française.

— On croirait entendre parler mon père,
dit Olivier.

Rentré à la caserne, il se plongea pour ainsi
dire dans son métier, comme ces grands pécheurs
de l'Église ancienne qui s'enfonçaient dans la
Thébaïde pour échapper aux tentations.

Il n'est pas difficile de deviner ce qu'il
éprouva quand, pour la première fois, il vit
circuler un journal qui conseillait aux hommes
la haine des chefs et la grève en cas de mobili-
sation. Frémissant de colère, il s'empara de la
feuille maudite et la porta au capitaine.

— Voilà ce qui pénètre jusque dans les
chambrées !

— Allons ! dit Pécheroux en serrant le papier
dans son dolman. Ne nous faites pas d'affaires
pour une gaminerie. Nous ne sommes pas dans
un collège de Jésuites où rien ne doit être lu
sans permission. Est-ce que, par hasard, vous
sortiriez de la rue des Postes ?

Le sergent salua et disparut, ne voulant pas
manquer à la discipline. Mais une fois de plus,
dans les yeux de l'officier, il devinait la haine
du sectaire.

Cependant les mois succédaient aux mois : le

temps passait vite. Olivier, sauf dans ces occasions où son amour du drapeau avait à souffrir,
n'était pas malheureux. Chacune de ses heures
libres était employée au travail, car déjà il préparait son examen d'entrée à Saint-Maixent.
Pécheroux, qui ne pouvait l'ignorer, lui disait
parfois d'un air goguenard :

— Ça va-t-il, ces études ? Allons : piochez
ferme ! Vous n'aurez pas, pour vous aider, le
cours préparatoire des Jésuites. C'est d'ailleurs
un chagrin que j'ai connu moi-même.

Ses camarades qui l'aimaient tous, même ceux
qui le trouvaient « exagéré », faisaient entendre
des prophéties décourageantes :

— A moins de changer de compagnie, jamais
vous n'arriverez à Saint-Maixent. Votre capitaine vous fermera la porte.

— Mais enfin, le peut-il, si je passe un bon
examen ?

Parfois on lui répondait, avec un signe dont
il connaissait la signification :

— Vous verrez : il arrivera quelque chose...

Heureusement son colonel était pour lui.

— Tâchez, disait-il, de vous présenter avant
qu'on ne m'ait fendu l'oreille. Vous aurez les

meilleures notes qu'un chef de corps puisse donner.

Enfin l'expiration de l'engagement d'Olivier fut proche : il devait, cela va sans dire, en contracter un second et se disposait déjà à cette formalité. Il n'avait que vingt-trois ans ; mais l'expérience lui était venue, fruit amer tôt ou tard destiné à mûrir dans notre vie. D'autres auraient senti l'orgueil d'être le plus beau sous-officier du régiment ; surtout ils en auraient savouré les privilèges. Pour un homme qui avait encore dans les poumons l'air des grands lacs, dans le cœur l'image d'une créature noble et délicieuse, on peut penser que les grâces des modistes du lieu manquaient de mordant. Quant au monde, outre qu'il ne l'aimait plus, il se trouvait dans une petite ville où les habitants et leurs défenseurs étaient en nombre presque égal, ce qui encombrait d'officiers tout ce qui ressemblait à un salon. Sur ce terrain, un sergent n'était guère à sa place. D'ailleurs, le jour où il avait acheté son tricot de laine et son suroît dans une boutique du port de Montréal, Pragnères s'était dit : « Jusqu'à mon premier galon d'or je suis un disparu. »

Toutefois, l'ingratitude lui faisant horreur, il ne manqua jamais d'écrire sur sa carte à Damasse Lefebvre dans la semaine de Noël : « Mes meilleurs souhaits pour vous et mademoiselle votre fille. » Deux fois, avec la même correction froide le Surintendant répondit : « Ma fille et moi vous remercions de votre souvenir. » Mais, la troisième année, le père ne fit pas mention d'Antoinette. Olivier comprit que les Ursulines comptaient une novice de plus.

Il fut blessé au fond du cœur de cette rancune de Lefebvre, qui ne l'avait pas jugé digne d'être averti de cet événement de famille. Aussi bien, tout le monde à Québec semblait avoir condamné son départ. Ses anciens maîtres le considéraient comme infidèle à sa vocation ; ses camarades comme un esprit léger, désireux d'amitiés nouvelles. Il aurait pu répondre aux Canadiens que les amitiés chaudes et charmantes récoltées dans leur pays ressemblent parfois à nos vins généreux des coteaux bourguignons : il vaut mieux ne pas les exposer aux longues traversées de l'Atlantique.

Du moins Narcisse Léveillé lui restait fidèle. Mais, devenu caissier d'une banque à une

journée de Québec, heureux mari, bientôt
père, les événements survenus dans la capitale
de la province n'arrivaient pas jusqu'à lui. Olivier, néanmoins, le pria de découvrir si Antoinette avait quitté son père, ainsi qu'on pouvait
le conclure du silence de ce dernier à son
égard. La réponse fut longue à parvenir :

« J'ai posé la question à mes parents. Comme
vous pensez bien, les rapports entre l'Hôtel du
Sauvage et la maison d'un haut fonctionnaire
sont peu intimes. Tout ce que je peux vous dire
pour l'instant, c'est qu'on ne voit plus mademoiselle Lefebvre dans le banc de son père
à la cathédrale, ni sur la Terrasse Dufferin à la
sortie de la messe du dimanche. A bientôt,
j'espère, des informations plus précises. »

Vers la fin de juillet seconde lettre :

« Le Surintendant est à la Pointe-au-Pic,
seul avec sa tante. Ils reçoivent fort peu de
monde. La jeune demoiselle a sans doute exé-
cuté son projet. »

Olivier — on va le trouver peu raisonnable,
— éprouva un amer chagrin à cette nouvelle
qui, pourtant, ne changeait rien à sa destinée.
Entre lui et le seul heureux souvenir de sa vie,

un voile venait de se tendre qui ne devait plus s'écarter.

— Ainsi donc, songea-t-il, « ma sœur Antoinette » a rejoint, elle aussi !

Avec un zèle redoublé, il s'attacha de tout son cœur vide à sa carrière. Peut-être n'était-ce plus, comme les premiers mois, un élan d'amour qui l'unissait à l'armée. Si, à l'heure présente, c'était un mariage de raison qu'il avait devant lui, ne fallait-il pas encore s'estimer heureux ?

Dès lors il tourna ses désirs vers un seul but : l'examen dont l'époque approchait. Son colonel s'intéressait à lui, d'abord parce qu'il aimait et estimait Pragnères, ensuite parce qu'il comptait se faire honneur d'un candidat supérieur à tous ceux qu'il avait conduits à Saint-Maixent. Parfois il le mandait chez lui pour l'interroger.

— Courage ! disait-il. Vous êtes le meilleur sous-officier de mon régiment, qui n'est pas le plus mauvais de l'armée. Si vous n'êtes pas reçu, le diable s'en mêle !

On était alors au commencement de septembre. Dans deux semaines, Pragnères, arrivé au terme de son premier engagement, devait en contracter un second.

Sur ces entrefaites, son colonel reçut une réquisition du Préfet.

Le couvent d'un ordre masculin très en faveur dans la ville devait être évacué en exécution des décrets nouveaux. Le supérieur, jeune et ardent, passait pour un « prêtre fanatique ». Beaucoup de jeunes gens de la ville faisaient partie d'œuvres dirigées par lui ; beaucoup de jeunes filles et de jeunes femmes étaient ses pénitentes ou celles de ses religieux. Quelque résistance pouvant surgir, une compagnie de fantassins était demandée par le chef de la police.

Quelle fut l'impression du colonel, ce récit n'a rien à y voir, d'autant moins que le vieux soldat l'a gardée pour lui. Bien des gens le blâmèrent — en plus d'autres blâmes — d'avoir choisi pour ce service d'un genre particulier la compagnie commandée par le capitaine Pécheroux. D'autres personnes pensèrent, et pensent encore, que cette désignation montrait un homme sage, désireux de soustraire tels de ses officiers, dont il connaissait les convictions, à des troubles de conscience qu'il n'était pas sans ressentir lui-même.

Quoi qu'il en soit, dans les rues de la ville encore plongée dans le sommeil, la compagnie de Pragnères défila le lendemain, armée comme s'il s'était agi d'aller plus loin, du côté où l'aurore se teintait de rose. Devant la chapelle du couvent le corps d'expédition développa ses lignes. Mais le mouvement était prévu. A l'intérieur, des fidèles nombreux, enfermés depuis plusieurs heures, faisaient entendre l'hymne de la prière et de la lutte désespérée.

Au lever du soleil la gendarmerie déboucha, escortant des personnages qui firent des sommations à travers la porte en chêne.

Puis ce fut le tour des serruriers impuissants ; enfin les haches ouvrirent la voie aux gendarmes. Comme les assiégés tardaient à sortir, et qu'un bruit d'émeute commençait à se mêler aux psaumes, le capitaine jugea qu'un renfort était utile.

— Sergent, dit-il à Pragnères dont il ne s'était pas éloigné depuis le commencement de l'action, prenez dix hommes et entrez là dedans pour en finir.

Le Vendéen ne bougea pas. Les yeux fermés, il semblait se questionner lui-même, et les

mouvements convulsifs de ses lèvres faisaient
voir quel combat se livrait en lui.

— M'avez-vous entendu ? cria Pécheroux.
Faut-il vous répéter l'ordre d'un chef?

Sans faire un geste, mais aussi pâle que les
statues qui le contemplaient de leurs yeux de
marbre, le sergent pénétra, suivi de ses hommes,
dans la chapelle où les chants avaient cessé.
Peu après, les religieux défilèrent, chacun
ayant sur son épaule une main de gendarme
qui l'effleurait seulement. Les fantassins suivaient, la besogne étant terminée.

A ce moment une jeune femme qui portait un
des vieux noms de la province, et qui avait
passé la nuit au milieu d'une foule exaspérée,
céda — qu'on l'en excuse — à un de ces
mouvements dont les nerfs féminins sont le
jouet.

Abordant le jeune chef de l'escouade :

— N'avez-vous pas honte de ce que vous venez
de faire? demanda-t-elle d'une voix vibrante
de passion.

Pragnères continua de défiler. Alors, provo-
quée par son silence, elle cria plus haut :

— Vous n'osez pas répondre, canaille !

— Madame, fit l'insulté qui la dominait de toute la tête, sous les armes on doit être muet.

— Alors, si les paroles ne vous font rien, vous comprendrez les gestes.

Sa main fine, levée, retomba sur la joue du sergent qui se trouvait alors au haut du perron. Sans un mouvement, superbe de sang-froid mais tremblant comme une feuille, il dit presque à voix basse :

— Un gentilhomme respecte toujours une femme. C'est vous qui ne comprenez pas ce que j'endure.

Au front de la compagnie, Pécheroux, qui n'avait rien perdu de la scène, se tenait les côtes en regardant cette jolie et mignonne créature occupée à battre un géant.

A sept heures, la compagnie déposait les fusils aux râteliers de la caserne. Le colonel entendit le rapport de Pécheroux et ne fit pas d'observation. Puis il désira parler sans témoin à Pragnères, dont la physionomie bouleversée l'effraya :

— Calmez-vous, dit-il, et donnez-moi les détails de l'incident auquel vous fûtes mêlé.

— Mon colonel, à quatre heures du matin nous avons cerné l'église ; mais déjà elle était pleine de monde. Les gendarmes n'étant pas assez nombreux pour exécuter leur consigne, le capitaine m'a donné l'ordre d'intervenir : j'ai obéi.

Olivier fit une pause. Encore que le récit fût bref, le narrateur semblait avoir besoin de reprendre haleine.

— Pauvre garçon, lui dit le vieil officier ; dans quel état vous êtes ! Ce qui est fait est fait : je devine toutes vos pensées. Que voulez-vous ? Si vous aviez agi autrement, votre carrière était brisée.

Le jeune homme bondit comme sous une cruelle insulte.

— Ah ! s'écria-t-il, comme j'aurais honte de moi-même si j'y avais seulement songé ! Ma seule excuse à mes yeux, c'est que je n'ai songé à rien. Je suis soldat dans l'âme. Jamais l'idée ne m'était venue qu'une heure maudite pourrait sonner où le soldat français, au commandement de *marche !* devrait se poser cette question : « dois-je obéir ? »

N'obtenant aucune réponse de son chef dont

la moustache grise était secouée par des mouvements nerveux, Pragnères continua :

— J'ai obéi à l'instinct, à cette suggestion de
l'ordre donné, qui nous précipite en avant, qui
nous fait oublier la mort et les blessures, je le
suppose] du moins, puisque je n'ai pas même
reçu le baptême du feu. Je ressemblais fort au
somnambule qui agit dans son rêve ; mais déjà
mes yeux commençaient à s'ouvrir... C'est
alors qu'une jeune femme m'a brusquement
éveillé en me traitant, dans la limite de ses
moyens, comme les filles de nos Chouans
traitaient les Bleus. Au moment où je quittais
l'église, en présence de toute la compagnie, à
la grande joie du capitaine, elle m'a giflé !

— Elle a eu mille fois tort; je vous autorise
à porter plainte.

— Merci, mon colonel. Je préfère garder la
gifle. D'ailleurs si je vous racontais mon enfance, mon éducation, certaines péripéties de
mon existence, vous comprendriez que le souf-
flet qui est là, sur ma joue, n'est pas le plus
douloureux que j'ai reçu ce matin.

— Calmez-vous, dit encore le vieux soldat.
Comme votre chef, je vous approuve et vous

estime d'avoir obéi. Songez que l'ennemi est à quelques lieues !...

— Qu'importe? fit Pragnères. La distance est encore trop longue pour ceux qui...

— Taisez-vous! Ne parlez pas politique! Remettez-vous au travail. Vos galons viendront bientôt.

— Comme récompense? Pourquoi pas le ruban rouge?

Son chef gardant le silence, il continua :

— Mon colonel, puis-je vous demander une faveur puisque j'ai si bien mérité de la patrie? Ma classe va être renvoyée. Accordez-moi une permission de huit jours qui me rendra libre dès ce soir.

— Et votre examen?

— Ah! s'écria le sergent incapable de se contenir. Vous ne voyez donc pas que c'est un désespéré qui est devant vous ! J'ai tout quitté; un pays que j'aimais, les tombes de mes parents, d'autres fantômes très chers. Je suis venu, ivre en quelque sorte de dévouement et de sacrifice. Oui, mon père m'avait grisé d'enthousiasme. Le drapeau, les batailles, la défaite vengée, Dieu et la France !... Voilà trois ans que je me prépare, sans un plaisir, sans une distraction. Certes, je ne les regrette pas, ces trois ans ! Toute ma vie je me souviendrai que j'ai fait mon devoir. Mais qu'y ai-je gagné ? Qu'y gagnera la France et Dieu ! De mes campagnes je rapporte sur une joue la cicatrice faite par un pavé, sur l'autre la gifle donnée par une femme.

— Allons ! mon cher, ceci ne touche pas à l'honneur.

— Il ne manquerait plus que ça ! Oui, l'honneur est sauf, mais tout le reste est perdu. Je vous en prie, mon colonel. Signez ma feuille de route, et permettez que je serre la main d'un homme qui a reçu des blessures plus glorieuses que les miennes.

— Prenez le temps de réfléchir.

— Comme vous seriez bon de ne pas me retenir à la caserne dans l'état où je suis ! Épargnez-moi la tentation de punir certain rieur...

— Partez donc si vous craignez de mal faire. Quelle destination dois-je écrire sur votre feuille ?

— Le Havre, s'il vous plaît, mon colonel.

— Vous retournez là-bas ?

— Oui, et pour toujours, fit Olivier.

— Mais si le moment vient de nous battre avec *eux* ?

— Alors, dit Olivier, soyez tranquille, je serai là.

XX

Damasse Lefebvre, suivant la ruelle crochue où s'abrite le couvent des Ursulines, découvrit un jeune homme haut de six pieds qui, le nez en l'air, semblait compter les ouvertures de la façade.

En approchant, il le reconnut :

— Pragnères ! Voyons !... Est-ce que j'ai la berlue ? Que diable faites-vous... à Québec ?

La physionomie du Surintendant, après avoir exprimé la stupéfaction, puis l'amusement, s'animait d'une joie véritable. Encore qu'il fût devenu très rouge, Olivier n'avait pas perdu contenance au point de se méprendre sur la nature de l'accueil. Il serra la main tendue et, sans autre explication, répondit qu'il avait débarqué la veille.

— Allons-nous vous garder longtemps ?

— Toujours peut-être, sauf qu'il ne se tire des coups de fusil du côté que vous savez.

— Voilà un changement bien imprévu ! Quel projet vous ramène chez nous ?

Les yeux perçants de Lefebvre dévisageaient son interlocuteur. Parmi ses compatriotes, le Surintendant passait pour avoir un flair considérable et une finesse proportionnée. Mais il reprit toute sa bonhomie ordinaire à cette réponse d'Olivier :

— Si vous avez de l'affection pour moi, ne me demandez jamais *pourquoi* je suis revenu à Québec... Un fils respectueux se tait, quand il n'a pas de bien à dire de sa mère... ou de sa patrie.

Lefebvre eut un geste de mécontentement de lui-même :

— Je suis un maladroit. Comment n'ai-je pas deviné ?... Car vous pensez bien que les journaux de France nous arrivent. Hélas ! ils nous ont navrés, mais ils vous ont rendu célèbre. Ne craignez rien, cher ami. Je ne vous ferai pas

de questions, et je veillerai de mon mieux à ce
que nul ne vous en fasse.

Naturellement il y eut un intervalle de silence. L'esprit du Canadien continuait à travailler.

« Tout cela, songeait-il, n'explique pas pourquoi il mesure la façade des Ursulines. »

Mais cette question eût été encore plus mala-
droite que la précédente.

Cheminant côte à côte, les deux hommes
furent bientôt à la porte du Surintendant. Olivier entra, sur l'invitation faite. Il remarqua l'air
abandonné de la demeure : les volets du salon étaient fermés, les meubles couverts. Quand
il fut assis dans le fumoir, il tâcha de prononcer
du ton le plus banal cette phrase où tremblait
l'émotion d'une curiosité douloureuse.

— Vous voilà seul ! J'ai bien souvent pensé
au changement survenu dans votre existence.

— Oui, mes deux coquines laissent leur
vieux père moisir dans son coin. Jolie famille,
n'est-ce pas ?

Ces mots dits sur un ton plaisant avaient de
quoi surprendre. Évidemment l'abandonné faisait contre mauvaise fortune bon visage. Olivier

22.

n'était pas aussi tranquille à beaucoup près quand il demanda, ne pouvant rester davantage dans l'incertitude :

— Je suppose que mademoiselle Antoinette n'a pas encore terminé son noviciat ?

Lefebvre parut chercher un instant si le nouveau débarqué se moquait de lui. Déjà, en le voyant revenir juste à l'heure où sa présence pouvait être significative, il avait entrevu des combinaisons profondes. Mais ce jeune homme n'était pas de ceux qui jouent la comédie, ou même qui peuvent la jouer. D'ailleurs Lefebvre se souvenait de l'endroit où leur rencontre avait eu lieu. Cependant il répondit à la question par une autre :

— Est-il possible que vous soyez si mal au courant ce qui se passe dans ma famille ?

Jugeant que cette phrase contenait un reproche, Olivier s'excusa :

— Vous désapprouviez mon départ. Je n'ai pu manquer de voir que ma décision m'ôtait votre bienveillance...

— Elle ne vous ôtait pas mon estime.

— Le contraire serait étonnant. Quoi qu'il en soit, je n'ai pas osé vous écrire. En même temps la séparation faisait son œuvre. Tout le monde, ici, m'oubliait peu à peu. Bref, comme cela m'était arrivé jadis en approchant de vos côtes, le brouillard m'a enveloppé quand elles eurent disparu.

— Le soleil va se montrer, dit Lefebvre en lui tendant la main. Donc voici les nouvelles. Pour commencer, votre supposition est juste : ma fille... n'a pas terminé son noviciat.

Il parut s'amuser beaucoup du jeu de physionomie d'Olivier qui ne savait quelle réponse faire.

— Si vous voulez, continua-t-il, nous irons la voir ensemble au parloir, jeudi prochain. Mais le parloir ne sera pas dans la rue maussade où je vous ai trouvé tout à l'heure. Antoinette nous recevra sur le quai de la station, à l'arrivée du train qui l'amène du Pacifique.

Pour le coup, ce fut une stupéfaction profonde qui ôta la parole au jeune Vendéen.

— Soyons sérieux, dit le Surintendant, et d'abord laissez-moi vous confier deux choses : la première, c'est que, sans le lui laisser voir, je n'ai jamais cru à la vocation d'Antoinette, pas plus — pardonnez-moi ! — que je ne croyais à la vôtre. En second lieu, j'aurais mis le feu au

couvent des Ursulines plutôt que d'y laisser
entrer cette jeune folle, qui n'est pas plus faite
que vous pour la guimpe.

— J'avoue, murmura faiblement Olivier, que
votre résignation m'avait surpris.

— Vous ne connaissez pas les Canadiennes.
Pour empêcher mon aînée d'être la femme d'un
lieutenant américain, j'ai employé presque les
moyens violents. Il en est résulté qu'elle serait
plutôt morte que de faire un autre mariage.
Comme il faut être juste en tout, je dois conve-
nir qu'elle est très heureuse, quoique ma tante
de la Colombière n'ait jamais voulu l'admettre.
Mais son mari est attaché militaire au Japon, et,
demain, ils seront peut-être à Constantinople.
C'est assez d'une expérience de ce genre. Me
voilà vieux, et je ne veux pas mourir seul dans
mon coin. Aussi — gardez cette troisième confidence pour vous — je laisserais Antoinette
épouser un Turc ou même un de vos amis
Peaux-Rouges, à condition qu'il ne l'emmènerait
pas. Il va de soi que je donnerais la préférence
à un gendre moins pittoresque. Et maintenant
si, comme je l'espère, vous êtes mon hôte ce
soir, je vous laisse deux minutes pour m'assurer

que la fortune du pot ne sera pas une infortune.

Sans attendre une réponse, le Surintendant
disparut. Quand il revint, Olivier, toujours à la
même place et dans la même attitude, semblait
néanmoins avoir la fièvre, à en juger par la
nuance de son visage.

— Donc, reprit Damasse, plus d'opposition,
plus de combats. C'était le meilleur moyen de
perdre ma fille. Je lui ai dit : « La volonté de
Dieu soit faite ! » ce qui, nous le savons tous
deux, arrive généralement. Le principe admis,
j'avais le droit de demander terme. Précisément
ma fille aînée me suppliait d'envoyer sa sœur
passer quelques mois auprès d'elle, à Tokio.
Antoinette s'est fait un peu tirer l'oreille : mais
enfin elle s'est mise en route l'hiver dernier,
sous la surveillance d'une vieille amie pauvre,
dont j'ai payé le voyage, et qui me renseigne
sur l'état de l'atmosphère avec une parfaite ré-
gularité.

— Mademoiselle votre fille semble-t-elle re-
noncer à ses intentions ? désira savoir Pragnères.

— Non, pas encore. D'un autre côté, elle

n'a paru distinguer aucun jeune homme, ce qui était un risque sérieux. Car enfin, supposez qu'elle me dise en débarquant : « Papa, je me suis fiancée au secrétaire d'ambassade allemande ! »... Ne vaudrait-il pas encore mieux la savoir au couvent de Québec, où elle serait ma voisine ?

— Beaucoup mieux, affirma Olivier avec chaleur. Mais tout de même...

— Patience ! Tant que le malade est vivant il y a de l'espoir, dit le proverbe anglais. Maintenant, allez revoir les lieux qui vous sont chers. Nous dînons à sept heures et demie.

La démarche d'Olivier n'était pas très ferme quand il se trouva sur le trottoir de sapin de la Grande Allée. Peu disposé à la flânerie, désireux d'éviter les bonjours et les questions de ses anciennes connaissances, il monta dans un tramway et fut bientôt à l'Hôtel du Sauvage où, par une pieuse superstition, il avait voulu descendre. Ayant écourté autant que possible son entretien avec la bonne madame Léveillé, il gagna sa chambre et s'y enferma, jusqu'à l'heure où il fallut retourner chez Lefebvre.

Pendant trois jours, le Surintendant fut

presque sa compagnie habituelle. Entre eux
l'amitié d'autrefois était bien ressuscitée, avec
une nuance plus intime. La différence d'âge les
séparait moins, car ces trois années avaient fait
de l'étudiant d'alors un homme déjà riche en
expérience de la vie. Lefebvre, assis en face de
lui, l'observait, tandis que le jeune homme
répondait à des questions qu'il eût trouvées in-
discrètes, s'il n'eût senti quelle bienveillante
curiosité les lui posait. Dans ces conversations,
par un accord tacite, le nom d'Antoinette n'était
jamais prononcé. Elle seule, désormais, pouvait
apprendre à Olivier ce qu'il désirait savoir plus
que tout au monde. Quant au sage diplomate,
il était d'avis qu'une semence a besoin de calme
pour germer. Et il ne redoutait pas les oiseaux
du ciel pour le grain qu'il avait jeté, d'une main
légère, dans l'esprit d'Olivier.

Le grain, en effet, développé très vite, atteignait les proportions d'un grand arbre. Il semblait évident au jeune Pragnères que le Surintendant, à mots très peu couverts, lui promettait
sa fille à condition qu'il pût l'obtenir d'elle-
même. Toutefois, n'étant pas présomptueux de
sa nature, il désirait encore plus de clarté, sans

avoir le courage de provoquer une assurance formelle.

Ce fut seulement dans la voiture qui les conduisait au-devant d'Antoinette qu'il osa demander :

— Monsieur, vous souvient-il de m'avoir déclaré que, pour conserver votre fille, vous accepteriez comme gendre un Turc ou un Peau-Rouge? Peut-être donneriez-vous la préférence à un Vendéen, si peu digne de cet honneur qu'il puisse être, surtout par sa fortune !

Damasse lui posa la main sur l'épaule, et répondit :

— Homme de peu d'intelligence ! Ne vous êtes-vous donc jamais demandé pourquoi je vous en ai voulu à mort de votre départ? Avec vous je perdais un allié dont je connaissais la force. Maintenant il s'agit de vaincre. Mais, pour l'amour du ciel, n'ayez donc pas tant de modestie ! Quant à votre fortune, les occasions de la faire ne manqueront pas à un homme de votre espèce.

Sur le quai de la station, ils se perdirent de vue immédiatement. Le haut fonctionnaire, qui aimait la popularité, devint le centre d'un groupe dont l'empressement ne semblait pas lui déplaire. Son compagnon, livré à lui-même, chercha un coin silencieux où il pût s'abandonner au tourbillon de joie, d'espérance et de crainte qui bouillonnait dans son cerveau.

A l'heure exacte, le « Pullman » qui venait de courir quinze cents lieues d'une traite s'arrêta dans la gare sombre. L'escabeau fut placé par le conducteur nègre ; Antoinette, presque sans effleurer les marches, vint se jeter dans les bras paternels. Quand ils se furent embrassés, Lefebvre dit à la voyageuse :

— Tout le monde ignore que tu reviens ce soir. J'ai pensé qu'il te serait plus commode de ne pas débarquer au milieu de cinquante amis. Je ne t'en amène qu'un : Le reconnais-tu ?

Antoinette se tourna vers Olivier que ses belles moustaches d'un blond fauve ne défiguraient point. Elle ouvrit la bouche, et, par un effort de sa volonté, retint une exclamation prête à en sortir. Mais tout à coup elle porta les deux mains à son cœur. Dans les superbes yeux de velours, l'ancien coureur des bois reconnaissait ce regard d'une étrange et douloureuse ten-

dresse, qu'un jeune chevreuil sur ses fins lui
avait jeté souvent.

Lorsque Antoinette chancela, perdant connaissance, il était prêt à recevoir le doux fardeau qu'il emporta dans la voiture, aussi facilement qu'il portait autrefois sa petite sœur
Céleste. Pendant le trajet, elle ouvrit les yeux
et vit, tout près de son visage, celui de l'homme
qu'elle croyait disparu pour toujours.

« Je rêve ! » murmura-t-elle à demi inconsciente. Et, de nouveau, elle parut dormir tandis
qu'Olivier repoussant l'aide des curieux la déposait sur les coussins. Avec précaution la voiture s'ébranla, emportant la belle évanouie, son
père et son sauveur. La dame de compagnie
restait en arrière toute tremblante d'angoisse.
Mais il fallait s'occuper des bagages.

Lefebvre était ému de l'état de sa fille, mais
non effrayé. En effet, bien avant qu'on eût dépassé l'Hôtel-Dieu situé à mi-côte, le malaise
d'Antoinette avait disparu. Toute femme a déjà
deviné quelle fut sa première parole :

— Comprenez-vous qu'on chauffe ces Pullman comme en janvier ? C'est à mourir !

— Je me plaindrai, fit son père dont la physio-

nomie en ce moment exprimait des volumes.
Dieu merci ! voilà tes bonnes couleurs qui repa-
raissent. N'y pensons plus. Comment as-tu laissé
ta sœur ?

— Très bien.

— C'est curieux, le Japon ?

— Oh ! très curieux.

— Et les Montagnes-Rocheuses ?

— Magnifiques.

Sur la géographie, Antoinette n'était pas
communicative ; Lefebvre changea de terrain.

— Comprends-tu ma surprise quand je me
suis trouvé nez à nez dans... une rue, il y a
trois jours, avec ce grand garçon-là, que personne n'attendait à Québec ?

Elle regarda Olivier et parut s'intéresser à
lui plus qu'aux Montagnes-Rocheuses.

— Pourquoi est-il revenu ? demanda-t-elle à
son père.

Damasse leva une épaule et tourna les yeux
vers le ciel.

— Mon pauvre ami, j'en suis fâché pour vous ;
mais il vous faudra expliquer le *pourquoi* à ma
fille. Vous jugez bien qu'*elle* n'a pas lu les journaux.

— Les journaux ? s'écria Antoinette.

— Oui, les journaux de France. Ils ont beaucoup parlé du sergent Pragnères.

— Beaucoup trop, soupira Olivier.

— Mais à propos de quoi ?

— Le récit est un peu long, fit observer Lefebvre. J'avais d'abord pensé que notre ami aurait pu dîner avec nous et te dire son histoire ensuite. Mais tu as besoin de repos...

— Non ! non ! protesta la jeune fille. Puisqu'il est invité, il peut venir.

Délassée par un bain, coiffée, bien habillée, Antoinette, quand elle vint se mettre à table en face de son père, eût ébloui des yeux moins disposés à l'être que ceux d'Olivier. Elle était grande, juste assez pour n'être pas trop grande. Ses moindres mouvements étaient un poème de grâce et une harmonie de séduction. Ses mains, ce qu'on voyait de ses bras et de son cou, son visage noble et sérieux au repos, d'une coquetterie inconsciente quand elle venait à sourire, n'avaient que des lignes parfaites. En ces trois années, le blond des cheveux avait mûri ; mais ils formaient avec les yeux noirs ce contraste qu'envient des beautés célèbres. La loyauté et le courage, traits dominants de sa physionomie, montraient une âme digne d'une telle enveloppe.

Durant le dîner, à cause de la présence des serviteurs, elle parla de son voyage comme une personne qui désire en terminer avec un sujet secondaire. Elle s'exprimait dans cette langue d'un classique délicieux qui, chez les Canadiens Français de haute culture, nous fait rougir de notre idiome décadent, fruit du journalisme à bon marché et du théâtre facile.

Quand on fut au salon, Damasse dit à son hôte :

—Maintenant, racontez votre histoire. Comme je la connais déjà, vous permettez que j'aille lire mon *Soleil ?* Quand vous aurez fini, prévenez-moi.

Il passa dans une pièce voisine, ouverte par une large baie sans porte. Alors, de la bouche de l'ancien soldat, Antoinette apprit *pourquoi* il était de nouveau sur la terre canadienne, qu'il croyait avoir quittée pour toujours.

—Je viens, conclut-il, de vous ouvrir des coins de mon âme que nulle autre créature vivante n'a connus et ne verra jamais. Nul ne

23.

saura ce qu'a été la souffrance de cette désillusion, accrue chaque matin pendant trois années,
aboutissant au désastre de tout, sauf de l'honneur, que je rapporte à la tombe de mon père...
et à vos pieds.

Elle tressaillit à ces dernières paroles, sans
toutefois paraître offensée d'un hommage aussi
direct. Voyant qu'elle baissait les yeux, évitant
de répondre, Olivier continua :

— Des gens ont admiré le courage, la promp-
titude avec laquelle je tins la promesse faite à
mon père. Ceux-là ignoraient qu'une raison
cachée me faisait partir plus facilement et plus
vite : je vous aimais ! Hélas ! je vous aimais sans
aucun espoir. Trop de choses me séparaient de
vous : plus que tout le reste une vocation qui
vous appelait hors du monde. Je vous ai dit un
jour que je n'étais plus « votre frère Olivier ».
Vous n'avez pas compris. Si vous ne devez
jamais être que « ma sœur Antoinette », je
resterai au Canada où je veux mourir. Mais
Québec ne me reverra plus. Je l'aurais déjà
quitté sans cette réponse de votre père à ma
question tremblante : « Non. Pas même encore
novice ! »

Elle hésita pendant quelques secondes. Olivier frémissait comme l'accusé dont le jugement tarde. Dans la pièce voisine, Damasse Lefebvre estima, au silence établi soudain, qu'on touchait à la crise.

— Vous vous êtes confié à moi, dit enfin Antoinette. Moi aussi, je serai franche. Quand vous m'avez dit que vous n'étiez plus mon frère, j'ai compris... ce n'était pas très difficile.

— Et votre décision n'a pas changé?

— Non, fit-elle avec une rougeur charmante. Vous étiez résolu à partir!... Je ne pouvais enlever à mon père sa seconde fille... en allant vivre en France. Il y en a d'autres, chez les Ursulines, qui sont venues là parce qu'un homme est parti!

Olivier, à cette heure, savait ce qu'il voulait savoir. Il la prit dans ses bras, et, encore une fois, la conversation devint imperceptible. Tout à coup elle se dégagea et, le regardant :

— Comme je souffrirai si je m'aperçois que vous regrettez la France ! Dites que vous m'aimez mieux qu'elle !

— Non, répondit Olivier : je l'aime infiniment, passionnément, douloureusement... Mais *je*

t'aime, acheva-t-il en l'attirant de nouveau sur
son cœur.

Ils songèrent enfin qu'ils n'étaient pas seuls
au monde et que, dans la pièce voisine, quelqu'un devait s'intéresser à leur entretien.

— Ouf !.dit Lefebvre quand il les eut embrassés. Je vais dormir cette nuit sans rêver grilles
et serrures. Ma foi ! Je commençais à m'inquié-
ter sérieusement, vilaine fille !

— N'êtes-vous pas bien surpris ? demanda-
t-elle.

— Je tombe de mon haut, fit l'astucieux Damasse en éclatant de rire. N'est-ce pas, Olivier ?

Le fils d'Henri et de Robertine partit le
lendemain pour la Pointe-Bleue, Antoinette
n'ayant pas trouvé mauvais que, pour une telle
visite, son fiancé la quittât dès le premier jour.
Il pria sur la tombe de ceux qui dormaient au
bord du lac paisible, et sentit l'approbation
donnée par leurs âmes. On devine ce qu'il
éprouva en relisant l'épitaphe de sa mère, qui
avait été comme l'appel attirant à lui celle qui

devait être sa femme. Il avait passé la nuit chez
les Bernetz qui voulurent le reconduire à la
station de Roberval. Un homme encore jeune,
mal vêtu, à la barbe inculte, au visage alcoo-
lique, prit sa valise et le regarda d'une façon
étrange tandis qu'il tendait la main au pour-
boire.

— Vous ne savez pas, demanda Bernetz, à
qui vous venez de donner dix sous ?

— Non ; mais j'ai vu cet homme quelque
part.

— Je crois bien que vous l'avez vu ! c'est le
vicomte de Malefontaine.

FIN

ÉMILE COLIN ET Cⁱᵉ — IMPRIMERIE DE LAGNY — 17596-1-09.

E. GREVIN, SUCCʳ

www.ingramcontent.com/pod-product-compliance
Lightning Source LLC
Chambersburg PA
CBHW050750030726
47505CB00002B/476